微电影创作技巧

国玉霞 白喆 郝强 著

清华大学出版社

北京

内 容 简 介

为了满足微电影创作者以及影视教育工作者的实际需求，本书以微电影创作为主要内容，围绕微电影类型特点、微电影剧本创作、微电影导演技巧、微电影摄影技巧、微电影剪辑技巧、微电影合成技巧六大方面展开论述，形成了比较有新意的微电影创作完整体系，以期为广大影视教育工作者、微电影创作爱好者提供一本具有参考价值和学习价值的入门基础教材和创作指导教材。

本书的特点是将理论与方法相结合，技术与艺术相结合，经典案例和原创案例相结合，尤其是将微电影的类型分析与创作理论、创作技巧连贯一体，使读者能够沿着学习创作理论—掌握应用方法—巩固实战技巧的学习思路和应用路线，更快捷、更全面、更系统、更新颖地了解并掌握微电影创作的理论知识与技巧。

本书适用于新闻、数字媒体、新媒体和动画等相关专业的师生，也可供影视编导相关专业的学生以及广大微电影爱好者参考阅读。

本书封面贴有清华大学出版社防伪标签，无标签者不得销售。

版权所有，侵权必究。举报：010-62782989，beiqinquan@tup.tsinghua.edu.cn。

图书在版编目（CIP）数据

微电影创作技巧/国玉霞，白喆，郝强著. --北京:清华大学出版社，2014（2025.1重印）

ISBN 978-7-302-35361-4

Ⅰ.①微… Ⅱ.①国… ②白… ③郝… Ⅲ.①电影剧本－创作方法 Ⅳ.①I053.5

中国版本图书馆CIP数据核字（2013）第021965号

责任编辑：夏非彼
封面设计：王 翔
责任校对：闫秀华
责任印制：刘海龙

出版发行：清华大学出版社
　　　网　　址：https://www.tup.com.cn，https://www.wqxuetang.com
　　　地　　址：北京清华大学学研大厦A座　　　邮　购：100084
　　　社 总 机：010-83470000　　　邮　购：010-62786544
　　　投稿与读者服务：010-62776969，c-service@tup.tsinghua.edu.cn
　　　质 量 反 馈：010-62772015，zhiliang@tup.tsinghua.edu.cn

印 装 者：三河市铭诚印务有限公司
经　　销：全国新华书店
开　　本：190mm×260mm　　　印 张：16　　　字 数：411千字
版　　次：2014年5月第1版　　　印 次：2025年1月第18次印刷
定　　价：79.00元

产品编号：049490-04

前 言

　　为了满足微电影创作者以及影视教育工作者的实际需求，本书在吸收传统电影理论和创作技法的基础上，结合经典荧幕电影、优秀微电影和原创微电影案例进行梳理、分析、归纳、讲解和拓展，为广大影视教育工作者、微电影创作爱好者提供一本具有参考价值和学习价值的入门基础教材和创作指导教材。

　　本书主要以微电影创作理论为基础，以应用实践为主要内容，将理论与实践相结合，技术与艺术相结合，围绕微电影类型特点、微电影剧本创作、微电影导演技巧、微电影摄影技巧、微电影剪辑技巧、微电影合成技巧六大方面进行介绍，突出实战性和应用性，具有创新性和独特性，旨在通过具有针对性的、系统性的、专业性的讲解，使读者能够更快、更全面、更系统地了解并掌握微电影创作的基本理论知识和实战技巧。

　　本书旨在通过理论的集成，帮助学习者在较短时间内比较系统地了解微电影创作的主要知识，克服专业理论基础薄弱造成的理论盲区；通过丰富的实践案例分析与讲解快速掌握微电影创作的实战技巧，弥补"纸上谈兵"的不足，切实提高创作能力，是一本具有针对性、贴近性和实用性的教材。

　　本书第一章、第二章、第三章、第四章和第五章内容由国玉霞编写，第六章由白喆和郝强共同编写，高令老师对编写本书提供了一些帮助，在此特别表示感谢。另外，杨晶博、马一芳、于悦、刘丽为本书提供了分镜头稿本，马一芳、张楠、邹烨、张鸿泽、杨晶博、王梓霁、杨悦、李万升、姜婷、李梦娇等同学为本书提供原创视频案例和导演阐述，在此表示衷心的感谢！

　　本书配套 11 个微电影视频，读者需要用自己的微信扫描下面二维码获取。

　　目前学界对于"微问题"的创作与研究还没有的定论，因此本书的研究只是一个尝试。由于编者水平有限，时间也比较仓促，难免有一些纰漏和不足，还望广大读者批评指正。

作 者

2014 年 1 月

目　录

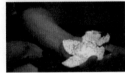

第一章　微电影概念、类型及其特点 ⋯⋯⋯⋯⋯ 1

第一节 微电影基本概念和基本问题 ⋯⋯⋯⋯ 1
微电影的概念 ⋯⋯⋯⋯ 1
微电影的特点 ⋯⋯⋯⋯ 1
微电影的特性 ⋯⋯⋯⋯ 2
微电影的创作类别 ⋯⋯⋯⋯ 3
微电影的功能及意义 ⋯⋯⋯⋯ 4
第二节 微电影基本类型及其特点 ⋯⋯⋯⋯ 4
微剧情类 ⋯⋯⋯⋯ 5
微纪录类 ⋯⋯⋯⋯ 26
微实验类 ⋯⋯⋯⋯ 31
思考与练习 ⋯⋯⋯⋯ 33

第二章　微电影剧本创作 ⋯⋯⋯⋯⋯⋯⋯ 34

第一节 微电影剧本构思与创意 ⋯⋯⋯⋯ 34
微电影剧本的创作灵感 ⋯⋯⋯⋯ 34
微电影选题技巧和原则 ⋯⋯⋯⋯ 36
思考与练习 ⋯⋯⋯⋯ 38
第二节 微剧本情节设计 ⋯⋯⋯⋯ 38
情节设计相关概念 ⋯⋯⋯⋯ 38
情节类型及其设计技巧 ⋯⋯⋯⋯ 39
情节叙事设计技巧 ⋯⋯⋯⋯ 41
思考与练习 ⋯⋯⋯⋯ 45
第三节 微剧本人物设计 ⋯⋯⋯⋯ 45
人物设计相关概念 ⋯⋯⋯⋯ 45
人物角色类型及其功能 ⋯⋯⋯⋯ 46
构思与创造人物 ⋯⋯⋯⋯ 46
人物关系模式设计 ⋯⋯⋯⋯ 47
人物关系图设计 ⋯⋯⋯⋯ 49
运用细节塑造人物 ⋯⋯⋯⋯ 52

思考与练习 ·············· 54

第四节 微剧本冲突设计 ·············· 54

冲突 ·············· 54

冲突的类别 ·············· 54

冲突设计原理 ·············· 54

微剧本冲突设计技巧 ·············· 58

思考与练习 ·············· 59

第五节 微剧本场景设计 ·············· 59

场景 ·············· 59

场景的分类及其特点 ·············· 60

微剧本场景设计技巧 ·············· 60

思考与练习 ·············· 62

第三章 微电影导演技巧 ·············· 63

第一节 微电影筹划拍摄 ·············· 63

剧本认知与定夺 ·············· 63

演员选定与塑造 ·············· 63

场景选定与设计 ·············· 63

艺术构思与导演阐述 ·············· 64

思考与练习 ·············· 66

第二节 微电影时间设计 ·············· 66

时间分类 ·············· 66

微电影时间设计类型与技巧 ·············· 67

思考与练习 ·············· 69

第三节 微电影空间设计 ·············· 69

空间设计类型及其特点 ·············· 69

微电影空间设计技巧 ·············· 71

思考与练习 ·············· 71

第四节 微电影场面调度设计 ·············· 71

场面调度基本类型 ·············· 72

微电影场面调度技巧 ·············· 74

微电影创作技巧

思考与练习 ……………………… 76

第五节 微电影声音设计 ……………………… 76

　　语言运用 ……………………… 76

　　音乐的运用 ……………………… 77

　　音响的运用 ……………………… 78

　　思考与练习 ……………………… 79

第六节 微电影分镜头设计 ……………………… 79

　　分镜头设计的目的 ……………………… 79

　　分镜头的设计原则 ……………………… 80

　　分镜头的设计内容与格式 ……………………… 81

　　分镜头设计常见问题 ……………………… 82

　　微电影《六十》分镜头设计 ……………………… 86

　　思考与练习 ……………………… 90

第七节 微电影故事板设计 ……………………… 90

　　故事板的功能 ……………………… 90

　　故事板设计的基本要素 ……………………… 91

　　故事板设计基本标示符号 ……………………… 91

　　思考与练习 ……………………… 128

第四章 微电影摄影技巧……………………… **129**

第一节 微电影画面构成 ……………………… 129

　　主体位置 ……………………… 129

　　平衡与不平衡布局 ……………………… 131

　　方向变化 ……………………… 131

　　大小反差 ……………………… 132

　　地平线处理 ……………………… 132

　　思考与练习 ……………………… 133

第二节 微电影景别运用技巧 ……………………… 133

　　景别的类型及其特点 ……………………… 133

　　景别的意义与作用 ……………………… 134

　　景别的设计与拍摄技巧 ……………………… 136

　　思考与练习 ……………………… 138

第三节 微电影镜头运用技巧 ……………………… 138

固定镜头与运动镜头及其特点 ·········· 138

长镜头与短镜头及其特点 ·········· 139

关系镜头、动作镜头和渲染镜头及其特点

·········· 139

中性镜头与空镜头及其特点 ·········· 140

主观镜头与客观镜头及其特点 ·········· 140

升格镜头与降格镜头及其特点 ·········· 140

思考与练习 ·········· 140

第四节 微电影轴线运用技巧 ·········· 141

轴线规律及轴线分类 ·········· 141

越轴及其作用 ·········· 141

合理越轴技巧 ·········· 142

思考与练习 ·········· 147

第五节 微电影机位设计技巧 ·········· 148

机位设计基本类型 ·········· 148

单机位拍摄、双机位拍摄与多机位拍摄

设计技巧 ·········· 149

对话机位设计技巧 ·········· 150

思考与练习 ·········· 159

第六节 微电影光线设计技巧 ·········· 159

光线的类型及其特点 ·········· 159

利用色温调节光线的技巧 ·········· 160

布光元素的戏剧性使用 ·········· 161

光线设计意义与技巧 ·········· 165

思考与练习 ·········· 167

第七节 微电影色彩运用技巧 ·········· 167

色彩的相关概念 ·········· 167

色彩的作用 ·········· 167

色彩的运用 ·········· 168

　　　　调节影片色彩的手段和技巧 ………… 170

　　　　思考与练习 ………… 170

第五章　微电影剪辑技巧…………………… 171

　　第一节　剪辑基本原理：蒙太奇 ………… 171

　　　　蒙太奇 ………… 171

　　　　蒙太奇分类及其运用 ………… 171

　　　　蒙太奇在剪辑中的应用 ………… 173

　　　　思考与练习 ………… 178

　　第二节　剪辑的基本内容与方法 ………… 178

　　　　画面剪辑 ………… 178

　　　　声音剪辑 ………… 189

　　　　思考与练习 ………… 191

　　第三节　场面转换原则与技巧 ………… 191

　　　　场面转换的作用 ………… 191

　　　　场面划分的依据 ………… 191

　　　　场面转换分类及技巧 ………… 192

　　　　思考与练习 ………… 196

第六章　微电影合成技巧…………………… 197

　　第一节　微电影的颜色校正与处理 ………… 197

　　　　颜色校正与处理的作用 ………… 197

　　　　颜色校正与处理的基本类型与技巧 …… 198

　　　　思考与练习 ………… 221

　　第二节　片头与片尾设计 ………… 222

　　　　片头与片尾的设计类型 ………… 222

　　　　片头与片尾的设计原则 ………… 224

　　　　片头的创意构思与制作 ………… 225

　　　　思考与练习 ………… 246

参考文献………………………………… 247

第一章　微电影概念、类型及其特点

　　微电影是继数字技术发展和新媒体传播环境形成后，电影在对自身继承发展基础上产生的一种新的样式。区别于大银幕电影和电影短片，丁亚平将之称作"第三电影"。

　　随着 Web 3.0 网络技术的不断发展，微博等新兴媒体的推出，"微传播"开始兴起，2009 年，国内网络短片的创作也进入了"微时代"。2010 年 10 月，中影集团与优酷联合出品了电影短片《老男孩》引起轰动，成为网络短片的标志性作品。2010 年 12 月，由凯迪拉克汽车公司和中影集团联合制作的 90 秒微电影广告片《一触即发》在央视首映，被媒体誉为国内第一部"微电影"作品。由此，"微电影"开始作为一个特定的名称得以流传。2011 年 1 月，国内"微影之父"杨志平提出了"微影"概念，"微电影"一词开始广泛流传。在理论研究领域，从中国知网检索可见，2010 年学界研究还普遍采用"网络短片"的概念，到 2011 年"微电影"已经作为一个特定的概念得到学界的关注。经过几年的发展，微电影无论在创作形式、创作内容、创作类型上都得到了一定的丰富，理论研究上也得到了一定的发展，但是对于"微电影"的基本概念以及基本问题的研究还没有定论和深入的研究。因此，本节将尝试从微电影的基本概念和基本问题开始展开。

第一节　微电影基本概念和基本问题

◉ 微电影的概念

　　微电影（micro film）是指借助于数字制作技术和新媒体传播技术，运用现代手段生产并传播的具有相对完整情节的微型电影短片。

◉ 微电影的特点

　　相对于大荧幕电影来说，微电影具有微投入、微制作、微时长、微叙事、泛传播等特点。

❶ 微投入

　　微投入是指微电影在制作资金投入上相对较少。一些商业属性较强的微电影投入相对多一些，而一些个人独立创作的微电影投入相对少一些，甚至实行低成本运作。

❷ 微制作

　　微制作是指相对于大荧幕电影的庞大制作团队和制作力量，微电影制作团队少则一人，多则几十人，往往一人多用，制作团队和制作设备、条件相对精简。

❸ 微时长

　　微时长是指微电影通常篇幅较小，片长在 1 分钟到 30 分钟左右。还可以进行细分，1 分钟左右为超微短片，3 分钟到 10 分钟为微短片，10 分钟到 20 分钟为微中长片，20

分钟以上为微长片。

④ 微叙事

微叙事是指微电影的结构相对微小紧凑，采取单线或者简单明晰的复线、多线的方式；影片叙事场景和内容比较集中，少则一个场景，多则十几个场景，围绕一个冲突或者几个冲突而展开叙述，最终形成一个相对完整的情节。

⑤ 泛传播

泛传播是指微电影放映或传播主要在网络或移动等新兴媒体上投放，通过观众自愿观看和转发等方式进行放映和传播，具有实时发布、随时观看、交互评论、广泛传播的特点。

◎ 微电影的特性

微电影不仅是一种艺术作品，也是一种文化产品，其双重属性决定了微电影具有艺术性、技术性、商业性、文化性和思想性。

① 艺术性

作为影视艺术创作样式之一，微电影从创作理念、创作方法等方面都必须遵循影视艺术创作的规律和原则，同时结合"微"特征和新媒体传播特点，实现审美价值和净化心灵的目的。艺术性是微电影最主要的特性。

② 技术性

微电影的发展是影视技术和新媒体传播技术发展的显现，微电影的创作需要技术支撑，也体现了新兴技术发展和运用的成果，微电影本身也是技术产物，因此，技术性是微电影的基本属性。随着科技文明的不断发展和进步，微电影的创作也逐渐体现出高技术性的特征。

③ 商业性

商业性是指在市场运行机制中，微电影生产出文化产品，其目的是为了消费，因此，微电影作为一种文化产品具有了商业属性，并且通过售卖可能实现一定的商业价值，进而形成了微电影创作生产的再循环。

④ 文化性

微电影的文化性是指微电影的创作离不开创作主体——人，人是社会文化的承载者，是在一定的社会中生活的主体，因此脱离不了文化背景的影响；另外，其表现内容必然在不同程度上承载一定历史、国家、地域、民族、种族、阶层的文化，最终通过艺术生产和传播又加深或延续了这种文化属性。

⑤ 思想性

微电影的思想性是指任何微电影都反映一定时期创作者所处社会背景下的思想文化以及意识形态，因此，在潜移默化中，微电影都会蕴含、传递，甚至渗透、加固着某种

思想意识和社会观念，所以，微电影都具有一定的思想性，只不过显现强度不同。

◉ 微电影的创作类别

随着微电影创作不断繁荣，微电影的应用与推广也日益广泛。从创作类别上，当前微电影主要有以下 5 类。

① 自发原创微电影

自发原创的微电影主要由微电影创作爱好者、影视艺术家或影视创作团体等根据自身兴趣、爱好而创作的，具有自娱自乐性质的微电影，这些微电影在创作内容、类型、形式、表现等方面往往不受商业利益的约束和影响，比较自由，具有审美无功利的性质。这类在微电影创作中占据很大比例。

② 商业定制微电影

商业定制微电影主要由企业方、运营商等出资和策划，与放映商合作招募创作人员为其产品进行软性推广而创作的微电影。这些微电影结合丰富的剧情设计，植入该品牌的营销理念、产品形象、营销策略、产品功能等，使受众（消费者）在实现娱乐目的同时自觉接受其品牌理念和营销策略，进而扩大产品和品牌的影响力和认可度，提升品牌的商业价值。例如优酷与雪佛兰汽车推出《11 度青春》、《不可能的可能》等系列微电影，新浪网与三星手机推出的《4 夜奇谭》系列微电影等都属于这一类。在微电影创作中，商业定制微电影也占据很大比例，并且逐步上升。

③ 形象宣传微电影

形象宣传微电影主要是由政府、学校、部队、企事业单位等为了宣传自身形象，扩大知名度和影响力，通过生动的情节故事来展现自身形象，传达发展理念，宣传发展策略，传承文化品格而创作的微电影。与无情节的形象宣传片不同，该类微电影在宣传上更加隐蔽和软化，注重以故事情节的吸引和情感的共鸣使观众实现对某种理想、精神、情感、文化、历史的认同。如上海形象宣传微电影《天台》、武汉市江岸微电影《岸边的记忆》等。目前，形象宣传微电影的数量逐渐增多。

④ 艺术创作微电影

艺术创作微电影是指一些专业创作人员和影视艺术家专门为影视作品创作比赛或者受邀为大型活动创作规定主题的微电影作品，这些作品往往艺术品位、格调较高，制作水平和质量精良，具有很深的思想和文化内涵，属于微电影作品中的精品。随着微电影创作的发展，该类微电影作品的数量也在逐渐增加。

⑤ 公益宣传微电影

公益宣传微电影是指为了配合社会公共道德宣传，倡导形成良好社会风尚，养成良好的道德行为等，围绕一定主题并有目的地进行创作的微电影，这类微电影主旨性、指向性、思想性都比较强，使观众在观看过程中得到净化和启迪，从而起到宣传、带动作用和积极影响。

◉ 微电影的功能及意义

　　同影视艺术作品类似，微电影的功能包括认知功能、审美功能、商业功能和宣教功能。首先，作为一种艺术形态，微电影来源于现实、反映生活、提炼生活，能够使观众对于一定的社会现实生活或者某种现象、事物产生一定的认识，从而丰富自身的认知形态，影响自身的价值观念；其次，作为一种艺术作品，微电影具有审美功能，通过观众的娱乐或者审美体验实现娱情悦智的作用，达到净化心灵、升华情感的目的；再次，作为一种文化产品，微电影又能够起到一定的广告宣传作用，能够提升集体、单位或者产品的影响力，提升品牌价值，从而实现营利的目的；最后，微电影作为一定的社会制度或文化环境下的产物，往往具有比较软化的政治倾向，因此，具有一定的宣教功能，能够通过娱乐起到一定的宣传、启迪、教育和鼓舞等作用。

　　随着新媒体技术的快速发展，影视艺术创作观念的不断更新，微电影的发展已经开始从青年人自发娱乐的"消遣品"、"实验品"逐渐成为全民自觉参与的一场"电影革命"，其发展也趋于商业化、专业化和多元化。商业化体现在微电影的创作为政府、企事业单位以及相关机构进行形象宣传、商品宣传提供了有力契机，为新媒体产品的传播提供了潜在的市场。专业化体现在微电影创作的技术条件、制作水平和制作艺术越来越专业化，进而对传统的影视教育提出了新的挑战，如何能够结合新的媒介、新的观念、新的技术进行影视教育成为新的课题。多元化体现在微电影的创作风格、创作内容、创作类型和创作队伍等方面越来越多元化，不仅进一步推动了微电影的创作发展，还为微电影的理论研究提供了广阔的空间。所以，在文化活跃发展的当下社会，微电影的功能和价值也将得到更大的发挥和更高的提升。

第二节　微电影基本类型及其特点

　　电影短片作为微电影的前身具有多种样式和内容，但是创作形式却从来没有像现在这么自由，创作内容也从来没像现在这么丰富。随着创作的不断发展和完善，微电影作为一种艺术和文化产品，其类型生产也逐渐多样，甚至出现一些类型化的倾向。那么类型是什么？微电影的类型有哪些？不同类型的微电影有哪些特点？只有更好地了解这些问题，才能够在创作上有清晰的认识和把握。

　　"类型"最早由亚里士多德在《诗学》中提出，是指文学样式和种类的法语语汇，分为讽刺作品、抒情诗和悲剧。而后"类型"被引用到电影研究中形成类型电影，是指"在主体思想、故事情节、人物类型、影片场景和电影技巧等方面具有明显相似性的一组影片"，这个概念也适用于类型微电影。

　　本章将借助于电影研究的相关理论对微电影类型进行基本分析和归类，以把握不同类型微电影的特点。在电影研究历史上，好莱坞的类型电影是最为丰富并已成体系的，因此，本书中对于剧情类微电影的类型分析和归纳借鉴了国内外相关学者对于好莱坞类型电影分析方法和国内类型电影的研究方法。

当前国内微电影创作在很大程度上还具有很强的民间性、娱乐性和自发性的特点，部分作品还不具备成熟的类型规范，甚至具有明显的个人化倾向，因此，笔者在对微电影类型归纳中兼顾了这种大众化与个性化，这也是微电影类型化的一个显著特点。另外，梳理类型微电影并不是要将创作引入一个模式化的误区，而是让读者了解和掌握必要的理论知识和方法，有效运用类型系统和类型经验不断进行突破和创新，以推动微电影的创作发展。

微电影根据创作内容和表现手法主要可以分为剧情、纪录、实验三大类，剧情类微电影的类型化最为丰富和成熟，因为大多数剧情类微电影的创作与商业宣传密切联系，与观众的审美需求心理密切联系，因而促成了其类型化的发展。托马斯·沙兹认为，"我们可以把一部类型电影看做不仅仅是某些电影制作者的艺术表达，而且更是艺术家与观众之间用于赞扬他们集体的价值和理想的合作"。由此可见，类型微电影的形成不仅仅是由创作者自己完成的，而是与观众共同完成的，这种合作与默契来源于对于类型电影叙事惯例和系统的熟悉，因此，对于这个公式化的叙事系统的把握就成为我们认识、判断和衡量某种类型电影的重要依据和方法。

电影类型公式化叙事系统的四大要素是"类型人物、类型环境、类型冲突和叙事结构"。其中，类型人物是指在角色、功能、行为、价值观等方面具有惯例特点的人物；类型环境是指故事所发生的惯用场景和环境，其深层次是包含某种对立价值观或意识形态的文化社区，是促使人物之间发生矛盾与冲突的文化场；类型冲突是指通过成规化的方法解决戏剧化的冲突，以确证某种价值观或主流意识形态；叙事结构是指影片的叙事结构方式，包括建置、对抗、解决三部分，将类型叙事内容有机统一。本章将依据类型叙事四大要素对八种常见类型微电影进行归纳和分析，并在叙事结构部分围绕叙事内容作以细化阐述。但是，对于微纪录电影和微实验电影并不依据类型分析方法，而是根据其艺术风格和创作特点进行归纳、分析和论述。

◉ 微剧情类

剧情类微电影是指以故事展示为主要内容的电影，具有虚构性的特点，包括爱情片、青春成长片、家庭伦理片、惊悚片、科幻片、喜剧片、儿童片、警匪片、武侠片、歌舞片、音乐片等多种类型。由于当前微电影类型创作的局限，本书只针对相对比较集中和7个常见类型进行论述。

爱情片及其类型特点

爱情片是以"爱情为主要表现题材并以爱情的萌生、发展、波折、磨难直至恋人的大团圆或悲剧性离散结局为叙事线索的类型电影"，根据现有微电影创作，爱情片可以分为青春爱情片和爱情伦理片两个类型。

❶ 青春爱情片及其类型特点

青春爱情片主要以 15 岁到 30 岁之间的年青人为表现对象，展现主人公在逐爱过程中，冲破重重险阻与束缚所发生的爱恨交织、悲欢离合的情感故事。根据风格还可分为

纯情青春爱情片（《爱的蒙太奇》）、浪漫青春爱情片（《我愿意》）、诗意青春爱情片（《每当盛夏时》）、喜剧青春爱情片（《灰机灰机》）和黑色青春爱情片（《告别婚礼》）等。

1 类型人物

青春爱情片的主要人物通常为青春靓丽的男孩、女孩和男人、女人，必须配对出现，相互之间产生矛盾和纠葛，常常伴有第三者或者多者作为助手或者敌手起到推动或阻碍作用。

2 类型环境

青春爱情片的外在类型环境多为城市或校园，通常为青少年聚集的公共场所或者私人化生活空间，为故事的发展提供了发生场；内在文化环境则不确定，往往是具有对立或差异的阶级、种族、地位、价值观念的文化社区，是促进或影响主人公爱情发展的重要因素。

3 类型冲突

青春爱情片的类型冲突主要源于双方在阶级、种族、地位、价值观念等方面的差异，但最终结局都可以归纳为两种主要模式，或者通过有情人终成眷属的大团圆结局收场实现融合，或者通过有情人最终未成眷属的感伤结局收场而实现分离。其实质是通过刻骨铭心的爱恋过程，超越或未能超越种种差异，最终确证了真爱至上、青春无敌的价值观。相对于爱情伦理片，青春爱情片在人物、环境、冲突、思想表达等方面相对较为简单和单纯。

4 叙事结构与内容

青春爱情片常常通过奇异化或执着的爱恋过程建置关系或叙述故事，通过现实阻碍或者自身矛盾激化冲突，通过消除障碍或者扩大障碍的方式实现双方的融合与对抗。

① 奇异化的爱恋过程与执着的逐爱之旅

奇异化的爱恋过程与执着的逐爱之旅是青春爱情片的主要内容，无论是羞涩的暗恋、青涩的初恋、刻骨铭心的爱恋，还是痛彻心扉的失恋，主人公之间相识、相知、相恋、相守或相离过程中发生的故事总是青春爱情片经久不衰的话题。微电影的主要创作主体和受众群体是年轻人，在表达爱恋方式和过程上更充满着新鲜、奇特，并凸显爱情的诗意、唯美与浪漫。

青春爱情片的主人公往往都是爱情行动发起的主动者或者被动者，对于爱充满了执着或者迟疑，最终构成了说爱难、相爱难、相忘难等基本叙事结构。例如《Signs》运用了"说爱难"的叙事结构方式，表现了都市上班族两个年轻人通过纸条"隔空"传递情感的浪漫故事；《爱的蒙太奇》运用了"说爱难"的叙事结构，利用"图书馆存书柜"作为传情达意的载体来呈现奇异化的爱恋过程；《卖自行车的小女孩》运用"说爱难"的叙事结构，通过两个高中生之间"丢失自行车"的戏剧性情节展开一段有关暗恋的故事。"相爱难"叙事的关键在于对阻碍双方相爱障碍的突破，只有通过有效的方式和手段使这个过程的叙事充满了张力、悬念和新奇，最终才能实现有效反转。但是《李眸的街》、《每当盛夏时》等采用了"相忘难"的叙事结构，奇异化的叙述方式追忆曾经逝去的爱情。

《李眸的街》通过男孩"奇特"的守候，表现了一段深情难忘却遗憾终生的爱恋；《每当盛夏时》通过擦肩而过的爱情追忆了感伤的青春记忆。"相忘难"叙事的关键在于有效铺陈相恋细节，巧妙而细腻地表达相离后的艰难遗忘，时空故事的交错叙述变幻出耐人寻味的电影。另外，《梁亮亮和谢小星的简单故事》采用了"相爱难"+"相守难"+"相忘难"的叙事结构，将理想与现实之间的矛盾冲突作为叙事动机，展现了年轻情侣在两难之中的抉择。相比较电影和电视剧，微电影中青春爱情片的叙述情节更能体现出年轻创作群体开放、独立、自由、执着的创作心态、创作特点和创作追求。

② 现实的残酷灼痛与超越现实的浪漫感伤

青春爱情片的冲突离不开现实社会的阻碍和压力，这是主人公生存的社会土壤，也是故事发展的外部动因；青春爱情片也格外关注主人公内部心灵冲突环境的构建，这是抵御社会残酷现实的力量源泉，是产生行动的内部动力。所以，青春爱情片的主人公或多或少都会品尝来自现实社会生活的残酷压力或冷酷灼痛，尽管如此，乐观者相信通过爱的力量能够抵御、对抗和超越一切残酷现实，最终成功赢得了爱情。例如《Signs》的社会背景是现代城市生活中的拥挤、压力、冷漠与缺少沟通。Jason 是一个孤独、倦怠，甚至缺乏热情和动力的年轻人，Stacey 的爱唤起了他对于生活的热情和渴望，使他对的人生态度和轨迹发生了改变。《我愿意》中大学恋人徐大宇和苏小糖经历着就业和生活的双重压力，伴随徐大宇的是更多的焦虑、困惑、不安，甚至妥协。但是，在苏小糖纯真、坚定的真爱面前，两人用"年轻就是资本"精神力量抵御物质现实的侵蚀，举办了富有浪漫狂欢色彩的"裸婚"仪式，实现了真爱超越一切的爱情理想。相反，悲观者则在同现实挣扎的道路上逃避、妥协甚至被异化，最终与爱情擦肩而过或失之交臂，成为失意者。例如《每当盛夏时》男女主人公是在初恋阴影中压抑的一代，对于未来又惶恐不安，"初尝禁果"的失败使他们自愿接受现实的宿命安排。所以说，青春爱情片所要表现的并不是"不食人间烟火"的童话故事，而是具有超越现实力量的爱情神话或是在社会现实映照下的青春挽歌。

③ 完满与缺憾的弥合和爱情意义的确认

影片矛盾冲突的解决方式体现着创作者的价值观，表达其对爱情的态度观念。青春爱情片引起矛盾冲突的因素主要包括以下几方面：一是来自社会现实外部压力所引起的情感失衡，如《Signs》、《我愿意》、《岔路口》、《哎》等；二是来自个体内心压力下产生的羞涩矜持和情感异变，如《听见》、《爱的蒙太奇》、《每当盛夏时》等；三是来自主人公相互之间的误会、矛盾、过失所导致的爱情危机，如《梁亮亮和谢小星的简单故事》等；四是由于天灾人祸所引起的爱情遗憾，如《候》、《初吻》等；五是由于第三者介入所引起的爱情悲剧，如《告别婚礼》、《再见了爱的人》等。但是，无论是何种原因，其矛盾冲突在故事价值上必然体现出对立的两极，如善/恶、美/丑、有情/无情、幸福/不幸、得意/失意、确信/怀疑、忠诚/背叛，等等。青春爱情片的叙事在两极之间不断摆动，从失衡—平衡—再失衡—再平衡，最终通过对矛盾冲突上的弥合来巩固理想的爱情观。乐观型通过爱情圆满的"精神乌托邦"与"爱情就是资本"的信条弥合物质富足和精神满足之间的裂痕，使观众相信"浪漫的爱情梦"；悲观型通过爱情缺憾但真爱永恒的观念，弥补了现实缺憾和浪漫幻想之间的裂痕，巩固了真爱至上、青春无敌的爱情价值观。

❷ 爱情伦理片及其类型特点

爱情伦理片通常表现已经确立爱情关系的情侣或者具有事实婚姻关系的夫妻在社会生活中、家庭生活中所经历的摩擦、碰撞、情感危机等波折，最终通过矛盾解决确证爱情的伦理及其意义。

1 类型人物

爱情伦理片主要人物为已婚或者即将结婚的夫妻，双方在感情上遭遇危机，或者由于他者的介入或者社会等因素的影响而产生危机，其亲属、朋友等其他人物往往成为双方爱情的阻碍者或者帮助者。

2 类型环境

爱情伦理片类型环境外在通常表现为日常工作环境、家庭生活环境、社会交往环境等，为不同情感交织和矛盾冲突创造了发生场；内部文化环境主要是阶级、种族、地位、利益、价值观等相互对立与碰撞的文化社区。

3 类型冲突

相比较青春爱情片而言，爱情伦理片更为贴近现实生活，并且深入触及两性生活中的焦点问题和爱情伦常关系，引发思考恋人或夫妻之间相互理解、宽容、信任、忠诚，以及责任与爱等问题。爱情伦理片通常表现主人公在追逐或者守候爱情的过程中受到了阻碍，通过不断行动最终战胜阻碍并赢得爱情，或者由于误会和过错不断遭遇挫折而失去真爱的故事。其冲突可能来自于社会层面，包括国家、种族、性别、阶级、利益或其他矛盾；也可能来自于个人生理、心理、性格、道德、价值取向等方面的矛盾。这些冲突因素往往构成一个系统，影响着爱情伦理片的故事价值的转化，包括善/恶、爱/恨、相恋/失恋、幸福/不幸、忠诚/背叛，等等。最终通过对矛盾冲突的解决，体现出爱情乐观主义、悲观主义甚至反讽主义的价值判断，强化对"爱情至上"、"真爱无敌"等人类普遍价值观的认同。

4 叙事结构与内容

爱情伦理片往往通过现实和情感中的焦虑与纷扰为开端或叙述主线，以双方在现实中的抗争或心灵对话激化冲突、碰撞情感，最终通过双方消除隔阂和矛盾重归于好，或者未能消除隔阂与矛盾而实现分离，最终确证爱情与幸福的意义。

① 现实的纷扰与情感的焦虑

爱情伦理片往往通过恋人或夫妻之间的情感关系来建置故事，其实质是审视和反思当下社会中情感焦虑与人性畸变，现实的纷扰往往是引发家庭或情感危机的导火索。这种纷扰来自于社会、家庭还有个体之间的冲突。例如《婚姻密码》采用"相爱难"的叙事结构，通过即将登上婚姻殿堂的夫妻之间的误会和冲突，展开了对于"婚前焦虑"的反思。《小夫妻》通过领取结婚证的恋人间的"悲喜梦幻曲"展现了现代夫妻对于婚后生活、婚后责任、教育子女等现实问题的烦恼和焦虑。《幸福速递》演绎了全景式的"相爱难"、"相守难"、"相忘难"的爱情悲喜剧，透视了被外在生存压力和现实环境所吞噬

的爱、信任、真诚、勇气缺失等伦理问题。《床上关系》通过一个"避孕套"引发的情感危机，将夫妻性生活失衡、夫妻间信任危机、夫妻间金钱关系错位、夫妻间生育权利的被"剥夺"等问题层层剥开，展现了现实社会中人的异化和无力挣扎。《房杀》围绕"房子"对于"爱情"的扼杀，以后现代的方式嘲讽了残酷的社会现实对于人的真诚情感和善良人性的扼杀。可见微电影中的爱情伦理片总是穿越现实表层，透视引发两性关系问题的矛盾或深层根源，残酷的现实纷扰总是婚姻异变和情感危机不可缺少的外在催化剂和直接导火索。

② 痛苦的抗争与别样的心灵对话

爱情伦理片的冲突常常通过一件小事牵扯一段出了问题的爱情和婚姻，表现恋人和夫妻之间在追寻、守候爱情中产生误会、遭遇挫折的过程。其中，主人公往往遭遇很强的外在压力和诱惑，导致主人公的出轨、欺骗与背叛，呈现的是恋人或夫妻在此过程中的痛苦抗争过程。为了解决矛盾冲突，爱情伦理片总会通过一种别样的心灵对话，进行情感升华或思想上的提纯，带领观众共同审视与思考爱情伦常和爱情哲理。例如《床上关系》所映照的是一对生活在现代都市中年轻夫妻的"生活苦难史"，当他们度过了苦苦奋斗和默默守候的"爱情保质期"，却被一次荒诞的"偷窃事件"轻易击碎十年的夫妻感情。"夫妻争吵"是个人需求与现实矛盾之间的抗争表现，而"夫妻对话"则是与残酷现实妥协下的短暂"和解"。《婚姻密码》通过男主人公求婚的"宣言"实现了与女主人公的别样心灵对话，使矛盾双方实现了信任与和解。《战妻》通过夫妻间一次又一次尴尬的性生活的努力，展现了残酷战争对人的精神伤害和婚姻生活的失衡，通过夫妻间坦诚的心灵对话实现了相互理解、宽容以及与残酷现实的和解。《冰山》围绕同性恋和异性恋之间的矛盾展开，构成了女人自我意识觉醒之中的痛苦挣扎，实现了对性别意义和生活意义的确认。《寄居人》通过人和鬼之间真挚而深沉的爱展现了女主人公丧夫后痛苦挣扎的心情，以超现实方式实现了人鬼之间浪漫而真诚的心灵对话。所以说，"痛苦挣扎"总是爱情伦理片展现情侣和夫妻生存状态的冲突事件，而坦诚的"心灵对话"又是爱情伦理片实现冲突解决或平衡的有效方式，它们共同构成了爱情伦理片的基本情节骨架。

③ 爱情的延伸与幸福意义的获得

爱情伦理片的矛盾与冲突的解决，必然要在对立的叙事价值中进行转化和确认。作为"造梦机器"，影视艺术又总是要将残酷现实中的缺憾在观众心理机制上作以补偿，使观众获得心理慰藉，使爱情伦理片的叙事价值得以继续再生产。所以，爱情伦理片冲突解决在对现实社会或人性畸变进行审视与批判的同时，又保留给观众一份保持思考和充满期待的权利，最终通过观众的心理参与实现叙事结构上的平衡。例如《早餐》以其温情主义表达使叙事价值从背叛到忠诚，失衡到平衡，实现了男女主人公大团圆的结局，确证了夫妻之间相互信任、理解、温暖与包容的幸福意义和爱情伦理。《床上关系》则在夫妻情感矛盾的冲突与解决中对爱的理解进一步提纯与升华，实现了将幸福内涵在人生悲喜中得以延伸的思考。《幸福速递》通过夸张与讽刺的方式呼唤珍惜身边爱，最终实现对爱情和幸福意义的确认。《爱情规划局》、《LI》等具有超现实意义的影片通过虚拟和现实之间的人性的交错与置换，肯定真爱的无价与珍贵。《房杀》表达了"房杀时代"

对于人的生命或爱情的无意义反讽,从另一个角度反衬了主人公对于爱的渴望以及对于幸福意义的追寻。尽管爱情伦理片脱离不了无情现实的侵蚀,但在爱情危机过后,创作者总会在平淡无奇的生活中留有一抹"烛光"照亮生活。这种照亮是一种思考和领悟,也是对幸福意义的确认和肯定。

青春成长片及其类型特点

青春片通常是指以青少年为表现对象,展现他们在成长过程中所经历的叛逆、困惑、蜕变等苦乐交织的成长故事。成长片与青春片有许多共同特征,但在表现对象上比青春片更宽泛一些,鉴于两者相似的特点,在此作为一个类型来阐述。

❶ 类型人物

青春成长片的主人公多为一个或多个叛逆青少年、边缘青少年,还有相对应的力量较强的敌手或主导力量,是促使主人公成长或堕落的帮手或敌手。

❷ 类型环境

青春成长片的外部类型环境多为多元文化混杂的都市,以及社会和思想激剧变迁的小城镇或乡村;内在文化环境上包括多元文化和价值观冲撞的发生场,是贫与富、善与恶、农村与城市、理想与现实、异域与本土、传统与现代、归顺与背叛、个人与集体等多种具有对立价值的文化社区。

❸ 类型冲突

青春片类型冲突主要有两种:其一聚焦社会冲突,表现在激剧变迁的时代、文化、社会背景下,个体的理想与体制(集体)的现实之间的矛盾与对抗;二是聚焦内心冲突,表现在成长的过程中,自我的迷失与找寻。但是,大多数都是将两者相结合,将内心冲突作为前景,将社会冲突作为背景,两者结合深入展现个体在现实社会中的艰难成长与妥协挣扎。

❹ 叙事结构与内容

青春成长片往往以青春期、青春梦与青春叛逃作为故事的开端建置与叙述主线;在对爱、性、情感的压抑中,与社会、他人、自我的矛盾对抗中展开冲突,最终解决方式是通过个体融合于秩序(集体)得到合法认可或者背叛秩序(集体)而被孤立或边缘化,最终确证了成长的意义。

1 青春期、青春梦与青春叛逃

在青春成长片中,故事的建置往往围绕青春期、青春梦、青春叛逃展开。"青春期"是故事展开的背景,"青春梦"是影片不可缺少的主题,"青春叛逃"是影片不可缺少的事件。《少年血》、《惊蛰》、《独生子》等表现了主人公在青春期心理上的矛盾、挣扎与成长;《老男孩》、《80后的那些事》将青春期的叛逆和成年后的回归相结合,讲述了令人怀旧的青春期成长经历,所以,青春期是青春片不可忽略的叙事背景。"青春梦"在

每个青春成长片中都有印记，只不过是以不同的形象或载体出现。如《老男孩》的"青春梦"渗透在对流行文化或自我梦想的疯狂追逐中；《少年血》的"青春梦"隐藏在懵懂少年被扭曲的爱与性的渴望中；《惊蛰》的"青春梦"深埋在少年对于"父亲"或"城市"的孤独向往中；《阿泽的夏天》的"青春梦"则回归在温暖的归乡旅途中。"青春梦"既表现了年轻人在从自我迷失到自我找寻过程中的渴望与挣扎，也表现了其理想化的期待与社会冷酷现实之间的矛盾。与之不同的是，《拳击手的秘密》和《美丽大学》等成长片中，"青春梦"则是"后青春期"的延续，是年轻人重新认识自我或回归自我的另种表现。"青春叛逃"是青春成长片中的事件，是将内部与外部矛盾得以统一并激化的力量，这种特定的情绪加速了主人公的叛逆。如《独生子》中男孩用"逃学"与"堕落"对抗来自现实世界和家庭中的压力；《少年血》中男孩用彻底的放纵对抗青春期的压抑与渴望；《惊蛰》中边缘少年用"暴力"与"混世"对抗现实世界中的青春残酷物语；《四分之一的夏》中年轻人用孤独的漂泊方式实现对现实的无奈与逃避。最终"青春叛逃"的结局或者通过自我找寻实现成长与归顺；或者通过自我的放逐实现迷失与无根。因此，如何处理"青春叛逃"表达了创作者的态度和价值观。

2 爱压抑、性幻想与充满诱惑的花花世界

在青春成长片中，表达青年人对于爱与性的态度，以及对于自身生存状态的认识是青春片中惯例叙事内容。但是，受到社会文化背景、社会意识形态的影响和道德伦理的制约，国产微电影青春成长片对于爱与性的叙事表达常常处于一种压抑或幻想状态。或者将"爱与性"作为一种不可触犯的"禁忌"来表现，使之充满着耻甚至扭曲，如《少年血》、《每当盛夏时》等。或者将"爱与性"放置于充满诱惑的花花世界之中，成为地位、身份、等级差异的另种"异化力量"，如《看不见的女朋友》、《子非鱼》等。"爱与性"的表达在青春微电影中总是有着些许沉重。同时，青春成长片也从不同侧面表现了滋生这种情绪、情感的"花花世界"，如《少年血》中那个充满诱惑的"外面世界"；《每当盛夏时》那个充满不安的"未来世界"，《看不见的女朋友》中那个被扭曲的"现实世界"，《子非鱼》中那个陌生的"异域世界"，它们是社会文化和多元意识形态冲撞的矛盾体，是主人公迷失、困惑而又挣扎的生存环境与文化环境，最终解决的方式或是从这个环境"逃离"被边缘化，或是被这个环境所"同化"而归顺，或者通过自我的成长暂时获得平衡的"抵御能力"，这也是青春成长片平衡叙事的方式。

3 艰难的蜕变与成长意义的懂得

青春期的蜕变是一个艰苦的过程，一种曲折的经历，一场庄重的仪式。除了励志青春片、青春爱情片以外，大部分青春片的结局都是略带感伤的。青少年的蜕变往往多以"畸变"结束，通过一场难忘的情感或成长经历，实现身体上的成长和心理上的成熟，如《少年血》展现了一个少年在爱欲扭曲的渴望中蜕变的过程，《独生子》展现了一个少年在自我迷失与领悟中得以成长的故事。与之相比，成年人的蜕变多以"回归"结束，如《老男孩》、《赢家》等通过一场难忘的情感或生活经历，促使主人公对人生有了新的认识或感悟。所以，无论何种结局，或苦痛或快乐，青春成长片都使主人公懂得了成长的意义。这个过程主要是通过故事价值的矛盾与转化实现的，包括成长/反叛、忠诚/背叛、寻

找 / 迷失、希望 / 绝望、叛逃 / 回归等。最终在价值系统的两极摆动中，《老男孩》《赢家》《拳击手的秘密》选择以温和的回归弥合叛逃与痛楚；《子非鱼》《看不见的女朋友》《四分之一的夏》《阿泽的夏天》则以迷失 / 找寻或找寻 / 迷失的方式确证自我的存在价值和成长的意义。

家庭伦理片及其类型特点

家庭伦理片主要通过现代家庭组织中的夫妻之间、父母与子女以及亲属之间在生活过程中所发生的矛盾与纠葛的故事，展现家庭成员之间的人伦关系与情感状态。

❶ 类型人物

家庭伦理片的主要人物通常是配对出现的，包括夫与妻、家长与子女、长辈与晚辈等，其他亲属往往是次要人物。在家庭伦理片中，夫妻所代表的男性与女性在角色关系上往往是对立的；家长（长辈）与子女（晚辈）之间的角色关系也往往是对立的。

❷ 类型环境

家庭伦理片的外在类型环境主要以家庭生活环境为主，是人物关系呈现的社会空间；其内在环境体现为不同社会文化与价值观念之间的冲突，包括城市与农村、传统与现代、男权与女权、个人与集体（家庭）、物质与精神等。

❸ 类型冲突

由于微电影创作群体的特殊性，家庭伦理片的创作多数以"子—代"视角展现子女与父母之间的亲情故事为主。其冲突多为父辈和晚辈之间、丈夫和妻子之间的矛盾与纠葛。冲突的形式既有传统文化观念中父法秩序下的"父子之争""夫妻之争"，也有现代文化观念中父权式微下的"子父之争"。冲突的解决方式主要有三种：通过和解实现融合；通过暴力实现背叛；通过漠然实现疏离，以第一种为多。相对于传统家庭伦理片，微电影所表达的家庭伦理关系在地位、观念等方面的平等与民主趋向越来越明显。

❹ 叙事结构与内容

家庭伦理片主要通过人伦情感的多元表达来建置关系和叙述故事，通过个体与家庭秩序之间的对抗与归顺激化或解决冲突，通过个体与家庭秩序之间的和解、妥协实现回归，通过个体的对抗而实现背离，通过个体的漠视而实现疏离，最终确证家的社会意义与文化意义。

▣ 人伦情感的多元化表达

家庭是社会组织的基本单位，家庭关系是社会文明影响下的产物。中国儒家文化传统中的"仁、义、礼、智、信""忠孝""恕悌"等伦理思想不仅影响着现代人伦关系的建立和家庭道德规范的形成，也潜移默化地渗透在创作者的思想表达中，使家庭伦理片中人伦情感的呈现丰富而多元。在微电影创作中，家庭伦理片一方面注重展现现代社会生存压力下，家庭成员在地位、金钱、利益等争夺中所触发的家庭矛盾危机。例如《混球》

中儿子为了房子"买凶"偷取父亲的"遗嘱",表现了物质利益争夺导致家庭关系的畸变;《人非逝》通过子女赡养父母中的"责任推诿",反思了现代文明中亲情的缺失和冷漠;《老人愿》中女儿的执拗背叛与人生选择导致父女俩情感破裂,折射了"父子之争"的演化。在另一方面,微电影家庭伦理片更加注重精神层面,即由于情感缺失所引发的心灵的拷问。例如《时间档案馆》、《时间门》、《回家》、《阿仔,吃饭喇!》、《天堂的午餐》等展现了由于子女的忽略、误解甚至漠视,致使亲人失去、幸福失衡,甚至终身遗憾的故事。可见,当下微电影在家庭伦理片的表达形式和内容上已经不仅仅是围绕物质利益而引发冲突,而是更多聚焦于现代社会或生活压力下由于精神冲突所导致的家庭关系以及情感关系的裂变。

2 个体与秩序的对抗与和解

个体在社会秩序中遭受压迫、贬抑甚至挣扎导致家庭关系的失衡是家庭伦理片惯常表现的内容,也是家庭伦理片冲突的集中表现。家庭秩序是社会秩序的延伸,所以,传统家庭伦理片中"父亲"角色或者"母亲"角色往往具有权威性和统治性,是社会秩序在家庭中的"代言人"。当下微电影创作中,"父亲"的角色更多被赋予了"拯救"的功能,承担着维护家庭秩序或传播社会伦理的功能,具有自我反思或自我检视的能力。相反,子女却时常扮演者偏离轨迹的"反叛者"或违背家庭伦理道德的"犯错者",引发个体与秩序之间的矛盾和对抗,最终双方在共同反思与拯救中实现了"和解",维持了正常伦理关系和已有秩序。如《爱·留·离》女儿的怀孕打碎了家庭的平静,与家庭秩序发生冲突。最终当女儿认同了母亲角色,父亲也通过反思和包容与女儿进行了和解,使家庭秩序又恢复了平衡,父女共同实现了相互的拯救与成长。《双面锁》也采用这种策略解决父女之间矛盾。起初,叛逆女儿与父亲之间的隔阂是一种对抗,也是对已有家庭观念或父亲权威的一种颠覆,但最终父女都在反思或苦痛中经历了共同"成长"。《玻璃湖》则采取了传统的表达方式,展示了暴虐的"父亲"——男性秩序与"母亲"——女性秩序之间的冲突,最终通过"母亲"——女性惩罚,实现了对男权的颠覆和儿子的救赎,其实质是以暴力方式实现个体反叛,预示着家庭关系的瓦解。

另外,微电影对于"父亲"的角色常常作为"善良"、"正义"、"人性"的化身来塑造。例如《混球》中父亲是"唤醒"偏离轨道的儿子良心醒悟的"拯救者",通过自身的病痛实现了对儿子的救赎;《在路上》父亲则是一个善良、励志的"老顽童",通过"纹身"给予儿子精神力量,使自卑的儿子重拾梦想并坚定信心;《我要进前十》中,望子成龙的父亲尽管严厉但却十分善良可爱,最终与儿子实现了和解。但是,这些影片也从另一个侧面反映出"父亲"的"衰老"、"落伍"、"体弱"等特点,这与以往家庭伦理片是有很大区别的。所以说,塑造何种"父亲"形象不仅代表着创作者如何用影响手段维护家庭秩序,以何种态度解决家庭危机,也代表着以何种价值取向诠释家的文化意义。当下微电影家庭伦理片在解决个体与家庭秩序的矛盾往往有三种方式:乐观主义式的个体在家庭秩序中的胜利;悲观主义式的个体在家庭秩序中的幻灭;折中主义式的个体在家庭秩序中的妥协(和解)。

3 情感的回归与家的意义的确认

家庭伦理片中，大部分微电影的矛盾冲突往往通过具有象征意义的"成长"与"回归"得以圆满解决。在《爱·留·离》、《双面锁》、《混球》、《天堂的午餐》、《老人愿》、《阿东的影展》、《回家》、《时间档案馆》、《空的城》等影片中，"成长"往往是离经叛逃的子女历经磨难，最终通过精神上的成长实现了与父母的理解与沟通，完成了成长仪式，成为家庭秩序中合法的一员，被家庭重新接纳；"回归"往往表现子女由于误解或矛盾而与父母分离，但经历生活波折，最终与父母和解，并在精神上与父母角色认同，甚至替代父母，成为家庭秩序新的"代言人"，成长与回归融合在一起，其实质是维护现有的家庭伦常关系和家庭秩序。也有《玻璃湖》、《阿仔，吃饭喇！》、《人非逝》等影片采取了暴力解决冷静反思家庭危机，其实质也维护了正常的家庭秩序或伦常关系。所以说，家庭伦理片实际上是社会主流意识形态在家庭中的具体化，最终所传达的思想必然是现今社会主流价值观，与大众普遍认同的家庭或社会道德伦理观念相契合，其实质确证了家庭作为维护伦常关系，维系情感关系的社会意义和文化意义。

喜剧及其类型特点

喜剧是指通过幽默、夸张、讽刺等情节和手法表现现实生活中引人发笑的人和事，从而实现娱乐、感化、讽喻、劝诫、警示等作用的影片。根据其表现风格和特点，又可分为滑稽喜剧、浪漫喜剧、讽刺喜剧和黑色喜剧（幽默）等。

❶ 类型人物

喜剧主要人物可以是单人物、双人物和多人物。单人物往往属于孤军奋战的"倒霉蛋"型，经历不幸而又笑料不断的故事；双人物往往是"伴侣"型，由于共同事件或目的而拴在一起，展现两个人幽默而尴尬的遭遇；多人物通常为利益牵制甚至对立的帮派、团伙、组织，通过巧合、误会等形成幽默、讽刺故事。

❷ 类型场景

在微电影中，喜剧的外在类型环境可以是城市、农村、学校、办公室等不确定场所，内在的文化场景往往是具有相互冲突、对立，甚至相互渗透影响的主体力量、精神观念、文化价值所融合的文化社区。

❸ 类型冲突

喜剧类型与风格丰富多样，其类型冲突主要可以归结为三类：一是浪漫喜剧，大多表现两性关系冲突所导致的误会、阻碍、矛盾，最终通过消除矛盾和障碍实现大团圆的浪漫融合；二是滑稽喜剧，大多表现小人物的倒霉、不幸、灾祸过程中所产生的疯狂滑稽的故事，最终如愿以偿或未能如愿而形成开放性解决；其三是讽刺喜剧或黑色喜剧等，通过社会现实、政治生活中系列荒诞的故事的夸张或展示，对不合理、不公正以及丑恶的社会现象或社会制度进行讽刺和批判，最终形成反讽解决。

④ 叙事结构与内容

喜剧往往以小人物的"不幸"与"执着"为线索建置关系或叙述故事,通过噱头、夸张、巧合、突转中的联动展现人物与社会、他人和自我之间的戏剧性冲突,最终通过成规化的解决方式展现喜剧精神和对现实的超越。

1 小人物的"不幸"与"执着"

喜剧的主人公大多是猥琐小人物或者狂妄自大的"大人物",对自身能力缺乏自知之明,却有着一股疯狂的"执着",产生出一种不切实际的"需求",其实质在于这些小人物所持有的观念往往与现实世界不相符合,导致与社会或他人之间发生冲突,引发幽默和讽刺的故事。所以说,"不幸"构成了喜剧片的基本叙述内容,而"执着"则成为推动"不幸"前进的力量,但是却有着不同的解决方式。例如在《我愿意》的浪漫喜剧中,"不幸"通过执着而得到克服,使男女双方通过"有情人终成眷属"而获得融合。但是,在滑稽和讽刺喜剧或黑色幽默中,"执着"则成为主人公更为"不幸"的推手。《入土》中儿子是一个"一事无成"的小人物,他的需求就是找块"坟墓"以让父亲入土为安,现实社会却证明了这种想法只是一种奢望,最终小人物的命运只落得在大楼奠基之处让父亲"入土"的讽刺结局。《我不想挂科》、《顶缸》、《大村姑》、《宝贝》、逆袭之《灰机灰机》等都属于这种类型。尽管小人物的"不幸"遭遇看起来相似,但是生成小人物性格原因却是多方面的,总体可以归纳为两点,其一是现实社会的影响或异化,其二是个体性格中的弱点或不足。前者是大背景,后者是小背景。《我不想挂科》主人公的不幸来自其侥幸心理,也来自于对教育体制的反思;《阿吉快跑》主人公的不幸来自于偶然事件,也来自于对媒体行为的嘲讽;《大村姑》的不幸来源于自身努力,更来自于贫富差距的鸿沟;《宝贝》主人公的不幸来自于不辨真伪,更来自于社会甚至传统思想观念的毒害;《顶缸》主人公的不幸来自于自身性格,更来自于被金钱、权力所异化的人性。所以说,如何表达"不幸"与"执着"也决定着喜剧的表现风格及其思想深度。

2 噱头、夸张、巧合、突转中的联动

喜剧是产生"笑"果的艺术,噱头、夸张、巧合与突转是喜剧片中不可缺少的动力元素,它们相互衔接、有机补充形成了一条流畅的叙事链。噱头又称笑料,是"能够引发人们发笑的语言、表情、动作、事件等"。噱头必然是来自于生活中的抽象、提炼和艺术创造,尤其是离不开夸张。夸张是对现实生活中语言、表情、动作、事件的放大和变形,包括语言夸张、表情夸张、动作夸张和事件夸张。因此,不同喜剧片的喜剧性很大原因来自于夸张所产生的艺术效果。比如《大村姑》在表情夸张、动作夸张和事件夸张上效果凸显。村姑们的"排球梦"在常人看来就不靠谱,而参加比赛赢得奖金的事件更具有夸张效果;《阿吉快跑》通过事件夸张、动作夸张、表情夸张,将城市厕所被攻占之后引发的"社会危机"的荒诞性后果巧妙结合在一起,形成环环相扣的联动;《顶缸》通过夸张的事件、动作、语言、表情将农村边缘小混混"天鹅梦"的幻灭生动呈现出来。所以,好的喜剧片能将喜剧元素巧妙结合起来并产生效果。

喜剧性元素的连动与喜剧性张力凸显离不开巧合与突转。巧合是"以人物出乎意料

的奇遇，或事件细节的凑巧相合，使冲突以激变的方式展开，造成波澜与悬念"，巧合与突变相互之间又形成了阻碍和推动，使故事价值实现悲喜转化。如《黑色番茄酱》通过三段分叙的形式将两伙盗贼和一个雕塑保安员之间的命运联系在一起。他们各自的行动又分别破坏、阻碍后者推进了对方的计划和行动，导致故事向另一方向发展，巧合使"不可能成为可能"产生了特殊的喜剧效果。《阿吉快跑》通过巧合将一个处于窘境的"厕所男"与疯狂逃窜的"爆头哥"命运联系在一起，并荒诞地将猥琐的"厕所男"变成了高大的"英雄"。逆袭之《宝贝》通过巧合，将信守"锣"无人能敲响（信守假象）者与坚持最终能敲响"锣"者（相信真能够被获知）的命运交织在一起，构成了一对矛盾、两种态度、两种行动和两种命运。《最后的枪王》也是通过一种巧合，将处于窘境的退伍老兵与疯狂的珠宝盗贼之间的命运联系在一起，在惩恶扬善之中实现了老兵的价值。可见，巧合是为了创造更多的突转，而突转实现了故事价值的转化与确认，使喜剧性故事不断循环发展。

3 喜剧的娱乐精神与超越意义

喜剧片是娱乐精神的传播者，也是超越意义的承载着。娱乐精神实质并不只是使观众获得精神上的享受和快感，而是在享受和快感的基础上使观众愉心悦智，最终实现对于困顿现实或社会矛盾的一种精神上的超越，使心灵得到净化。

首先，喜剧的主人公无论是属于"大人物"还是"小人物"，他们身上总是具有明显的缺陷，这种缺陷是对常人弱点的放大，导致了他们在现实境遇中所遭受的尴尬、不幸甚至磨难。因而，从喜剧人物忍俊不禁的夸张行为或事件中，观众能够缓释生活或情感上的压力，获得愉快的享受。另外，通过其主人公深陷"霉运"的经历中，观众似乎作为一个智者，庆幸自身比剧中人聪明而预先找到解决办法，由此获得一种心理上的慰藉或平衡，实现对自身生活现实的超越。其次，喜剧片常常将人物或事件进行夸张变形处理，陌生化效果往往能够使观众产生疏离或审美的阻拒，实现对于现实的批判、心灵的净化与审美的升华。《顶缸》中的男主人公，边缘人的"天鹅梦"本身就不现实，而为村长儿子"顶缸"来实现自己的"天鹅梦"就更为荒诞，直至走向了梦想幻灭——生存幻灭的自我的否定，陌生化的表达方式使喜剧"笑"果在延迟中发生了催化。同样《最后的枪王》《宝贝》等影片都采用了这种陌生化的方式，使观众在获得愉悦的同时获得了心灵的震撼和思考。再次，喜剧的超越意义体现在对于无法解决的现实矛盾或困顿生存境遇的一种想象性补偿。例如《大村姑》中村姑们通过赢得奖金为村长治病，院长的神话般愿望最终得到圆满实现；逆袭之《灰机灰机》为姐姐治病的愿望以及猥琐小人物的"爱情梦"也通过"绑架"而感化的荒诞性经历得到了实现；《最后的枪王》中老兵的"英雄梦"也通过惩恶扬善得到了确证；《球迷》中父子无票看球的尴尬遭遇也得到了情感上的补偿。所以，这些影片的解决方式都体现了"用笑声来超越现实社会的矛盾，喜剧以笑来表达人类的自由与自信"的喜剧原则和超越意义。

儿童片的类型特点

儿童片是以儿童的视角或以儿童为接受对象所拍摄的影片，表现具有童心、童趣的

单纯、真挚故事或者具有成人寓言的幽默讽刺故事。

❶ 类型人物

儿童片的主要人物可以是儿童，也可以不是儿童；可以为个体也可以为群体。主要人物也常常配对出现，如儿童与伙伴、儿童与父母、儿童与老师、儿童与他人等，主要人物之间常常构成矛盾冲突的关系，其他次要人物起到补充作用。

❷ 类型环境

儿童片的外在类型环境为农村、城市、学校、家庭等生活和学习场所，内在文化环境不确定，包括成人与儿童、个人与集体、本土与异域、浪漫与现实等具有对抗性质的社会力量与文化社区。

❸ 类型冲突

微电影儿童片的冲突主要体现在两个层面，一个来自于儿童个体，由于其天真、幼稚以及生活经验、能力上的欠缺而导致过失，最后经过同伴或成人的帮助改正了错误，实现了成长；或者由于家庭变故、成人的偏见、过失造成了对孩子的误解和压抑，最终经过反思和自我审视，改正了错误，使成人与孩子实现理解与和解。二是来自于社会群体，由于社会制度、文化、差距、偏见等方面产生的压力导致孩子心理上遭受创伤，但是通过多方面的努力和他人的帮助使其同化或异化，进而与成人世界妥协或隔离，这些冲突类型往往是相互结合的。

❹ 叙事结构与内容

儿童片往往通过童真、童趣与童年梦来建置故事并展开叙述，通过主人公在成长过程中，在自我世界和成人世界中所产生的疑惑、烦恼、纠葛为冲突，以弥合儿童世界和成人寓言之间的裂隙为解决方式，实现主人公在身份与情感上的融合、妥协或对抗。

◨ 童真、童趣与童年梦

儿童片着重展现的是儿童眼中的世界和生活，或者是从儿童角度去观察、分析、思考、理解生活以及探索和解决社会中未知问题的故事。所以，童真、童趣和童年梦往往是儿童片不可缺少的主题和元素，是产生矛盾与纠葛的催化剂。童真是儿童的情怀和心境，以至真至善、至纯至美为旨趣，是对成人世界的简化和提纯。例如《三克的梦想》中三克对于"乒乓球梦"的强烈渴望与执着追寻，展现了儿童内心的童趣和童真，虽然他顽皮犯错，遭受了误会和打击，但其坚持最终感动了家人，其梦想得到了鼓励和尊重。童趣是儿童快乐的引发源泉，也是他们认识和感悟生活的能力。《戛洒往事》中桶生不舍弃"小狗"体现了孩子的纯真、善良，通过贵巴子的引领使他明白了生命的意义。逆袭之《95分的烦恼》中儿子为拥有电脑而向95分努力是孩子的童趣，尽管遭受爸爸的误会，但最终父子俩化解矛盾并实现和解。童年梦是纯真梦想的源泉，关乎理想、人生、爱情、友情、家庭、学业等。例如《玛丽的自然卷世界》中玛丽和蘑菇青梅竹马般的梦幻故事是一段纯真的爱情梦，表达了少年情怀和纯真的美好。所以，如何能够巧妙地运用并表

达好童真、童趣与童年梦是儿童片叙事的关键。

2 成长的烦恼与心灵的感悟

孩子在残酷的现实和生存压力面前也会有困惑、烦恼、焦虑与不安，但是儿童片并未着重对成人世界中的"苦难"进行放大，而是进行简化和提纯，强调通过自身的努力或积极行动弥合社会不公平甚至差异。为此，儿童片通过不同的方式体现成长中的烦恼，这些烦恼来源于社会深层或家庭深层，但是解决方式却强调通过自我努力或他人帮助化解烦恼和阻碍，进而忽略或者模糊社会大背景中的问题。例如《戛洒往事》中，父亲迷信的思想与桶生善良天性之间产生了矛盾，但是，在贵巴子的"救赎"与"引领"下，孩子通过对生命的感悟解除了烦恼并实现了成长。《我的童谣》中，刘伟强和父母一样艰难地融入马来西亚移民混杂区。社会现实的矛盾和差距使他产生了烦恼和困惑，但是通过自我的努力，伟强找回了自信和勇气，并通过相互沟通、理解、信任、包容，赢得了同龄人的尊重和友谊，最终融入对方社会。由此可见，大部分儿童片往往倡导以积极或乐观的心态探索并解决现实问题，强调通过自身努力实现精神上的成长并获得进入成人世界的合法性。

3 弥合儿童世界与成人寓言的裂隙

每部儿童片中都有矛盾冲突，故事也有从善到恶、不幸到幸福、误会到和解、叛逆到回归。困惑到领悟等转变，不同的冲突解决方式往往体现出作者不同的创作态度。乐观态度往往以惩恶扬善、大团圆等结尾，将所有的矛盾与冲突都得到了解决，属于大情节模式，如逆袭之《95分的烦恼》、《玛丽的自然卷世界》、《爷爷的炸鸡》等；折中态度则以不完满结束，给人启迪或者引发人思考，以小情节模式呈现，如《戛洒世界》、《我的童谣》、《成绩单》、《1999》、《拾荒少年》等；悲观态度往往以小情节甚至反情节呈现，往往具有讽刺意味，影片往往偏"灰色"，如《红领巾》、《多云多雨》等。由于儿童片都是成人导演创作的，这就避免不了介入成年人的价值判断，这些判断与儿童的判断之间是有裂隙的，因此，儿童片实际上是在儿童世界和成人寓言之间进行弥合。这种弥合体现在大多儿童片在冲突解决上具有开放性，即在儿童价值冲突和成人价值冲突并存的影像世界中，儿童价值冲突的问题通常能够得到圆满解决或者给出合理的答案，但是成人价值的冲突或者问题却在某种程度上有所保留甚至没有给出解决的答案。所以说，儿童片对于矛盾冲突的解决给观众保留了审视的权利和思考的空间。

科幻片、奇幻片及其类型特点

科幻片是展现高科技发展背景下，人类对于宇宙或外太空的探索，人类抗拒机器人或异形生物的入侵和争斗，以及滥用技术所导致的生态危机、基因异变等的科学幻想片。

奇幻片是指围绕超现实事件、超神奇魔法、超自然能力和超幻想心理而展开的幻想片。

微电影创作中，科幻片数量并不是很多，奇幻片创作却非常广泛，部分将科幻片与奇幻片相结合，还有部分爱情片、恐怖片、儿童片、动作片、喜剧片等多种类型杂糅。鉴于两者的相似性，本节将科幻片和奇幻片放在一起进行比较和归纳。

① 类型人物

科幻片中主要人物也是配对出现的，包括正义的守护者和邪恶的人侵者，探索的科学家、研究者与破坏的恶势力或团伙，人或异形，等等。正面人物往往势单力薄，最后通过获得超能力或者在众人的帮助下战胜强大的邪恶力量，维护了正义和秩序。

奇幻片中的人物通常为一个或几个获得超自然力的人物，进入超现实空间而发生奇特事件，得到了奇特的结果或者奇特的感悟，常常伴有次要人物进行帮助或者阻碍。

② 类型环境

科幻片发生的外在场景多为地球与外太空、现实时空和未来（过去）时空等，跳跃性非常大。奇幻片发生的外在场景有真实与虚幻、现实和未来（过去）、人间与冥界等，更为自由多变。双方发生的内在文化场景包括主体力量、价值观念、技术观念相互冲撞或对立的文化社区。

③ 类型冲突

类型电影的冲突体现不同文化社区之间的差异、矛盾甚至对抗，其实质是两种或两种以上不同价值观念之间的矛盾与冲撞。科幻片与奇幻片也都包含两种以上的价值冲突，比如科学主义与伪科学主义、技术主义与人文主义、人性主义与反人性主义、乐观主义与悲观主义、文化主义与反文化主义等，不同类型的人物往往具有一定的符码功能，他们代表着一定的文化社区，是某种价值观念的代表。科幻片最终必将是通过暴力解决实现正义战胜邪恶，真理战胜谬误，从而巩固正义和秩序；奇幻片的解决往往通过幻想的破灭、身体上的惩罚或良心上的谴责对主人公进行惩戒或警示。

④ 叙事结构与内容

科幻片和奇幻片往往是以超现实的科学幻想或奇特幻想的事件来建置故事或展开叙述，通过人类对于未知世界或探索未知世界过程中的恐惧、疑惑、焦虑的展现来激化冲突，最终通过暴力消除威胁或者恐惧，平复潜意识中的焦虑，使正义得到伸张，秩序得以恢复，实现奇幻与残酷现实之间的弥合。

① 超现实的科学幻想与奇特幻想

科幻片与奇幻片是基于人类现存社会以及科学技术发展基础上的推理或者想象，具有虚构的特点，在表达形式上不仅自由灵活，而且大胆夸张、超越现实。超现实风格的科学幻想或奇特幻想往往是科幻片与奇幻片的核心元素，具有新鲜、奇特、刺激、荒诞、离奇多变等特点，这些影片经常挑战人们惯常的生活经验和理性思维，使观众在出人意料的大胆想象中获得观赏的愉悦和快感。例如《裂合边缘》以拯救小雁塔"第四裂合"的虚构故事为背景，讲述人类与平行世界人侵的变节者之间的争斗，其内容超越了人们惯常世界和理解范畴，带给观众一种奇特的视觉体验和对于人类生存问题的思考。《星球 N 计划 -2020》通过两个儿童与外星人 N 仔的奇遇，展开了儿童超幻想式的新奇之旅，表达了人类与外星人友好相处的真挚愿望。《黑洞》和《相机》通过人类偶然获得超自然能力后的行为展开奇思妙想，将人性中的弱点夸张放大，揭示了人性中无尽的贪婪、欲望、报复等丑恶面。《朝花夕拾》通过上班族与已死自己从相遇到启悟的经历，理解了生活与幸福的真谛。《爱情保质期》、《爱情规划局》等运用超自然能力的方式颠覆了浪漫爱情的表达，用奇幻方式阐释了爱的哲理。《最后的号码》则通过人间和冥界临界挣扎的奇幻经历，使观众体验并感知人情冷暖。尽管科幻片和奇幻片在情节或细节上体现出奇幻性或超现实性，但是这些故事最终体现了人类对于自己已知生活和未知世界的恐惧、忧虑和反思。

２ 未知恐惧、现实焦虑与哲学追问

科幻片和奇幻片所关注的主题往往都是人类发展所共同关注的科技、生态、生存等问题，无论影片采用多么超现实方式或者喜剧化的方式，其深层都是就人类将如何面对已知生活、未知宇宙、未知自我或生态危机等现实性问题展开的思考。例如《裂合边缘》通过人与自我异变之间的冲突，展现了宇宙秩序的失衡而引发的人类危机，是对于现实世界中生存恐惧的一种反射。影片呼唤拯救英雄的出现，也带领观众反思价值理性与人类生存关系的哲学命题。《朝花夕拾》通过年轻人与未来自己"奇遇"的方式展开了一场有关生活态度的反思和对话，带领观众反思并感悟自身生活。逆袭之《宝贝》通过夸张和荒诞的方式，展现了"求真"和"存伪"两种价值观之间的"较量"，最终通过矛盾解决引导观众秉持勇敢求真的哲学价值观。《红苹果》通过对未来生活的超级幻想展现了人类共同的焦虑，引导观众对科学技术发展与生态恶化等现实问题进行思考。《灵魂中转站》则通过诡异的死亡体验和奇异审判，使观众经历了一场灵魂拷问，从而追问人的生存意义。所以说，尽管科幻片与奇幻片从表层看是对生活与现实的夸张表达，但其实质是通过幻想见真情、见真性、见真相、见真理。

３ 完美奇幻与残酷现实的弥合

科幻片与奇幻片的矛盾冲突建置与危机解决主要存在于幻想世界和现实世界之间，两个世界相互分离又最终合一。在对幻想世界的展现中，影片往往通过完美奇幻方式解决矛盾、冲突、危机，因此，影片对于外在冲突的解决往往采取暴力的方式消除威胁、战胜邪恶，使自身危机得到解除，人性得到救赎，正义得到伸张，秩序得到维护，其实质是对人类社会焦虑的缓解与自我内心恐惧的抚慰。但是，针对与现实世界的展现，影片往往采取循环或开放性方式，比如《红苹果》中两位老人走向生态恶化的茫茫世界，《裂合边缘》中男主人公和另一位"天启"将迎接新的战斗，《朝花夕拾》的年轻人又开始了新的旅程，《东奔西游》中的"神仙"又开始了新的奋斗之路等，影片避免了因为"过度完美"造成对人类心灵上的麻醉或迎合，给观众以思考和启悟的空间，进而弥合完美奇幻世界与残酷现实世界之间的裂隙。

恐怖片的类型特点

恐怖片是指以离奇怪诞的情节、阴森恐怖的场景或音响效果吸引观众好奇心的故事片。恐怖片中包括惊悚片、悬疑片、凶杀片、魔怪片、僵尸片、吸血鬼片、狼人片等多种类型，当前微电影创作主要是前三种。

❶ 类型人物

恐怖片的主要人物可以是内心具有幽暗意识的人，也可以是精神变态者、压抑小人物、都市边缘人或者遭遇特殊变故而导致行为失常的无辜者。

❷ 类型环境

恐怖片的外在类型环境多为阴郁恐怖的空间，少有人烟的荒郊野岭，阴森怪异的居室，超现实的灵异空间；内在环境则不确定，往往是在价值观念等方面具有矛盾冲撞的文化场，例如自然主义、神怪主义与科学主义，文化与反文化等相互矛盾与对立的文化社区。

❸ 类型冲突

恐怖片的类型冲突主要有三种形式：其一是由于人自身与自然的矛盾引发超自然事物的报复而产生的恐怖；其二是由于人与人之间的矛盾与冲突而遭受灾难性的袭击；其三是由于自身内心的恐怖而导致的精神或行为失常所经历的恐怖。最终的解决方式或者以解脱式实现乐观的结尾，或者以灾难式实现悲剧的结尾，或者以开放式实现空白的结尾。无论哪一种方式，最终都需要使观看者恐怖与压抑的情绪得以宣泄和释放。

❹ 叙事结构与内容

恐怖片往往通过恐怖气氛和幽暗意识的进行视觉化的建置或叙述故事，其实质是来自于主人公内心某种隐秘的、恐惧的、扭曲的情绪或意识的外化；在冲突上往往通过悬念、震惊与尖叫等形式激化人物之间的矛盾与冲突，最终通过威胁或恐怖力量的消除，实现对焦虑、压抑的释放和缓解，使情感得以平衡，内心得以净化。

▣ 恐怖气氛与幽暗意识的视觉化

恐怖气氛的营造是恐怖片最为关键的表现元素，其核心是将恐怖气氛视觉化。微电影创作中，恐怖气氛的视觉化可以通过环境的选择、灯光的设计、人物的塑造、音乐音响的运用实现并发挥作用。在环境选择上，大部分恐怖片的故事通常发生在都市黑暗的居室、乡村僻静的荒郊或古屋、充满险恶的古怪环境、灵异的虚拟空间等；影调比较灰暗，主人公的表演区通常被大面积的黑暗或阴影包围，形成一种黑暗、压抑和紧张感；恐怖片的人物多半是孤独迷失者、精神变态者、杀人恶魔、压抑小人物、都市边缘人和无辜受害者等，他们的形象具有两种极端变化，其一是正常状态下与常人无异，但是遭受惊吓或者作恶行凶之时就会露出恐怖或狰狞面目，强烈的反差唤起观众心理的恐慌和恐怖情绪，如《第六个》、《不安的种子》、《百年婚纱店》等；另一种是正常状态下显现病态或异常，并且通过离奇或怪异的行动引发观众好奇、惊悚和恐惧的心理，如《Ouroboros》、《谜门》、《生日快乐》等；恐怖片的音响效果是营造恐怖气氛的有效手段，通过具有逼真的、表现性的音乐、音响的运用，使观众形成联觉反应，产生强烈的心理刺激和情感冲撞。

恐怖不仅表现可怕、厌恶、厌倦和逃避等内心情绪，还往往深入挖掘和表现人类自身的幽暗意识或心理，表现人类潜意识对于未知世界、未知自我或非自然事物的恐怖与不安，人类在现实生活压力中的恐慌和恐恨，人类在自我追寻过程中的孤独与分裂等潜意识心理，以及不断放大的人性弱点和幽暗心理。例如《百年婚纱店》通过一段灵异而离奇的"婚纱店长"的经历展现了人类潜意识对于未知世界的恐惧以及"找人替罪"的侥幸心理；《不安的种子》、《生日快乐》表现了女主人公因为"过失"的内疚心理而产生恐怖幻觉和人格分裂，都是对人性弱点和阴暗面的放大。《魔鬼理论16号》表现了男主人公隐秘心魔所导致的心理危机，通过"父亲"的灵异治疗，内心创伤得以恢复，并实现了自我超越。《第六个》、《白面黑手》、《迷失》、《Ouroboros》、《谜门》等都表现了人在"自我"追逐中所产生的恐慌、扭曲、变态、分裂的情绪和心理，展现了社会现实以及生活压力所导致的人性畸变。但不能忽略的是恐怖片的效果实现必须将恐怖气氛的外部营造的与幽暗意识的内在心理相统一。

2 悬念、震惊与尖叫的心理游戏

恐怖片之所以能够达到恐怖效果，必须要借助于悬念。悬念是影片中悬而未决的矛盾现象，是恐怖片叙事发展与高潮推进的动力。希区柯克认为，我们不知道暗藏在桌子底下的一颗炸弹爆炸了，这是意外；我们知道一颗炸弹藏在桌子底下，但它还没有爆炸，这便是悬念。所以说，在恐怖片中，悬念的预设、层层揭开构成了影片的张力延迟着观众紧张的心理情绪，而观众已经知晓悬念与延迟的解决更有助于引发紧张和刺激的情绪。如《刷车》的悬念设置正是源自于男主人公对于暗恋女孩特征的熟悉和对于爱的坚定，这一点观众也同步知晓。悬念悬而又悬是因为主人公的误导使观众共同经历了惊险而刺激的过程，从而使一场"英雄救美"的故事充满了暴力、荒诞和紧张感。《不安的种子》的悬念设置通过顺序与插叙交替展开，将一场因为内疚而遭到"恶鬼"惩罚的恐怖故事演绎得异常刺激，影片在悬念揭开之后又增加了新的悬念，从而引领观众经历内心拷问的过程。由此可见，恐怖片艺术效果的实现是创作者和观众的共同完成的心理游戏。如果说悬念是创作者铺设"炸弹"的过程，那么"震惊"就是观众发现炸弹的过程，而"尖叫"则是观众亲眼所见炸弹爆炸时的反应，"悬念—震惊—尖叫"的有效连动更能增强恐怖片的表现力。

3 压抑的释放与叙事的平衡

无论是哪一类的恐怖片，故事的结尾都要揭开悬念，使真相大白，使观众紧张而压抑的情绪得以解决和释放。同时，恐怖片又要对故事价值进行平衡，将恐怖破坏的秩序重新恢复。因此，恐怖片的结尾通常表现为正义战胜邪恶，有罪者得到肉体上的惩罚或良心上的谴责，恐怖或危机得到暂时或彻底消除，进而实现叙事上和心理上的相对平衡。表现方式可以分为封闭式解决和开放式解决两种方式。例如《不安的种子》、《百年婚纱店》、《追灵》、《魔鬼理论16号》、《谜门》、《生日快乐》等都采取了封闭式结尾，故事的矛盾得到了全部而有效的解决，无辜受害的人得到了解脱，过错者最终得到了肉体上的惩罚或良心上的谴责。封闭式结尾使观众在体验了紧张刺激的快感之余又实现了对于自身价值观的有效检视，从而确证了主流价值观。也有一些采取了开放式结尾，如《第六个》、《白面黑手》、《信》、《迷失》、《回头》、《三公里》等影片，尽管影片结尾对悬念进行了揭示，但是作恶的主人公遭受惩罚还是逃之夭夭，影片中仍有一些元素并没有得到完全解决。这些影片实际上更加注重观众对于叙事过程的体

验，最终把解决问题的方式或者裁定主人公命运的权利留给了观众，使观众在想象、思考、审视或判断中找寻内心的答案，通过自我补足实现影片叙事的平衡或内心的净化。

学生习作

① 青春爱情片《末日不孤单》

导演：张楠
编剧：玛丽
摄影：张楠、高晓慧
剪辑：张楠
主演：张楠、玛丽
片长：6分14秒
创作时间：2012年

末日不孤单

1 类型构思与设计

类型微电影的设计首先应当掌握类型特点，熟悉类型规范，遵循类型电影创作方法，指导人物、场景、情节、冲突、叙事结构、叙事内容等方面设计。为了避免被束缚，也可以在剧本构思完成后再运用类型规范来检验或修改影片的整体设计，以使影片更加完善和成熟。《末日不孤单》属于青春爱情片，主要讲述2012年"世界末日"临近时期，女孩蘑菇和男孩Lohas之间一段朦胧而真挚的爱情故事。影片在整体设计上需要运用青春爱情片的类型规范进行指导和创作。

2 类型人物设计

影片采用了俊男靓女双人配对的关系模式，展现了女孩蘑菇和男孩Lohas从陌生—熟悉—犹豫—确认的情感关系变化，使两个具有相同情趣和追求、焦虑的心灵实现了融合与沟通。

3 类型场景设计

影片主要选择了校园中图书馆、咖啡厅、自习教室等惯用场景，为故事的发展提供了现实环境和浪漫情境；在内在深层文化场景上，影片选择了2012年"世界末日"临近的时代背景下，现实社会中年轻群体与个体的悲观和乐观、积极与消极等相互矛盾的态度、情感与价值观作为情节发生的背景和文化场。

4 类型冲突设计

影片类型冲突设计主要包括两方面：其一是社会背景下的剧情大冲突，是个体与社会之间的冲突，从Lohas厌恶四级考试而期待世界末日来临，到蘑菇询问2012在哪里的情绪中可以看到年轻人在浮躁环境中的焦虑与不安，滋生了末日情绪和末日情结，这也是社会大背景下的衍生物，是个体在社会生存下的压力与烦恼；其二是情节小冲突，来自于个人内心对于情感的迟疑或不确定，是个体与自我之间的矛盾，最终通过双方克

服彼此内心的障碍而勇敢示爱使情节小冲突得到了解决。

5 叙事结构与内容设计

影片尽管篇幅比较短小，但是情节比较集中，整体采取了"相爱难"的结构模式，围绕两人相识、相知、相离、相恋的过程展开爱情故事。情节的叙述重点在于如何设计这种"奇异化"的逐爱过程，这是青春爱情片的叙事重点。因此，故事的开端建置在男孩对女孩一见钟情并产生爱恋开始，运用图书馆中的擦肩而过、读书中的默契、手机微信相互关注与传递情感、咖啡厅相遇等方式展开了两个人间的浪漫相识过程；又通过自习室中两人互助学习中距离的变化实现时间压缩，巧妙表达两人情感关系的变化，也表现了"末日情绪"背景下彼此内心的焦虑与不安，这是大冲突和小冲突联合作用下的爆发；最终，通过两人对障碍的克服实现了情感的表白，确证了真爱无敌、爱情至上的价值和意义。同时，影片也通过双方爱情的圆满平衡了现实的焦虑失衡，通过浪漫爱情弥合了残酷的现实纷扰，体现了青春爱情片的类型价值追求和特点。

6 优点与不足

影片是学生课堂习作，优点是在整体设计上基本上参照青春爱情片的类型规范，结合自身经历和当下的社会背景讲述一个生动、完整的小故事，并在其中融入自身的情感以及对于社会和生活的体察和理解，在继承中尝试，这是难能可贵的；影片整体以配乐和文字贯穿，具有诗电影的韵味风格。不足是整体细节设计上不够细致并有所欠缺，尤其是结尾设计有些唐突，如果再细腻、丰富一些会使类型人物更为丰满，类型冲突和解决方式更为有力和耐人寻味。

② 爱情片与惊悚片《分生》

导演：张楠
编剧：马一芳
摄影：张楠、王琳
剪辑：张楠、马一芳
主演：马一芳、于淼、张楠等
片长：25 分钟
创作时间：2011 年

1 类型构思与设计

《分生》属于惊悚、爱情、复仇相杂糅的类型，影片主要讲述了小米由于童年遭受人身伤害留下心理阴影，而后受到朋友的歧视、嘲弄以及男友的欺骗、背叛等心理挤压，导致了内心人格分裂并实施报复的故事。因此，影片应当依照爱情片、惊悚片等类型规则，运用类型化方法创作，将相关元素整合起来并不断寻求突破。

2 类型人物设计

影片遵循了爱情片人物关系配对设计的规则，采用了四角交叉的关系模式，形成了以小米为中心与思远和梓辰的三角关系和以思远为中心与小米和安琪的三角关系。小米

是全片的主角，安琪、雪儿分别是对立的敌手，思远则因背叛由中间人转化为敌手，只有梓辰由暗恋者而转化为帮手。在人物的性格上，也遵循了恐怖片人物设计规则，将小米设定为一个懦弱而善良的女孩，因为小时候的创伤而形成了自卑、恐惧、忧郁的人格，但是在内心创伤被激发的时候就会分裂出另一个凶狠、残酷的人格，女孩的遭遇容易博得观众的同情而获得情感认同。在小米女性朋友的塑造上，一个是心高气傲的大小姐，其压迫加重了小米自卑心理；另一个是抢夺自己男友的并恶言相向的伪朋友，其欺骗使小米幽暗意识和情感得以激化；小米男友思远是一个没有主见、懦弱的两面派，最终选择了背叛；梓辰是善良、冷静、重感情的痴情者，但是过于冷静和缄默而没能及时帮助并拯救小米。因此，人物之间相互情感关系的矛盾交织加剧了人物角色关系与功能的变化，推动影片情节的深入发展。

3 类型场景设计

为了突出相互之间的情感关系，影片的类型场景设计选择了家庭居室、校园操场、KTV 等青年人情感交流的惯用场所。在表现小米心理扭曲以及人格裂变过程中，环境的设计遵循了恐怖片、惊悚片的原则，选择了比较昏暗的丛林、阴森的居室、狭小的卫生间、阴冷的街道等，通过光效、构图、空间、剪辑、音响等元素和手段的综合运用营造了恐怖的氛围和情境。在内在环境上，影片综合爱情片和恐怖片的特点，构建了对立的文化社区。其一，在爱情价值观上形成了遵循真心赢得和遵循巧取豪夺的对立爱情观；在文化立场上，一面遵循传统文化观念，对女孩失身持有偏见和歧视甚至给予不洁的人格定论；另一方则持反传统的文化立场，运用了极端的方式去反叛传统争取尊严，进而引发悲剧冲突。

4 类型冲突设计

影片的类型冲突设计包括情感冲突和文化冲突两个层面，后者是更深层的本质原因，影响着前者的发展，两者共同构成了影片中矛盾冲突相互碰撞和转化的动因。类型冲突主要通过故事价值的设定与转化得以显现。影片中爱与恨、忠诚与背叛交织的矛盾使爱情片的价值关系得到了继承和发展，而信任与欺骗、挤压与报复、犯错与惩罚等交织的矛盾也构成了惊悚片和复仇片的价值转化，使得影片的情节发展从平衡到失衡再到平衡跌宕起伏不断推进。

5 叙事结构与内容设计

影片在叙事结构与内容设计上，综合了爱情片和惊悚片的特点。片头引入段落通过树林中奔走的意象创设了迷失而迷离的情境和情绪，表达出"迷失自我—找寻自我"的惊悚片主题和特点。影片前半部分主要体现了爱情片的叙事结构，运用了"相守难"的叙事模式，展现了小米与思远之间的情感裂变，这也是引爆小米人格分裂并产生情感悲剧的一个重要导火索，完成了人物出场、人物关系建置和矛盾冲突的建置。之后，当故事中矛盾激发，内心扭曲的小米开始分裂出另一个人格，来帮助她完成她本来不敢做的事情，复仇过程也随之开始。这一个过程影片遵循了恐怖片或者惊悚片的情节模式，运用不断铺设悬念以及错乱梦境等方式，展现人的幽暗意识被激发之后所产生

的心理畸变和行为失常，使小米通过梦魇病态进行杀人的过程。之后，当她得知自己的所作所为后选择自杀而实现对自身的惩罚，结果自杀未遂而获救。因此，整个影片的解决遵照了恐怖片或者复仇片的类型解决方式，使观众内心恐惧的情绪得到平复，使正义得到伸张，使犯错者得到法律、道德或者心理上或肉体上的惩罚，起到惩恶扬善并肯定正面社会价值观的作用。但是，《分生》最终结尾却对类型化的解决实现了破格，通过小米转头"阴笑"的镜头形成了开放式结尾，让观众产生多种遐想。其一是影片没有完全结束，小米是否还会继续杀人？将影片的情绪得到延续；其二是采取含混的结尾，以缓释观众后半段由于血腥复仇而产生的紧张与焦虑，告诉你这只不过是一个虚构的故事而已，不要悲伤，生活依然美好；其三，也是创作者本来的意图，认为影片中的女孩采用了假装精神失常的方式以逃避法律责任，从而留给观众更深的思考空间。由此可见，影片最终结尾在类型规范基础上进行了突破，使影片实现了更深层次的思想表达。

6 优点与不足

该影片是学生运用类型方法进行创作的一种尝试，综合运用了多种类型。优点是能够运用类型电影方法指导创作，并进行突破寻求新的表达。在情节展现过程中，人物关系设计比较合理，悬念设置比较适当，故事发展环环相扣并具有一定的吸引力和表现力。不足之处是在遵照类型规范基础上，在人物性格塑造、人物情感关系等铺垫和细节设置方面还不够充分和严密，容易造成叙事漏洞，再细致一些会更好；在整体节奏上，部分镜头设计方式单一，时间过长，致使前半部分节奏有些松散和缓慢，若稍微紧凑一些整体影片还能更加出彩。

◉ 微纪录类

微纪录片是指运用纪实手法对人物的生存、事件的发展、现象的挖掘等进行再现与表现的非虚构叙事影片。

纪录片（Documentary）一词最早由英国"纪录片之父"格里尔逊于1926年提出，经过历史的发展，纪录片已经从纪录电影发展到电视纪录片再到微纪录片，其样式与内容不断丰富与拓展，但其内核有两点是不变的，这也是微纪录片创作中应当遵循的原则。其一是非虚构性，即纪录片必须是真实的，不能违背真实进行虚构、捏造，可以在尊重真实的基础上进行创造性处理，所以纪录片的真实是艺术的真实。其二是叙事，纪录片可以通过不同形式或手段展开对人物或事件过程的叙述，使叙述过程情节化。纪录长片的情节化往往包括完整的开端、发展、高潮和结尾，但是微纪录片相对短小，可以展现一个过程，也可以展示一个段落，但是应当具有微小情节、少量人物、微小故事和细节展现的特点，这也是微情节化的一种体现。例如2013年凤凰视频纪录片大奖的参赛影片《莫里斯的麻袋》，全片只有2分20秒，记录了生活在肯尼亚内罗毕贫民窟的莫里斯一家，创造性运用麻袋种植农作物满足生活所需的小事，展现了资源匮乏地区人们的生存状态和生存之道。这个微纪录片尽管短小，却采用了双线平行剪辑的电影化手段，将种植农作物的细节和过程呈现出来，强化了该地区农作物种植和人们生存之间的密切关

系，影片所采用的方式就是微情节化叙事。

与传统纪录电影或电视纪录片相比，大部分微纪录片具有微投人、微制作、微叙事、泛传播的特点。微投人是指除了商业片外，大部分微纪录片都是小投人甚至创作者个人出资，利用就地取材等方式进行拍摄。微制作是指拍摄团队组成、拍摄周期、制作环节上规模相对比较小，周期比较短，制作环节相对简单。微叙事是指影片叙事架构比较简单，往往结合一个人或一个群体，就某一方面、某一个角度进行重点拍摄和表现；片长较短，通常在 1 分钟~30 分钟左右，可以形成系列。泛传播是指可以通过网络或手机等新媒体手段进行广泛传播，传播方式更加灵活自由，传播内容更为丰富。除此之外，还有一点就是微态度。微态度并不是没有态度或者态度渺小，而是指创作群体趋于年轻化，具有较强的社会责任感和批判意识，整体创作体现出一种比较鲜明的人文化倾向和个性鲜明的创作态度。

微纪录片的创作功能也可以分为认知、宣教、商业和娱乐四方面。我国早期的纪录片主要以认知和宣教功能为主。当前，部分微纪录片的商业性和娱乐性逐渐增强，使微纪录片在表达态度、形式、内容上更加丰富和自由。根据不同创作手法和表现内容，当前微纪录片主要可以分为纪实类、调查类、文化类、历史类、科教类。

纪实类微纪录电影及其特点

纪实类微纪录片是以现实中某一群体（人或物）、个体（人或物）为纪录对象，表现他们在现实生活中的思想、情感以及生存状态。

纪实类微纪录片注重社会民生和人间冷暖，主要关注三个方面。一是展现弱势群体的生活状态。如《刘立武》、《花儿哪儿去了》、《等待》、《我要回家》、《老人与年》、《胡玉刚》、《我们》等表现边缘儿童、特殊儿童、孤寡老人等在现实中的艰难生活和孤独心理，反思社会变迁中的人情冷暖。二是展现特殊群体的生活状态。如《唐布拉人家》展现了当地游牧民族一天的生活；《大漠绿洲》记录了沙化严重的自然灾害对于人类生存命运的影响，展现了沙漠边缘人们与环境之间展开的争斗；《生命之约》展现了医学院学生对于遗体捐献者的家属的探访与生命感悟；《家》则通过流浪狗的生存状态展现了人对于动物的保护和人文关怀。三是展现社会快速变革中新兴行业或没落行业中某一群体的生存状态。如《爸爸爸爸》、《七点一七点》、《90 后人殓师》、《在路上》、《上海妈妈》、《肩上的岁月》等以改制国企职工、农民工、人殓师、楼房销售传单员、钉子户妈妈、没落的挑山工等为关照对象，展现他们在社会现实压力下真实的生存状态、复杂的情感状态和波折的命运。

纪实类微纪录电影特点：

- 创作观念往往是主题后行，即先进行事实拍摄，之后提炼出叙述框架和表现主题；选取的对象或内容具有典型性、新奇性，表现对象往往具有矛盾或者争议性，具有很强的现实感和鲜活性。
- 主要运用纪实性手法进行叙事，注重生活空间、生活场景、生活细节的原生态再现和故事化表现，具有很强的亲近性和亲切感。

- 具有鲜明的平民化风格和浓郁的人文关怀意识，往往以人为主要表现对象，风格写实、自然，平实中见深度。
- 在具体表现手法上注重利用人物同期采访与纪实性段落结合的方式进行内容叙述和思想表达，解说词的使用往往比较节制。

在微纪录片中，该类型作品的数量最多。所以，在拍摄对象、内容越来越广泛的前提下，该类作品的创作要避免泛化，应当体现鲜明个性、敏锐视角和独特特点，否则很容易形成同质化的倾向；应当找到突破角度和叙述重心，否则很容易形成没有主次和重心的"流水账"而不知所云。

调查类微纪录电影及其特点

调查类微纪录片主要围绕社会所关注的生存、生态、环保、能源、安全、社会保障等热点现象、焦点问题展开，并运用走访调查的方式提出问题、分析问题、解决问题，以引起反思，唤起良知，促进社会问题的解决。例如《回收北京》以北京环保问题为调查内容，通过对北京众多垃圾点的分布、成因或管理等问题进行走访、调查，反思垃圾对于环境污染所造成的不良影响，也反思管理部门在管理上的责任缺失，唤起公众对于环境生态恶化的忧患和责任意识。《轮椅人事》以残障群体为关注对象，聚焦于残障通道利用的社会保障问题，凸显社会责任与人文关怀。由此可见，调查类的微纪录片不仅侧重于人与自然环境之间的外部冲突，还常常将这种冲突放置到人与社会、人与人、人与自我的内部冲突中去审视和思考，体现出深度的批判。

调查类微纪录片特点：

- 选题构思往往采取"主题先行"的创作观念，即在对拍摄对象具有一定了解的基础上设计拍摄思路或预想主题，之后再拍摄事实对主题进行论证和阐述，选题往往具有很强的针对性和现实意义。
- 注重论证问题的论证性、逻辑性和故事性，注重运用纪实性手法"让镜头说话"，以进行实际调查、呈现实际例证、展开实际行动的方式进行层层设问、层层分析、层层论证，深入揭示现实问题，具有较强的客观性、真实性和可信性。

系列纪录片《水问》是非常成功的调查类系列纪录片，该类纪录形式在深度新闻节目中经常使用。拍摄该类纪录片应当注重选题的关注度和敏感度，注重运用镜头论证的逻辑性，注重问题分析的深度和力度，注重将故事化方法与新闻调查方式的有机融合，避免强硬的说教和概念化的分析论述，将深刻的道理孕育到朴素的故事中。

文化类微纪录电影及其特点

文化类微纪录片主要以某一主体（群体或个体）的生存与繁衍或某一文化现象为表现内容，展现某一文化现象的兴衰与发展，某一主体独特的文化品格、艺术追求和生命感悟。例如《坝场茶艺》通过对现代文明冲击下川南地区行将消隐的坝场艺术而引发思考，唤起人们对宝贵民族文化的保护和发扬；《皮上的信仰》以一对以纹身为事业的夫妻为

纪录对象，表达了他们对于纹身艺术和纹身文化的独特理解和感悟；《独舞》纪录了视舞蹈为生命的舞蹈家一路漂泊找寻真我的生命状态和过程。《后青春期》与《生活在别处》通过对旅居群体的生存状态的展示，表达了现代多元文化融合中，一些独特群体的生存状态、文化旨趣和超然的精神追求。由此可见，文化类微纪录片并不注重日常化和平民化的表达，而是注重于提炼这种生活背后超然的艺术品格、生活态度和精神感悟，体现出一种精英文化的品味和视角。

文化类微纪录片特点：

- 选题往往将了解过程与拍摄同步进行，突出表现对象的独特性、文化性和矛盾性，深入挖掘表现对象的精神层面或文化层面的内涵。
- 文化格调较高，艺术性、人文性、个性化较强，在真实表现的基础上，注重结合主观表现、艺术创造等方式传达思想和表现主题。
- 常常借助于同期声采访、解说等形式串联影片、叙述故事、表达思想，具有强烈的在场意识。

该类纪录片往往并不关注某一事物的现实意义和实用价值，而是抛开表层深入关注拍摄对象的美学意义和文化价值，因此，该类纪录片对于拍摄者自身的文化修养要求较高，需要拍摄者能够通过调查、积累分析、甄别和归纳相关材料，对拍摄内容具有深入的洞察力、判断力和思辨力，能够在深度开掘中形成一定的文化品格。

历史类微纪录电影及其特点

历史类微纪录片主要以古今历史人物、历史事件、名胜古迹或社会现象为叙事对象，表现不同历史背景下，人物的生活经历和精神状态，事件、建筑、文物的产生过程和曲折经历，实现追古思今，弘扬历史文化、传承民族精神的目的。例如《诗情画意道梁江》通过大梁江的古建筑展现了中华名村大梁江的悠久历史和古朴文化；《鸡鸣驿》通过大梁的史实和文献资料，展现了河北省怀来县宝贵的驿城历史文化；《肇庆最后的自梳女》通过对于肇庆自梳女的走访带领人们了解了自梳女的历史和这一特殊群体的命运；《百年霓裳——旗袍》通过对于百年旗袍历史演变过程的追溯，展现了旗袍文化。

历史类微纪录片特点：

- 注重通过历史演进过程的追溯，历史故事的演绎来凸显历史精神和民族文化。
- 往往采取主题先行的方式，先有主题和框架，之后再寻找事实进行论述和表现，主观性较强，解说词起到重要的串联作用。
- 注重运用纪实性手法还原历史，并结合文献记录、口述历史、情景再现、人物搬演等多种形式进行表现。

历史类纪录片往往注重人物或事件的历史价值或文献价值，展示对象在时代变迁过程中的发展状貌。在拍摄过程中，应当注重将宏观叙述与个性化表达方式相结合，将历史与今昔相互关联，在当下的情境中讲述历史。对于史料的运用形式和手段应当更加生动、丰富、鲜活，使历史与文化的呈现更加活化。

体验类微纪录电影及其特点

体验类微纪录片主要以创作者亲身行动参与某项活动或进行某项探索，并在活动中真实纪录自身体验、感受、状态和感悟的影片。例如优酷自制的《侣行》真人秀系列微纪录节目通过一对年轻伴侣行走世界神秘之地索马里、世界极寒地带奥伊米亚康等，切实感受和体验当地人们的生活状况、生存状态，在展现异域新奇的人文地理、风土人情、地域文化的同时，还将这种体验和感受通过讲述的方式直接呈现给观众，给人强烈的震撼和刺激。

体验类微纪录片特点：

- 选题上偏重于新奇性、刺激性、体验性较强的内容和形式。
- 采用主题后行创作观念，在拍摄中过程中呈现事实和主题，注重带动观众共同参与、互动和体验。
- 采用纪实性手法，通过讲述或同期声采访等手段增强对体验过程的感受，注重拍摄内容的真实性以及拍摄过程与行动的同步性，具有很强的在场意识。

体验类的纪录片所展现的拍摄对象或过程必须具有一定的新奇性、刺激性与参与性，要能够激发观众的兴趣并带动一起体验的。该类型纪录片对于拍摄对象和拍摄团队来说具有非常高的风险性和不确定性，尤其对拍摄人员的选题和策划能力、整体素质和装备水平、即兴组织和应对能力要求较高。

科教类微纪录电影及其特点

科教类微纪录片主要以科学技术、科普知识、生活常识、文化知识等为主要内容，运用影像、动画、图片等多种手段阐释观点、传播知识、传授技术、普及科学。如《国石奇葩华安玉》通过对于华安玉的分类等知识的介绍，使观众在领略华安玉的神采的同时，增进了对于华安玉的认知和了解。

科教类微纪录片特点：

- 注重将知识性、趣味性、科学性融为一体，传播文化知识、普及科学技术。
- 往往采用主题先行的方式，以解说作为画面的串联、补充、解释、强调的主要手段进行展示和表现。
- 吸收纪实性手法或故事化手法，运用采访、动画、搬演、情景再现等多种形式丰富表现内容，使影片增强趣味性。

科教片是我国纪录片中非常传统的类型，多年来一直在不断探索和创新中发展。例如《森林之歌》是一部有关自然生态的纪录片，也可以看作一部非常具有创新意识的科教纪录片。当前部分科教类微纪录片能够运用多种创意的形式和手段，但是知识性和科学性不足；也有一些微纪录片还保留过多传统的痕迹，具有出较强的主观性、灌输性，这些都影响了科教微纪录片的发展和传播。所以说，创作者应当从其他纪录片或剧情片中借鉴，通过多种创意手段，将富有知识性、趣味性和科学性的内容融会贯通，使观众

在获得知识的同时提升科学理性，感悟哲理、获得益趣或美的享受。

◎ 微实验类

微实验电影是指运用抽象的方式表达某类命题、思想或情绪，在内容与形式上具有夸张性、反常性和超现实性的微电影。微实验电影是对传统实验电影的继承，其源头可以追溯到世界电影诞生之时，尤其是在 20 世纪 20 到 30 年代，受到现代主义思潮的影响，实验电影在欧洲兴盛，产生了先锋派电影、诗意电影、超现实电影、表现主义电影等。

微实验电影在创作上尊崇先锋性、非理性、反叙事的美学原则。在艺术追求上，以领先、前卫、非主流为艺术旨趣，摒弃商业电影以营利为目的的创作原则，倾向于将外在世界进行主观表现，注重个性化的主观思想和个体化经验的表达，风格也比较抽象、怪诞、离奇、非常态化。在表现手法上，实验电影反对理性原则，偏重于通过心理、潜意识、意识流、梦境等手段来外化和表现人物的主观思想和内心世界。在叙事方法上，实验电影往往具有淡化叙事或反叙事的特点，使观众关注于过程的叙述和内心的体验，摒弃和破坏传统商业电影的叙事原则和审美原则，使观众在疏离、否定和破坏之中得到启示和震撼。

随着科学技术和电影艺术的不断进步和发展，微实验电影借助于数字技术和数字艺术等表达形式，在继承传统实验电影内核的基础上，不断丰富其内容和样式。目前微实验电影的类型主要有抽象式、联想式、诗意式和表现式。

抽象类微实验电影及其特点

抽象式微实验电影主要将具体物象进行抽象化展现，通过形状、光影、运动等方式形成视觉节奏和韵律，产生"视觉交响乐"，使观众产生视觉愉悦和审美体验。《机器与舞蹈》、《光的游戏》、《对角线交响乐》、《柏林：大都会交响曲》等是早期抽象式实验电影的代表作。

在微电影创作中，纯粹的抽象式作品并不多见，但是一些作品中具有这种抽象表现的倾向。例如《北大光影交响曲》很多段落充分运用自然和人造光影产生的视觉节奏形成了一曲独具特色的"视觉交响乐"。这种光影时空不仅营造了意境和文化氛围，也与音乐音响互为交织，在光影独奏、光影合奏、光影追逐、光影变奏之中散发了浓郁的抒情情绪，产生强烈的表意效果。《饼干》综合了抽象式和联想式结合的特点，采用了动画手段，运用饼干的不同颜色、形状、特征、排列、运动来模拟人的动作和心理，通过视觉节奏外化人物的内心情绪，表达了现代文明冲击下"人"的异化和情感缺失。因此，抽象式微实验电影往往以"物"为主要表现对象，注重用技术手段和艺术形式进行对某种思想进行抽象表现。

联想类微实验电影及其特点

联想式微实验电影强调通过人或物的形象、运动以及镜头间的组接产生关联性和象征性，引发观众联想，获得某种意义。与抽象式电影相比较，联想式电影更强调外在形

式和内在意义的结合，强调主观思想和情绪的表达，部分影片具有超现实的特点。《一条安达鲁狗》《黄金时代》等是早期联想式实验电影的代表作品。例如，《巴别塔》运用动画形式，利用泥土、锁头、牙膏、铅笔刀等材料构成叙事情节，对男女两性关系的发展进行比喻从而引发联想，阐释两性情感关系变化过程。《变形记》则通过超现实的手法，形象展示了一个普通人单调、重复、机械甚至无意义生活过程，批判了现代社会对于人的异化。《镜像人》《9 nine》通过超现实的手法，主观表达了主人公的焦虑、喜悦、不安、恐惧、狂躁等情绪和情感，以及自我对抗、挣扎乃至人格分裂的过程。《Painted Love》采用了联想式风格，将画家创作过程和心理过程相互联接，模糊了真实与幻想之间的界限，营造了超现实主义的情绪，诠释了画家与作品之间合而为一的爱情神话。《Dreama》以幽默和戏剧化的手法，通过演员和观众的反射和互动，诠释戏剧、镜和梦之间的微妙关系。《鱼的缸》通过鱼、鱼缸、水、手等具有象征意义事物的夸张和演化，运用光影变化以及视觉节奏上的连接产生震撼，展现了水资源生态恶化的激剧进程和悲惨结果，引发对于水资源恶化的原因和过程的思考。总之，联想式微实验电影往往借助于幻想、梦境等表现主观内心世界，通过场景的错位等象征荒诞的现实世界。

诗意类微实验电影及其特点

诗意式微实验电影主要借助于主观情感和情绪的抒发与表达，运用意识流式或者拼贴式的手法，形成散文式、不连续、跳跃式、随意性的诗化风格，表达主人公内心颓废、慵懒、孤独、焦虑、迷茫等情绪或思想，展开对于生命的思索、人生的感悟和社会的批判等。伊文思的《雨》是传统诗意电影的经典作品。

诗意式电影也要借助于联想和象征的作用生成意义，但是诗意式更加侧重于内部意义的实现。当前一些诗意式微电影多半表现出浓重的文艺色彩和个体化特点。《拍照者》通过图片的拼贴和叙述表达了拍照者的欲望与主观情感，表达了拍照者在艺术追索中的领悟和哲思；《初恋第一次》通过散文化的结构和跳跃的情节表达主人公对于爱情的领悟和成长；《愚人志》和《巴斯的草原》通过个人化的感悟经历展开一场诗意化的"心灵之旅"；蓝波的三部曲《初见》《子非鱼》《停滞的时光》通过唯美的画面和诗化的语言讲述了社会转型期三个年轻人的青春成长经历与自我追索的过程。这些影片并不注重剧情的铺设与设计，个性化、经验式的叙述话语实现了对某种心境的渲染、情绪的挥发、思想或观念的传达。

表现类微实验电影及其特点

表现式微实验电影主要吸收黑色幽默、荒诞、象征、魔幻等元素，通过夸张、反常和怪诞等手法，对现实生活中的人物和事件进行放大和变形处理，展现人在现代社会中的孤独、绝望、扭曲甚至异化的状态，通过悲观主义情绪、无政府主义状态、虚无主义思想实现对不合理的社会、制度、人性的审视、嘲讽与批判。《卡里加里博士的小屋》《变形记》《二十二条军规》等是经典表现式实验电影。与其他三种类型相比，表现式微实验电影更加注重外在形式与内在意义的关联表现，通过对情节、人物、场景的情境化、象征化、怪诞化，使观众产生审美和接受阻拒，实现对传统意义的否定和颠覆，进

而产生心灵的震撼。例如《电影之未分类死亡》以其犀利的视角通过人类死亡这一过程的奇异化和反常化体验，带领观众审视人性的虚伪和冷酷，表现了人与人之间的冷漠；《老男人历险记》通过两个男人荒诞的"死亡体验"之旅使观众领悟生的意义；《浮生七记》通过七个人物、七段故事展现了七种情绪、七个人生和浮生七相，透视剖析人性并展开对于生命意义的思考；《中国故事》以更为夸张的手法表现了人性的虚伪和异变，个性化的丧失，反思和批判教育体制和社会制度对于真实人性的贬抑和扼杀；金赫的《括号们》、《微绑架》对现实社会中暴力和犯罪衍生和新兴媒介参与"绑架"的新问题进行了夸张表现，通过"以暴制暴"、"以牙还牙"等极端方式表现出了人性在荒诞与无奈下的扭曲和丧失；《机寞星球》围绕手机媒介对人类关系的影响进行了演绎，反思现代媒介社会下人与人之间的情感的变异。相比较前三种类型，表现式更加强调批判性和讽刺性，对于社会问题的深度的剖析和透视也更为强化。

思考与练习

1. 什么是类型电影？类型电影的四要素是什么？

2. 剧情类微电影、纪录类微电影、实验类微电影有哪几种类型？试举例说明。

3. 试用书中类型微电影相关方法对你所看过的微电影进行分类，都属于哪些类型？如果有书中未列举的类型，能否运用相关方法进行归纳和归类，说说其特点是什么？

4. 结合自身体会或实践谈谈你如何看待类型微电影的创作与发展。

第二章　微电影剧本创作

任何一部艺术作品的创作都要进行艺术构思，通过反复提炼和加工修改，最终将"形之于心"的意图和想法"形之于手"形成作品。微电影剧本的创作过程就是微电影构思的过程，是微电影创作的起点。那么什么是剧本？悉德·菲尔德认为："一部电影剧本就是一个由画面讲述出来的故事，还包括语言和描述，而这些内容都发生在它的戏剧性结构之中"。那么如何运用画面讲述故事？如何把握微电影剧本创作的技巧？如何能够写出一个完整并且引人人胜的微剧本？这一切都要从微剧本的构思与创意开始。本章内容主要探讨剧情类微电影剧本的创作，部分微纪录片叙事方式也可以从中加以借鉴。

第一节　微电影剧本构思与创意

微电影剧本是微电影创作的蓝本和基础，好的剧本源自于好的构思和创意。

◉ 微电影剧本的创作灵感

当你即将开始创作，首先面对的问题是如何去或者到哪去寻找创作灵感？如果你对此感觉无从下手，那么不妨试试以下方法。

从熟悉事物开始

首先要从身边开始。例如：你对什么选题比较熟悉？或者感兴趣？你熟悉的生活中是否有让你感动的事？你生活中有没有印象深刻的人？有没有某一个瞬间、某一个场景曾让你有创作的冲动？举个例子，我每天步行上班的时候，几乎每天早晨七点左右，都会在固定的地点遇到单位的一位女同事，尽管她已年近六十，但是每天都会用自行车载自己的女儿到偏远的车站乘坐班车，一年四季、风雨不误。每次看到她骑自行车吃力的样子我就感觉挺心酸，但是看她与女儿聊天的快乐神情又会感觉她发自内心的喜悦和幸福。这个画面一直感动并激励着我去构思，也许这将会成为故事的一个开端，或者一个情节。举这个例子是想说明，你的灵感也许会源自于平淡生活中的某一个画面、某一次体验、某一些琐事、某一种感觉，一定要珍惜生活给予你的馈赠，尝试从熟悉的事物和体验中找寻灵感。

其次要深入挖掘。当你面对所要表现的人物或事物，是否会有不熟悉甚至无从下手的感觉？俗话说"熟知不等于真知"，这说明你对你的人物还是了解不够、理解不够或者挖掘不够。那么，你需要充分的相关材料，对自己所要表达的人或事物进行深入的了解，这是创作的前提；其次要找到生动的故事、典型的细节或者与众不同的角度，这是创作的突破点；其三是深入挖掘，发现事物之间的本质联系，巧妙设计和结构，这是创作的

关键点。所以，你的体验越丰富、感知越深刻、挖掘越深入，越有利于你的构思和创作。

再次要反复推敲。当你的故事框架大致构思完成，必须要反复推敲，即你的故事设计和人物设计是否合理？你的人物和故事建置的基础、背景、动机是否合理？你的人物或故事能否引起观众的兴趣和共鸣？你的剧本是否具有看点和吸引力？这一切都弄清楚后，再考虑你的故事能否使观众获得审美体验和社会意义？这将决定你剧本的层次。最后，经过反复质疑、反复推敲、不断完善，使你的剧本能够经得起推敲。

从好奇之时开始

在你生活中，有没有什么人或事曾让你感觉好奇？为什么好奇呢？是形象？事件？动作？细节？环境……这些好奇最终给了你什么样的感受或刺激？你是否准备进一步去探寻好奇的根源？在艺术创作上来说，好奇是一个从无意识发现到有意识感悟的过程，也是现实生活通过艺术发现而进入艺术创作的一种过程。那么，你是否关注或运用过你的好奇？

举个例子，2007年的一个周末，我和学生为了拍摄微电影到一个住宅小区选景，行走中隐约听到一阵空远的唱戏声。考虑到这里是个住宅小区，又没有什么户外演出和外放音源，那么这声音是从哪发出来的？好奇驱使我们循声而去，找到的却是一个隐蔽的地下停车场。大家更加迷惑了，既然是个公共停车场，每天又人来人往，怎么会有人在这里唱戏呢？带着疑问我们来到地下停车场，却发现逆光剪影中有一名中年男子背对着我们，拿着一把扇子，边比划边投入地演唱。唱得入神，他竟然没有听到我们走到近旁。后来，交谈之中才得知此人五十出头，是这个地下停车场的看车人。我们又纳闷了，一个普通的看车人又何来的雅兴在停车场里放声唱戏呢？与之攀谈，才得知他是名下岗工人，小时候学过戏，年轻时唱过样板戏，对戏曲非常热爱，但是一直也没有机会登上真正的舞台，他到这里工作主要就是因为闲暇之际自己可以在这里唱唱戏、解解闷。通过了解，大家感觉这个人的经历、谈吐与其职业、生活状况以及现实环境反差很大，具有典型性，另外从行为表现中可以看出他有非常强烈的表演欲望，于是根据他的经历改编并创作了微电影《一个人的舞台》，这就是通过好奇发现选题使艺术构思得以实现的案例。所以说，好奇心的唤起是艺术发现的起点，创作者应当珍视好奇心，并以此不断激发和保持自身的创作热情和灵感。

从有意识观察开始

微电影中的人物和故事往往来自对生活原型的艺术加工和创造，所以对生活进行细致的观察和感悟也是艺术发现和微电影创作的必要途径之一。北京电影学院苏牧教授非常推崇"生活观察课"，鼓励学生留心观察日常生活中独到的细节，培养自己对于生活敏锐的观察力和洞察力，以不断丰富自身的生活经验和创作素养。因此，你完全可以利用平日生活、乘车旅行等闲暇时间进行观察训练。例如你有没有注意到一些有趣的人或现象？这些人或现象有什么特点？你能否判断出他们是什么性格的人？从哪些细节能够判断出来？他们面对同一件事都有什么不同的反应？根据这些不同反应你能否猜想出他们的内心活动？当类

似事情再次发生在这些人身上的时候，你是否能够预见他们的反应？诸如此类的内容，你可以自行设计。当你学会留心观察生活中的事物，并能够归纳相关事物之间的联系，你便学会了观察的第一课。如果想要你的艺术创作与众不同，那就更需要磨练，因为发现一件事物并不难，但是发现独特的事物却不是一件容易的事。所以，罗丹说："所谓大师，就是这样的人：他们用自己的眼睛去看别人见过的东西，在别人司空见惯的东西上能够发现出来美来。拙劣的艺术家永远戴别人的眼镜。"要想真正将观察到的事物转化为艺术内容就需要运用自己的判断和原则对其进行抽象、分类、概括和甄选，不断检视和修正自己的判断原则，形成自己独特的观察经验，为你艺术构思和创作提供良好的基础。

从有目的积累开始

微电影创作是不断发展的，其艺术形象和类型模式也是丰富多变的。任何一个人经验、能力和擅长范围都是有限的，因此，当创作者遇到"盲区"或者"陌生事物"时候必须不断地给自己给养，通过大量书籍、文献、报刊、音像资料，甚至调查访问来为自己的选题积累宝贵的资料。占有的资料越充分，从中发现的线索也就越多，从中找到有价值的素材或者突破点的可能性也就越大。它们不仅能够增强作品的真实可信性，还能够让你的作品更为丰富，更有说服力。久而久之，日积月累，这种体验和刺激还会在创作者的脑中形成优势区，当你遇到某个人物、某一场景时，就会碰撞出灵感的火花，形成动机、激发创作灵感和欲望。例如，在构思剧本的过程中，我的学生 W 开始积累素材，她喜欢从新闻中找灵感。某日，她告诉我找到灵感了，因为她从手机热点中看到了这样一则新闻："一个老太太谎称自己家中有炸弹而报警，警察上门进行认真排查，但是最后发现这是一个假案，因为'炸弹'根本不存在，而是因为老人常年孤独，只是想找一个人来说说话……"学生说这个故事让她非常震撼和感慨，因此，她想将之改编成微电影。那么，这就是将有目的积累和偶然发现相结合而寻找创作灵感的案例，也是一种很适用的方法。所以，注意你身边的新闻报道或者现实生活中的故事，它们甚至会比电影还精彩，善于发现、注意积累，你可以寻找到宝贵的创作灵感和源泉。

◎ 微电影选题技巧和原则

微电影选题技巧

微电影选题是一门艺术，也是一门学问，一些微电影之所以优秀，是因为在选题上就占有优势，一个好的微电影选题应当遵循以下原则。

❶ 事件精小

事件精小是指事件小巧精致。为推动叙事发展或塑造人物形象，微电影常常要展示事件，但是微电影本身的特点决定了其篇幅短、容量小、架构小的特点，只有事件精小才能保证事件的挖掘深入和叙述完整。否则，事件架构过大、人物繁杂、线索过多只会使故事陷入臃肿或流于形式。所以，微电影选题通常要精小但要挖掘深刻。比如《床上关系》围绕"一个避孕套丢失引发夫妻情感危机"这个小事件表现了现代都市生活中，

夫妻间的信任、夫妻间的地位、夫妻间的性生活失衡、夫妻间的焦虑等一系列社会现实问题，揭示了现实社会压力对于家庭生活的影响和人性的扭曲。《红领巾》围绕张小明红领巾的"被剥夺"—"期待得到"—"再失去"—"失而复得"的戏剧化过程，批判或审视迂腐教育对孩子童真天性的扼杀等社会问题。《Signs》聚焦于"纸条"恋爱对男孩生活态度发生改变的小事件，透视了现代都市生活的单调、机械、冷漠给予年轻人的焦虑和压力。简言之，事件精小是好的微电影选题的一个根本前提。

❷ 立意深刻

立意包括作品创作的意图、构思和动机，是衡量作品主题思想深度的关键要素。一部微电影的立意深刻与否取决于导演对生活的洞察力、敏感性和艺术审美程度。好的微电影作品总是能紧贴时代背景，将复杂的社会现象、深刻的生活哲理、细腻的情感蕴藏进精小的戏剧故事中，通过内蕴的戏剧张力引人思考，发人深省。微电影《战妻》是一部反映夫妻间情感危机的影片。但是，创作者将影片放置到战火不断的伊拉克的背景下，男主人公为患有"战争创伤后应激障碍症"的特殊人群，放大了战争对于人的心灵伤害的主题，使影片立意更为深刻与深远。讽刺喜剧《人土》将儿子安置父亲的骨灰入土的小故事放置到"大兴楼市"的现实背景中，其立意充满了时代性和讽刺性。微纪录电影《在路上》展现了大都市房地产业波澜起伏背景下"楼盘销售员"们酸甜苦辣的生活经历，其深刻立意表现了大社会发展对于小人物生存所产生的息息相关的影响。所以说，微电影立意的深度既取决于选题能力，也取决于创作者的思维能力和审美能力。

❸ 角度新颖

角度即是一部作品的讲述角度，也是创作者观察社会生活或问题的视角。同一个主题可以选择从多个角度来叙述和观看，但是在这些角度中，有新颖的、有奇特的、有平常的、有古怪的、也有俗套的。选择什么样的角度代表了创作者的审美标准和立场态度。但凡优秀的微电影常常在角度选取上新颖独特，即从平常事物中发现新奇之处，从新奇事物中发现平常之理。微电影《阿仔，吃饭喇！》以旁观者的视角审视父子一天浓缩生活，采取了以小见大的角度，反映了现代都市异化下人与人的孤独与冷漠，以及父子两代人的"难以沟通"，抓住了普通人生活中的不普通之处。逆袭之《95分的烦恼》选取从孩子的视角表达父子情，通过平中见伟的角度去观察、理解并懂得父亲，使影片充满了温情色彩。微纪录电影《过年回家》记录了春节期间孤老院老人的生活。通过冷静反思的态度，运用对比角度将相同或不同背景、相同或不同心态的老人的生存状态浓缩展现，体现了孤老老人的生存和情感状态，引发观众思考孤寡老人的社会责任等现实问题。所以，角度的选择决定了一部作品的艺术个性和艺术格调，也影响着作品的创作质量。

❹ 凝聚情感

情感上的沟通与凝聚是检验微电影成功与否的又一个重要因素。好的微电影必须能引起人的情感共鸣，使观众心灵得到净化并生成审美体验。凝聚情感需要创作者能够真诚地将情感内蕴到具体的故事叙述和情感表达中，通过"有我之境"和"无我之境"的融会贯通将主观体验巧妙传递。微电影《三克的梦想》通过真诚而质朴的故事，讲述了一个充满着纯真与渴望的儿童梦，自然而生动、真实而感动，使观众产生强烈的情感共振；微纪录电影《生命》让观众感受到超越生死的微妙情感，获得对于生命意义的感悟；微电影《黑洞》通过人的欲望的揭示使观众产生自我审视和内心自省，获得心灵上的提纯。所以说，凝聚情感的微电影更具有一种感染力，能够带给观众心灵上的净化与审美上的满足。

微电影选题原则

每部微电影作品选题所遵循的原则不同，最终产生的效果或社会意义也不同。下列三个原则从低向高排列，可以作为微电影选题的一个参照原则。好的微电影作品往往是三个层面的融合。

① 现实层面：钩子原则

钩子原则是指微电影在选题上要像钩子一样牢牢抓住观众的心理，侧重故事性，注重吸引力，引起观众强烈的观赏兴趣，使作品能够反映现实社会问题，抒发共同情感并引起思考。

② 美学层面：锤子原则

美学原则是指微电影的选题突出锤子般的震撼性，使观众在充分感受文化意义、审美旨趣和审美价值之中能够娱心悦智，获得审美快感和体验，得到性情上的陶冶和心灵上的净化。

③ 哲学层面：镜子原则

镜子原则是指微电影的选题突出镜子的作用，通过对社会阴暗面或假恶丑等现象的审视、批判和鞭挞，讽刺和批判社会现实；通过社会问题的揭示，对理性价值的反思，对生命意义的追问，能够反映和关照社会现实，具有实现哲学上的深度和意义。

◉ 思考与练习

1. 以你喜欢的微电影为例，分析它们在选题上具有哪些特点，是否符合选题原则。
2. 练习：进行微电影选题的创意和构思，或者运用自己独特的方法进行微电影选题的创意和构思，说说你的体会和收获。

第二节　微剧本情节设计

◉ 情节设计相关概念

① 情节

情节就是推动人物性格展开的一系列行动和情境的结构安排，也被称为人物性格发

展的历史。

② 情节点

情节点是影片情节发展过程中使故事发生转折并向另一个方向转化的叙事点。情节点可以是一个动作、一个人物、一个事件、一个冲突甚至一个场景，是密切衔接事件前后之间的钩子，能够把相关事件和场景钩连在一起。

③ 主题

主题是指微电影所要阐述或表达的核心思想，通过人物和动作得以戏剧化表现。

◉ 情节类型及其设计技巧

根据功能特点分为主情节、次情节、多情节

相对于荧幕电影，微电影故事情节比较短小，但是故事情节的类型也是丰富的，也具有主情节、次情节和多情节。

① 主情节

主情节是微电影整体情节中最为主要的情节，是统领全片贯穿始终的主线，所占篇幅和容量较大。例如《床上关系》中，夫妻之间两性关系的矛盾冲突是主线，也是影片的主要情节。许多篇幅较短的微电影往往采取单线结构并且只有一个主情节。

② 次情节

次情节是微电影情节中相对次要的情节，所占的篇幅和容量较少，在影片中与主情节起到矛盾冲突或相辅相成的作用。例如《床上关系》的副线就是贼人室偷盗"避孕套"的尴尬遭遇；结尾又增添了一个次情节，即一对年轻恋人窗下的甜蜜约会，与主情节男女主人公之间的爱情危机形成矛盾。正如麦基所认为的，主情节和次情节之间往往会形成矛盾关系，从而反讽影片；也可以形成回响关系，从而强化主题；还可以为主情节制造纠葛，从而推动剧情发展。所以，一些复线结构的微电影常常利用次情节增加故事的紧张性、悬念性和丰富性。

③ 多情节

多情节是指三个或三个以上并列关系的情节，采取交叉分叙或搭叙的方式统一在同一主题中，共同表达主题思想。例如《黑色番茄酱》以雕塑铜像的守护和抢夺为中心表现了两伙盗贼和保安之间荒诞而滑稽的故事。《浮生七记》通过浮生七相、七段情绪的板块式结构表达了对生命思考或追问。运用多情节叙述需要找到几个情节之间的密切联系，然后巧妙地进行有机组织，使用不当容易造成结构松散甚至生拼硬凑。

根据结构特点分为单线情节、平行情节、网状情节、套层情节

❶ 单线情节

微电影情节主要由一条单一叙事线索构成，采取线性方式进行叙述。如《A Day》采取单线情节，通过老奶奶外出买桔子的一天经历为线索，展现了一段审视生活、分享幸福、守候爱情的生命旅程。单线情节设计需要注意叙述顺序的创造性变化，避免过于机械而形成流水账。

❷ 平行情节

微电影情节主要由两条平行线索构成，两个情节采取并列分叙的方式进行，最后汇聚到一起。平行情节适合用于两个表现对象或时间具有相似性、对比性或高度相关性的情况，以通过有机联系简化叙事，增加悬念、节奏、表现力并强化主题。

❸ 网状情节

微电影情节主要由两条以上的情节线索构成，情节线索通过逻辑关系紧密交织在一起，形成了一个密织的网络叙事结构。例如《黑色番茄酱》表现了小偷、盗窃团伙和保安三伙人物为了盗窃或保护铜雕像而引发的戏剧性故事。三段故事互相搭叙、密切交织，形成一张严谨的叙事网。采用网状情节需要找到几个人物或事物之间的密切的内在联系，将外部动作与之衔接，实现有机互动。

❹ 套层情节

微电影情节分别属于多个不同时空，有现实、回忆、心理、梦境等，这些情节结构往往密切交织在一起，相互之间根据故事的逻辑灵活跳跃，形成一个套子又包含层层情节结构。运用套层情节需要区分好不同的时空段落以及表现形式，尤其是找准几个套层的切入、切出点，使时空结构、视觉节奏连贯，避免造成混乱。

根据叙事特点分为大情节、小情节、反情节

罗伯特·麦基根据叙事特点将情节分为大情节、小情节和反情节。

❶ 大情节

大情节多用于经典设计的电影，围绕一个主动主人公而构建的故事，强调外部冲突，线性叙事和因果关系的模式，最终使影片的所有矛盾与冲突都得到解决，形成闭合式结局。很多表现经典叙事风格的微电影大多采取这种情节模式。

❷ 小情节

小情节是指从经典设计起步，并且对大情节的突出特性进行提炼、浓缩、削减和删剪。小情节往往强调内部冲突，围绕一个被动或者多重主人公而建构故事，并不完全遵循因果原则，最终影片中的主要矛盾和冲突部分得到解决，部分没有解决，因此形成开放式结局。在微电影创作中，很多具有文艺气质的剧情片、具有探索性质的实验片和注

重反思性的纪录片往往都采用这种情节模式。

❸ 反情节

反情节并非无情节，往往是指淡化情节。影片创作从新小说、荒诞派、超现实主义、先锋派等实验电影中吸收元素，采取反结构的叙述方式，表面呈现出非线性、非连贯、无厘头的特点，强调偶然和巧合，具有较强的个人意识和主观表达倾向，但是在深层还是有逻辑可以统一起来。很多实验微电影或纪录片甚至创意微电影往往采用这种情节模式。

一部微电影采取了何种情节模式，不仅标示了作品的情节走向，也标示了作品的叙述风格和创作者的艺术旨趣，而情节模式选择的恰当与否往往会影响到微电影的叙事表达和传播效果。

◉ 情节叙事设计技巧

情节设计是微电影的一个重要组成部分，没有固定的成规，可以将灵感与方法结合起来进行创作，之后形成适用于自己的创作思维和方法。

前提、情节、主控思想有机联系

一部微电影叙事的基础可以从三个元素开始：前提、情节和主控思想。创作一个剧本，首先需要构思情节，也就是主要讲述一个什么故事，能否用最简短的话说清楚？举个例子：《六十》就是想讲述一个老人被遗忘的故事，这就是影片的主题，但只是一个最初的情节，可以借助前提进行假设或者限定。可以用如果这个老人被遗忘，就会……，虽然这个老人今天……，但是却……，尽管今天是他最高兴的一天，但是却……等进行不断地假设和反问，也可以借助于故事卡片等进行发散性思维，进而找到故事叙述的 N 种可能，但是哪一种前提更符合你的预想或者更有新意、吸引力呢？如果选择一个老人生日这天被遗忘，那么将会怎样呢？通过反复设计和反问，可以使故事有一个粗略的框架。但是，你的故事将要走向何处？你的人物要走向何处？这一步则需要由主控思想来引导和设计。主控思想就是故事情节的走向，决定了故事情节的发展方向。借用麦基的理论来说，主控思想包含价值判断和原因两个部分。也就是因为什么使故事或人物由一个方向而走向了另一个相反方向，并造成了矛盾和对抗。例如《六十》讲述了一个老人满心期待的六十岁生日，却被儿子以种种借口拒绝进而造成老人的孤单和失落。对此，创作者可以选择三种不同的表达方式：理想主义式、悲观主义式和反讽主义式。不同表达方式表达了不同的态度，也决定了不同的叙事基调和走向。所以，"情节确定—前提假定—主控思想决定"形成了情节设计的一个有机链条。当你开始情节之初可以用这个方法打开思路，也可以用它来检验你的设计思路，以帮助找到或形成基本的叙事框架。

激励事件、戏剧性需求、情节点环环相扣

一个故事情节的深入展开离不开三个元素：激励情节、戏剧性需求和情节点，三者环环相扣就形成了故事叙述的艺术性。首先，微电影的主人公必须具有一定的戏剧性需求，戏剧性需求就是人物所展现出的强烈的欲望或者期望达到的某种目标，那么从何处

找寻戏剧性需求？最简单的方法是从主人公的弱点开始。正因为主人公身上有着某种弱点，所以，在外力和内力的驱动下，迫使其不得不打破现实的平衡而去主动采取行动，进而引发各种对抗和冲突。这种弱点可以是生理上的，更多源自于心理上的。例如《Signs》中男主人公生活在城市却非常孤独并且缺乏归属感，他渴望爱与交流，正是这种强烈的戏剧性需求促使他的生活发生了改变。

其次，戏剧性需求的引爆往往需要一个导火索，这个导火索就是激励事件，是引爆整个故事的第一个事件。借用麦基的理论，激励事件必须是动态的而不能是静态或模糊的，它的出现彻底打破了主人公生活中各种力量的平衡，导致事件从实现了由正到负或由负到正的价值转化。激励可以由主情节引出，也可以由次情节引出，单线结构的影片往往都由主情节引出。例如《Signs》的第一个激励事件是 Jason 对面 Stacey 的出现，打破了 Jason 的生活，使他的生活由无趣向有趣转化，之前都是铺垫。而《床上关系》则是由次情节引发的激励事件，既次情节——小偷入室偷窃引发了主情节——夫妻情感危机，因此使得杨诚和李晓芸的"亲密生活"被打破，使得两个人的情感由真诚向怀疑转向。所以说，当一个故事中人物的戏剧性需求确定了，激励事件也发作用了，故事的情节就可以沿着一定的线索不断地发展、变化，连锁反应构成了多个情节，之后需要在连接情节间出现逆转的点，这就是就是情节点，是将故事前后情节紧密相连的"钩子"，也是使故事价值呈现波澜起伏变化的重要因素。例如《Signs》中有三个关键性的情节点，第一个是男主人公坐在办公室中，无聊地向对面看去，突然发现了女主人公，建立了两个人相识关系，并打破了自己原有生活的平衡；第二个情节点是女孩告诉男孩，是自己先注意他的，使两人之间的关系进一步巩固和前进，当男主人公提出约会之时却被打断了，使两个人的故事陷入中断，男主人公再一次陷入失落和孤独；第三个情节点是男主人公又坐在办公桌前无聊而失落，突然有人用镜子照着他的脸，抬头发现女主人公并知道事情真相，使两人的关系重新得到恢复，使影片达到高潮。另外，每个大的情节点之中还可以再细分为小的情节点，每个情节点环环相扣，密切交织使情节有机衔接在一起，形成跌宕起伏的情节线。

加减乘除法密织情节线

相对荧幕电影来说，微电影篇幅短小、人物数量较少，情节相对简单，场景比较集中，但是，简短之中如何能使情节丰富、结构紧凑、衔接连贯是微电影创作的难点。李渔在《闲情偶寄》中曾提出"立主脑"、"密针线"、"减头绪"等精炼戏剧结构的方法，对微电影的情节处理也具有借鉴意义。微电影情节线的密织可以通过加法、减法、乘法、除法原则有机统一并形成严谨、紧凑的情节结构，加减乘除原则可以运用于段落结构中，也可以运用于细节刻画中。

① 加法原则

加法原则就是在原来剧情发展的基础上，通过添加必要的情节起到有效推进剧情发展或者塑造人物的作用，这个情节既可以是一个主情节，也可以是一个次情节，还可以是一个细节。例如《考拉之爱》属于爱情片和警匪杂糅类型。影片开头完全是爱情片的

模式，一个美丽而狡猾的"小偷女"，一个正义而痴情的"多情男"，两人的奇遇采用了"英雄救美"、"欢喜冤家"的模式，将观众引入剧情中并期待这个不平凡故事的发展。之后采用了加法原则，使这个老套的爱情故事增添了新的元素。首先增添了小偷女背后黑社会团伙的情节线索，使一个欢喜的开头被打破并产生悬念。当"小偷女"和"痴情男"感情逐渐深入，为了增添对人物的认同感，故事又运用加法增添了一个背景，即"小偷女"不得已偷窃是为了帮助父亲还债而受到犯罪团伙要挟，使小偷女的人物形象更加丰富与合理，使观众产生同情并自愿进入其情感世界。当男女主人公爱情关系确认之时，影片又在"多情男"身上增加了一条次情节线索，即警察的身份背景，使"警察与小偷"之间的次情节与"小偷女和痴情男"之间的主情节形成了矛盾，对开头故事形成了逆转，使"痴情男"接近"小偷女"的动机受到质疑，在"法与情"、"爱与欺骗"的两难抉择之中使冲突达到了顶点。由此可见，这部影片主要运用了加法原则逐渐丰富情节内容，使影片结构更为紧凑，矛盾冲突更激烈。运用加法原则注意两点：其一是增加的内容不仅有助于丰满人物和推动叙事，还要与主题内容密切关联，否则容易喧宾夺主导致失败；其二是增加内容的时机把握要恰到好处，增加的目的往往是在即将平衡基础上又增加了新的不稳定因素，对原来情节起到了推进、矛盾、逆转等作用，所以应当谨慎使用、合理把握。

② 减法原则

减法原则就是"减头绪"，在剧情设计过程中，逐渐删掉那些与主题无关的次情节，避免情节过度杂乱所导致的主题不突出，使影片能够围绕一个重心表现。例如《拾荒少年》主要讲述了一个拾荒汉带领拾荒少年千里寻母的故事。前半段有关孩子寻母是一条暗线，时隐时现穿插在剧情中，拾荒汉与拾荒少年之间陌生相见—敌对争夺—亲近相认—欺骗疏远—信任和好—帮助亲密的情感关系是影片重点表现的内容。尽管影片人物较多、次情节也较多，但是影片成功运用了减法原则使故事的叙述非常紧凑和巧妙。影片围绕拾荒汉和拾荒少年之间的悲喜交织的关系展开，并沿着拾荒少年千里寻母的线索推进，逐渐减少与主题无关的情节，甚至对拾荒汉寻找自己女儿的线索也弱化省略，强化了这对陌生父子之间的浓浓亲情。减法原则并非随意删减，而要注意：一是设计好主情节和次情节的不同功能，使主次情节在功能上能够相互推进、相互阻碍、相得益彰；二是要根据情节内容和叙事需要恰当地设计与安排人物的出场和退场，使主线和副线之间的关系衔接自如、详略得当，故事情节更加引人入胜。

③ 乘法原则

乘法原则就是在关键情节设计中，通过情节的增添，使某一点或者某些元素得到成倍放大，使戏剧效果成倍增加。尽管微电影叙事容量有限，但是乘法原则的有效运用能够在较短时间内起到迅速放大人物性格或者强化戏剧效果的作用。例如《宵禁》讲述了一个濒临绝望边缘的叔叔通过侄女的情感唤起实现回归的故事，影片中多处采用了乘法原则强化两人之间的情感。叔叔进入居所取动画书却遭致侄女的误会，之后两个人的情感关系通过共同话题得到迅速了加强；酒吧中对话，侄女句句紧逼的对话直入叔叔心灵拉近了两人心灵的距离；厕所外等待，面对成年女人的不雅对话发生争吵也表现了侄女在其心目中地位的急速上升；保龄球馆交流，通过侄女以及周围人活力的舞蹈让父亲感受到从未有过的生命状态，对其内心情感是一种美好的唤起。影片总体通过加法，段落通过乘法的原则打破惯例方式起到催化效果，使情节逆转并在短短五小时内化解了两人几年的隔阂与矛盾，并实现了"父女"般心灵的接近与共鸣。《床上关系》中男女主人公间的争吵升级同样也采用了乘法原则，从夫妻性生活的失衡，到两人信任危机的泛起，到两人社会地位的失衡，再到两人社会归属感上的失衡，运用了将一个家庭问题不断放大到社会问题的趋势，造成了夫妻间矛盾冲突的迅速升级直至情感危机，体现了运用乘法原则进行情节强化的艺术。运用乘法原则需要注意：其一，需要从一个集中的小点引发开来，层层扩大、逐渐深入，但是情节的内核是不变的，但引发的效果不是简单的加法关系，而是乘积关系；乘法原则所表现的内容应当和主题内容密切相关或有机统一，而不能离题太远，要符合逻辑，而不能主观臆断。

④ 除法原则

除法原则就是在剧情设计中对于无关情节不仅可以删除，甚至可以根据主题重新组织故事，尤其是对于人物情节较多的故事可以采取"最大公分母"的形式，将多情节有机统一起来进行简化，使影片的主题更为突出。例如《浮生七记》属于人物群览式作品，影片运用除法原则，将重生、极端、释怀、迷失、信仰、救赎、沉溺七段故事、七种情绪在感悟生命的主题上统一起来展现对于生命意义的思考。微电影《A Day》是一个包括了多人物关系结构的影片，前后有七个人物出现，每个人物都可以独立发展成为一个故事，但是影片却主要围绕"生命"的主题，利用了老爷爷和老奶奶为主要线索，将其余 5 个人物的故事紧密围绕"生命"进行统一重组和段落性删除，呈现出"老人守候生命"、"孩子开启生命"、"年轻女人感悟生命"、"中年女人追逐生命"、"纯真少女爱恋生命"、"年轻男孩呵护生命"等象征性表达，使影片情节集中、主题突出，具有很强的艺术感染力。运用除法原则注意：一是所表达的内容之间必须具有共同的主题或内在联系，能够在统一主题上进行有机组织；其二，所表达的内容之间可以形成串行或并行的关系，重点是处理好相互衔接和取舍。

合理设计情节结构与内容

微电影情节也包括开端、发展（对抗）、高潮、结局四个部分。其中，开端又称"开场"，主要交代故事发生的时间、地点背景、主要人物和矛盾冲突的起因，一般占据作品长度的 1/5 和 1/6。发展又称对抗和进展，是主要矛盾进行发展、激化，是推向高潮的铺垫，一般占据作品长度的 1/3 左右。高潮又称作是指矛盾冲突达到最激烈、最紧张的最高点的阶段，是人物命运和事件转折的关键点，一般占据作品长度的 1/3 左右。结尾也称"收场"，是影片矛盾冲突得到解决，人物命运实现转折后，整个故事的一个收场或终结，一般占据作品长度的 1/5 和 1/6 左右。而影片整体和部分结构安排，叙事内容安排、叙事节奏安排，情节点设计的恰当与否都会影响影片的呈现效果，微电影情节结构设计主要包括以下四个方面。

其一是开头要"巧"。微电影的开端设计比较关键，俗话说开端要像"凤头和豹头"

就是说开头要巧妙，先声夺人、引人注目、光彩亮丽。例如《宵禁》开端表现了一个男子在自己家中的浴缸里割腕自杀，鲜血流淌到浴缸中，突然来了一个电话……这种开头属于先声夺人，通过紧张的情势引起了观众的紧张、刺激和悬念，为故事呈现提供了一个很好的由头和情境。巧妙开端并没有固定的方式，而是要根据具体主题、具体内容来决定，但是要注意入戏要快，切忌离题千里或者平铺直叙，注意了解和把握观众的观赏心理，通过叙述的方式和手段调动观众的情绪并引发观众的参与。

其二是中间要"饱"，所说的就是微电影发展和对抗段落的叙事要丰富、饱满。好的微电影在发展和对抗段落设计中能够巧妙铺陈叙述内容，建置人物之间的关系和冲突，结合内部和外部等多种元素，使故事价值不断发生转化，形成情节合理、跌宕起伏的情节线。对于初学者来说，对抗段落设计意识最容易欠缺，所讲述的故事往往注重开头、结尾，但是中间叙述的过程却很急躁、生硬、单薄、简略甚至概念化，使观众很难进入叙事体会过程，结局也难以让人信服，最终往往导致了故事叙述的失败。

其三是高潮要"高"，是指影片高潮的内容设计要有较强的矛盾冲突性和冲击力，能够达到形式上、内容上和情绪上的顶点。高潮处理的好坏既取决于发展和对抗段落的铺垫和推进的合理性，也取决于冲突内容的适当，强度、节奏、情绪的恰当，好的高潮能够使影片在结构上、节奏上、情绪上形成一个支点，使影片的内部节奏和外部节奏，内部情绪和外在情绪有机统一并产生震撼。

其四是结尾要"妙"，是指结尾设计一定要微妙。这种微妙包括结尾对于主题的升华和处理，结尾与开头的呼应处理。结尾对于主题的呈现应点到为止、适当留白，形成言有尽而意无穷的效果，避免画蛇添足和喋喋不休。结尾与开头的关系可以采用集中方式，形成闭合关系以表现大团圆，也可以形成循环关系表现荒诞讽刺，还可以形成开放关系留有空白，不同的表达方式代表了不同的风格与观念。所以，创作者应当根据影片内容选择恰当的表达方式。

◉ 思考与练习

　　1. 什么是情节？情节有哪些分类？各有什么特点？

　　2. 自拟主题，运用情节写作的相关技巧写一个 100 字以内的短剧本，并总结优点和不足。

第三节　微剧本人物设计

◉ 人物设计相关概念

人物

微电影所表现或记录的主要对象，是行动的载体。人物可以为人，也可以为物，是人格化的实在对象。

人物弧光

人物弧光就是指表现人物本性的发展轨迹或变化，可以由好变坏，也可以由坏变好，是人物成长性的显现。

人物角色类型及其功能

主要人物

主要人物是影片叙事的核心，在影片中占据主要地位并起着关键性作用。

次要人物

次要人物是影片叙事的辅助，在影片中占据次要地位并对关键性人物起到衬托作用。

其他人物

其他人物是影片叙事的补充，为了串联剧情或衬托主要和次要人物而设计的。

构思与创造人物

人物构思与创造是微电影创作的关键，一个人物形象的塑造不仅要有内核，还要有神采，它们共同构成一个丰满的人物形象。人物的构思与创造应主要从以下几个方面入手。

人物定位

剧本构思之初首先要认真考虑人物形象的设计和定位，包括人物的角色、身份、功能、特点等。那么，你的人物都是谁？分别承担着怎样的角色功能？总体形象是猥琐的？狡猾的？正义的？不幸的？优柔寡断的？义无反顾的？充满矛盾的？是拯救者？施暴者？救赎者？引导者？当你对人物具有相对明确的定位后，人物的创造就会有一个基本立足点。另外，人物的构思与设计应当和主题、风格相吻合。审美旨趣上如果偏向抽象，人物设计上也往往具有象征性和抽象性；审美旨趣如果偏向于现实，人物在设计也往往更为具象化和典型化。

人物背景设计

人物背景是指人物生活、生存所依存的背景和环境，包括社会背景、家庭背景、职业背景、婚姻背景、情感背景等。背景可以根据人物性格的塑造以及影片情节发展进行设置。微电影的容量有限，因此，人物背景的设计就更需要合理调度相关元素进行巧妙设计。背景设计应当有助于人物形象塑造，有助于推进叙事发展。例如《一个人的舞台》的背景设计包含了社会背景、职业背景和情感背景。其中，主人公生活的社会背景是现代文明的都市，具有抽象性的特点。影片通过象征的手法在喧嚣的汽车、冷漠的物业管理者、狂躁的对讲机、禁声的行为、缺水的细节展现中放大了社会背景，构成了一个被现代文明异化，与人类真诚的心灵形成对抗的世界。影片中主人公的职业背景是一个看

车工，意在唤起观众与社会现实的有机联系和对应，增加人物的可信性和深度性。影片中主人公的情感背景是特别喜欢唱戏，并希望有一天能够登上舞台，这种愿望对于一个卑微的小人物来说似乎有些离谱，正因为这种社会现实和个人性格之间强烈的矛盾和冲突，为故事的发生提供了新奇的刺激和动力。

人物戏剧性需求

戏剧性需求是指主人公具有实现某种愿望或者得到某种事物的目的，是驱使人物采取行动的动力，戏剧性需求的合理性决定着人物的合理性和整个故事的合理性，是人物设计的关键点。所以，剧本写作中应当反复推敲人物的戏剧性需求及其合理性。之后，可以围绕人物戏剧性需求实现过程不断遭遇的阻碍展开故事。例如《一个人的舞台》的戏剧性需求就是主人公希望实现唱戏的愿望。但是，在这个被异化的文明世界中，他的这种愿望受到了各种阻碍，甚至被"禁声"，最后只有通过"默唱"的方式得到想象性的满足。

人物态度

任何人对不同的人与事都会有自己的立场与态度，其实质是人在不同境遇中的价值观显现。那么，你的人物态度是怎样的呢？过程中是否发生了改变呢？是如何改变的？改变的原因是什么呢？态度是人物构成的合理内核，因此，无论是从好变坏还是从坏变好，都需要有一个过程和转变，形成人物孤光。态度可以直接或间接表现出来，视听语言中的各种元素都可以用来表达人物的态度。例如《舞·动》中瑶瑶的戏剧性需求是拿到公司的全勤奖，并且为此执着不悔。当她最终得知需要以牺牲自己的健康和幸福为代价时，终于改变了念头，领悟了幸福的真谛。瑶瑶的态度通过神态、语言、动作、情绪、心理等细节表现出来，也通过间接与别人对话或交流等方式表现出来，其转变体现了人物孤光。

人物的行动所引起的故事价值转化

麦基认为，价值具有集体价值的普遍特征，可以使故事情节不断发生转化，并呈现出对立的价值系统，包括善/恶、幸福/不幸、爱/恨、忠诚/背叛等，价值往往在对立面之间运转，最终形成了跌宕起伏的故事线。

◉ 人物关系模式设计

微电影中的人物最少为1个，多则6、7个，一般不超过10个，主人公和对手两个角色是必不可少的。其中，每个人物都是一种人物原型，承担着某种角色功能，最终形成了多种类型的人物关系模式。

主辅式

主辅式是指有主次之分的两个或两类人物直接关联，通常一个人物是主人公，是故

事的中心，另一个或几个是副手，起到衬托、帮助、打岔或阻碍的辅助作用。辅助人物具有衬托主要人物或者起到串联、推动故事发展的作用。例如《戛洒往事》中的小男孩是主要人物，父亲角色则是辅助人物，与主人公的性格形成反衬并推进了剧情的发展；《大村姑》中，大村姑作为一个群体是主要人物，而村长、流浪汉以及其他球队队员等则是辅助人物，从不同角度衬托了大村姑的朴实、善良、热心和真诚。主辅式的人物关系要处理好两者之间的区分、关联与互动。

主仆式

主仆式是指两个角色之间密切关联，从地位上，主人公位似"主人"占据主要地位，而辅助人物位似"仆人"占据次要位置，"主"角色人物往往自作聪明，"仆"角色人物往往弄巧成拙，两者相辅相成或相生相克，互相衬托推进故事向前发展。通常黑帮片、武侠片、科幻片、喜剧片经常使用主仆式人物关系模式。例如《爷爷的炸鸡》中孙女是"主"角色，而爷爷则是"仆"角色，两者的互动和牵制增加了幽默性；《黑色番茄酱》中盗贼头子、废品收购站老板、展览馆的更夫都是"主"的角色，盗贼头子手下、收购站老板妻子等则是"仆"角色，他们相互助力、互相阻碍、插科打诨、引起笑料，促进情节的发展。

伙伴式

伙伴式常常指两个在角色上、地位上平分秋色的同性或者异性伙伴肩并肩协同，两个人具有共同的情感、志向、爱好、追求等，最终因为不同的原因或变故或者消除矛盾终成圆满，或者因为矛盾分道扬镳、反目成仇等。这种关系模式往往在爱情片、黑帮片、公路片、青春片、喜剧片中经常使用，适合于双主人公的影片。例如《床上关系》中的夫妻是相互矛盾而又对立的伙伴；《卖自行车的小女孩》《玛丽的自然卷世界》《我愿意》中的男孩女孩是青梅竹马的伙伴；《Signs》中的一对青年白领因为爱而结成伙伴；《考拉之爱》中的"警察"与"小偷"是一对因为爱情而救赎的伙伴；《宅男电台》中的两位男主人公是因为各自选择不同的终致分离的伙伴；《少年血》中的男孩和女人是一对产生错爱的伙伴；《我不想挂科》中的状元和其同学也是患难与共的伙伴。

对立式

对立式是指两个或两个以上角色之间在态度上、行为上、心理上处于矛盾和对立，因而势不两立甚至引发冲突的关系模式。这种对立可以从开始就有，也可以是慢慢转变而有，是最为敌对的关系。对立关系可以存在于两个个体之间，两个群体之间，还可以是一个人的两个不同侧面。如《裂合边缘》将人类和变节者处理成对立关系，引发出人类之间的矛盾冲突；《我不勇敢》中的中国人与韩国人形成一种民族之间的对立关系；之后成为劫匪又与警察之间形成对立关系；《红领巾》中的张小明与老师之间是一种师生之间的对立关系；《变形记》中主人公与另一个异化的自我——苍蝇之间也形成一种对立关系。在对立式关系中，主人公往往处于弱势地位，而对手相对比较强大或者看起

来不可战胜，最终导致悲剧的发生或者故事的逆转。

引领式

引领式是指故事中有一位承担导师角色的人引领或者帮助主人公掌握了某项技能，走出了某种困境，实现了心灵上的超越和成长。导师不一定就是年长者，也可能为孩子甚至是弱者，但是导师身上却有一种神奇的力量，能够带领主人公走出低谷、摆脱困境。引领式在多种类型中存在。例如《魔鬼理论 16 号》中的儿子在"父亲"的引领下认识自我并且克服了心魔，实现了成长；《夕花朝拾》中的男主人公遇见了多年以后的自己，在"自己"的引领下明白了生命的意义；《宵禁》中的小女孩索菲亚对叔叔也是一种引领，使其明白了生活与快乐的意义；《拾荒少年》中拾荒汉和拾荒少年则互为导师，在技能上、精神上拾荒汉是拾荒少年的导师；在做人上或情感上，拾荒少年也成为拾荒汉的心灵导师。

◉ 人物关系图设计

在剧本写作过程，编剧可以通过绘制人物关系图的方式设计人物关系。这种方式有助于检验人物关系建置情况，也有助于梳理剧情。人物关系图包括：人物角色、人物角色功能、动作主体和反应主体之间的关系线等元素。

下面将结合四部影片进行人物关系图的设计与分析。《Signs》是一部爱情片，片中主要人物是男女主人公 Jason 和 Stacey，次要人物是女孩 1、女孩 2、单位同事、女主人公上司男、新男同事、男孩家人等，其他人物是路人等。虽然人物看起来比较多，但是根据其功能主要可以归为两大类。如图 2-1 所示，右边部分这些人物主要与男主人公 Jason 相联系，分别从不同侧面衬托或反衬了男主人公的性格特点，并推动了剧情的发展。对于 Jason 来说，渴望爱是他的戏剧性需求。所以，图中右边部分的人物都分别在不同层次上为男主人公实现戏剧性需求起到了暗示、衬托甚至阻碍作用。而左边部分，主要是以女主人公 Stacey 为中心的人物关系。其中，Stacey 使男主人公获得爱并使其生活态度发生了改变；上司男和新男同事则在剧情的关键时期起到了制造障碍、引起悬念、转折情节等作用，为最后男女主人公共同走向真爱奠定了基础。所以说，本片的成功不仅仅在于剧情设计的巧妙，更在于人物关系的巧妙设置和合理运用，使得故事结构严谨缜密、巧妙自然。

《Signs》这种人物关系设置方式比较适合于以一个主要人物为核心而展开的微电影。尽管这是一部爱情片，但是更多视角大多还是围绕 Jason 来讲述的，从人物关系也能够看出这个人物的份量，因此，在后半部分应当略微加重女孩的戏份，使叙事关系平衡。

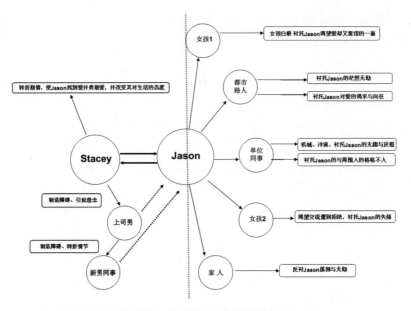

图2-1 《Signs》人物关系图表

如图 2-2 所示，《六十》也采用了类似的人物关系设置模式，主要围绕老葛六十岁生日一天的波折经历而展开。老葛和儿子之间的故事构成了影片的主要叙事情节。其他人物的设置都分别成为衬托老葛的性格或者推进剧情发展的重要元素。

《床上关系》人物关系设计是主副线交替发展的，虽然人物关系不繁杂，但是人物关系相互交叉、丝丝入扣的设计和人物关系对于叙事过程的交替推动却十分巧妙。

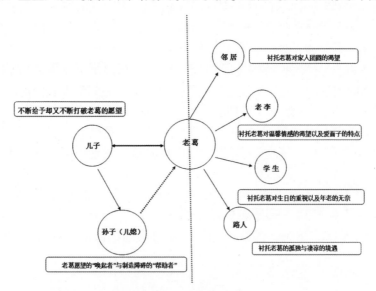

图2-2 《六十》人物关系图表

如图 2-3 所示，影片中夫妻之间的关系线是主线，承担故事发展的主要部分，而小偷盗窃到逃脱的过程则是一个副线，承担了引发事件的功能，同时又不断打断剧情、增强悬念、延缓节奏和加强喜剧色彩。另外，小偷也是作者的"假托"，实现了视角上的变化。

在右半部分，男女主人公矛盾冲突之中，还出现了几个次要人物，这些人物不仅推动了叙事，也促进了情节的合理转折。

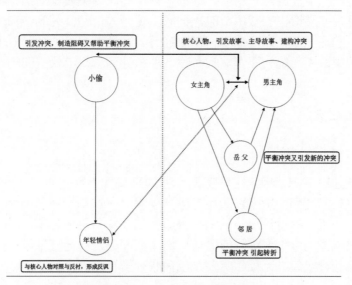

图2-3 《床上关系》人物关系图表

《考拉之爱》是爱情片和警匪片结合的杂糅类型电影。核心人物为两个：小偷女和警察男，整个故事紧紧围绕这两个人物而展开。如图2-4所示，人物关系的设计整体分为左右两大部分，两者中间有重叠和交叉，又有各自单线发展，最终又汇聚一起。尽管剧中人物较多，但是在人物关系上却十分合理，使整片人物关系严谨有序，使整个故事跌宕起伏但又不落俗套。

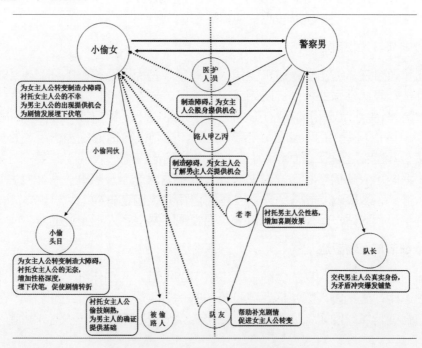

图2-4 《考拉之爱》人物关系图表

◉ 运用细节塑造人物

细节是影视作品中推进情节发展、刻画人物性格、渲染人物情绪、表现环境气氛的细小环节，是影视作品最小的叙事单位。细节主要分为：动作细节、神态细节、语言细节、情绪细节、心理细节、环境细节、物件细节、造型细节等。细节对于人物塑造具有重要的作用，如果说情节是一部作品的骨骼，那么细节就是丰腴的血肉，使人物具有灵魂并焕发神采。

细节与人物塑造

❶ 动作细节与人物塑造

动作细节是通过突出或放大主体的动作行为来交代人物的身份、刻画人物的性格，外化人物的心理等的细节，是人物塑造的重要手段之一。动作细节具有动态、形象、表现力强的特点。例如《拾荒少年》开篇在塑造拾荒汉马哥的形象中，运用了看报纸观察动静、紧随其后查看情况、跟踪等待截获赃物、卖掉赃污获得赃款等一连串动作细节交代了拾荒汉的麻利、老道、无赖、贪婪、富有心计等特点，充分体现了人物的性格、职业与生活背景。

❷ 神态细节与人物塑造

神态细节是通过主体的表情、神态等突出主体的性格、心理的细节。通常说"近取其神"，因此，神态细节是对主体神态表现的一种放大，能够通过突出关键信息强化主体的某种情绪状态。神态细节具有生动、准确而传神的特点。例如《三克的梦想》中，在三克到商店橱窗前看乒乓球，买到乒乓球喜悦至极又丢失的段落大量运用神态细节，真挚而细腻地表现了一个孩子对梦想的纯真渴望。

❸ 语言细节与人物塑造

语言细节通过主体的语言表达来交代人物背景、特点以及情感的细节。语言细节具有直接、外在、表达性强的特点。例如《夕拾朝花》王凯的出场运用打电话的方式交代了他的职业背景、生活状态和情绪状态，为另一个"我"的出场拯救提供了必要的基础。《拾荒少年》中，拾荒汉有个口头禅是"不要脸的"，这句话符合他的身份与性格特点，也为后来拾荒少年的纠正埋下了伏笔。《床上关系》的语言细节表现了夫妻的性格特点与生活背景，将两个人的情感状态、婚姻状况、性生活状态以及家庭关系和社会地位状况一一展现，推动了叙事的发展。另外，没有语言有时候也是一种细节表现，如《A Day》两位老人几乎没有对话，但是无声胜有声，更表现了两位老人间深沉的爱。

❹ 情绪细节与人物塑造

情绪细节是表现主体人物的情绪、情感状态的细节，与动作细节、神态细节、环境细节等综合运用，是刻画人物性格、渲染情绪的有效手段之一。情绪细节具有主观、内在、感染力强的特点。例如《战妻》中，男主人公战争归来，却在内心永远留下了的创

伤。夜晚他独自一人蹲墙角，在铁窗栏杆阴影的包围中，一边发抖一边念叨着战争中难以忘记的场景和细节，显现了他内心受到创伤后无法平复的激动和恐慌情绪，增加了人物性格的深度和人物命运的悲剧性的表现。

⑤ 心理细节与人物塑造

心理细节是表现主体人物的内心活动或心理状态的细节，往往需要与动作、环境、情绪等细节综合运用，是将人物情感得以外化的重要手段之一。心理细节具有主观、内在、吸引性强的特点。例如《Signs》中 Jason 想约 Stacey 见面，他拿着写有"你想见面吗"的卡片在洗手间中一遍一遍地尝试，这不仅是一个动作细节，还是一个心理动作的表达，表现了 Jason 内心迫切想见面但是又无法突破自己而犹犹豫豫、反反复复的矛盾心理，为主人公性格的塑造起到了很好的强化作用。

⑥ 环境细节与人物塑造

环境细节是通过一定的环境设计或者氛围营造，传达相关信息、塑造人物性格、表达主观情绪的细节。环境细节具有真实、客观、还原性的特点。例如《Signs》开头在环境细节的营造上非常巧妙，无论是地铁上、电梯上还是办公室里，拥挤与压抑的都市环境和背景不仅交代了时代、社会与工作背景，也为主人公 Jason 压抑与矛盾性格的刻画提供了基础。另外，男女主人公情感变化的过程中，画框的窗户在构图上的变化与主人公的内心情绪的变化是呼应的，这些环境细节都有助于外化人物的内心的情绪。

⑦ 物件细节与人物塑造

物件细节是运用具有艺术形象的象征性物件来塑造人物、刻画心理、表达情绪甚至推进叙事的细节。物件细节具有生动、形象、象征性强的特点。物件细节具有化实为虚、化虚为实的作用。例如《A Day》中，桔子贯穿全片，是象征幸福寓意的物件。桔子在相伴一生的老人中传达的是爱也是生命的守候与陪伴，衬托了老人的性格，表达了老人之间的情感。桔子在人们间传递代表了奖赏、肯定与鼓励，也代表了生命与爱的传递和延续，独特物件细节的运用使影片充满寓意和温情。

⑧ 造型细节与人物塑造

造型细节通过主体外部服饰、妆容、道具等的细节设计刻画人物形象、表达人物性格的细节。造型细节具有省略、抽象、联想性强的特点。如《Signs》中，整体人物的服装呈现黑、白、灰色调，营造了单调、机械、枯燥、无生气的氛围，造型细节暗示了作者对于环境的主观倾向或态度。《百年婚纱店》中，若拉手腕上的花朵以及胸签标记都是一种造型细节，暗示了若拉的被转化和替换，增加了恐怖与惊悚的气氛。《刷车》中的具有阳光气息的"花布裙子"具有指代性的意义，起到调动观众、引发联想、增强悬念的作用。

微剧本细节写作注意事项

① 细节表现应当真实

细节表现必须真实，而不能凭空杜撰，只有真实才具有可信性，才能够引起观众的共鸣。这种真实体现在细节发生的动机是可能的，细节内容表现与人物的性格、身份、背景等是吻合的；细节表达的方式是恰当的；细节表达的情感是真诚的。

② 细节运用应当与主题表达相统一

恰当的细节塑造对于人物的刻画能够起将到画龙点睛的作用，但是，细节设计更应当与主题表达相统一，否则再好的细节都应当舍弃。

③ 细节应当进行视觉化表现

微电影的创作是运用视听语言表达细节，剧本的写作更应当充分考虑到细节设计的视觉化，将有效信息转化为富有表现意义、象征意义的可听、可看、可知、可感的声音和画面，最后通过视像逻辑的连贯，使观众能够读懂其中的意义。

◉ 思考与练习

1. 什么是人物弧光？有什么作用？如何在剧本中体现人物弧光？
2. 人物关系主要有哪些？分析你所看过的微电影中的人物关系类型，说明其特点。
3. 细节有哪些类型？细节对于人物塑造具有什么作用？如何运用细节塑造与刻画人物？
4. 运用剧本写作技巧，写作一个字数不超过 500 字的人物出场段落小剧本。

第四节　微剧本冲突设计

◉ 冲突

冲突是指影片主人公与自然、社会和其他主体之间的矛盾、斗争和相互转化。

◉ 冲突的类别

根据对象分为外在冲突和内在冲突。外在冲突包括人与人之间的冲突，人与社会之间的冲突，人与自然的冲突；内在冲突包括人与自我的冲突。

根据功能分为情节小冲突和剧情大冲突。情节小冲突是指影片"情节中所体现的具体的、直观的冲突"；剧情大冲突是指蕴含在影片深层背景中的总体冲突或核心冲突，是一切冲突的根源或基础。通常影片都会包含这两个冲突，只不过表现上各有侧重。

◉ 冲突设计原理

"没有冲突就没有戏剧"这句话说明了冲突对于影视作品的重要性。冲突设计

是微电影创作中的一个关键环节，也是一个难点。麦基借助格雷马斯的矩阵法，在《故事》中运用对抗的原理进行矛盾冲突的设计，对于微电影的冲突设计具有借鉴意义。

如图 2-5 所示，每一个故事的冲突都可以通过这样一个矩阵的方式进行设计，不同极点代表不同类型的人物，按照不同的价值进行分类，构成了多变的人物关系。假设主人公从 X 价值开始，则会有非 X 的人物构成对立价值；反 X 的人物构成 X 的相反价值；还会有非反 X 人物构成否定之否定价值。根据这个故事冲突设计原理，可以进行微电影人物角色和冲突模式的设计。与荧幕电影不同，微电影的人物往往较少，所以更加强调主人公自身态度和价值观念上的动态变化。如图 2-5 所示，每一极既可以代表不同角色的人，也可以代表一个角色的人在多种因素影响下所遭遇的冲突变化。故事价值结束在不同极点上往往形成了不同的叙事态度和冲突结果。

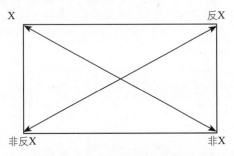

图2-5 故事冲突设计原理图

如图 2-6 和图 2-7 所示，爱情片、伦理片等可以使用这两种模式，也可以结合运用。例如《床上关系》展现了夫妻情感经由爱—恨—冷漠—自恨的价值转换，最终结束在自恨上，表现了对于现实的无奈和无力。《Signs》从主人公代表爱的价值，但是周围人与环境构成了相反的冷漠的价值，导致主人公对生活或工作产生厌倦，转化为恨的价值，直到遇到女孩，主人公最终实现了爱的价值转化，过程中经历了自恨，是一个浪漫爱情上升的结尾。《回测》运用了图 2-7 的冲突模式，将一对已婚夫妻之间的情感故事分别经由忠诚—背叛—离心—自欺进行价值转换，形成具有讽刺意味的爱情故事。

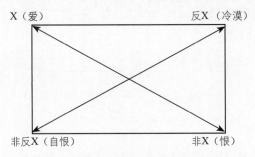

图2-6 故事冲突设计图

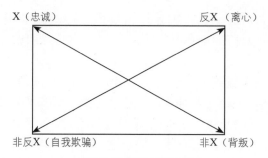

图2-7 故事冲突设计图

表现人际情感等内容的影片中，可以运用图 2-8 所示的冲突模式。如《阿仔，吃饭喇！》、《机寞星球》、《老人愿》等，故事价值在交流、隔绝、疏远、疯狂之间转换。尤其是《机寞星球》的四个价值变化的尤为明显。男孩与朋友聚会从交流价值开始，却因为痴迷于网络与大家形成了隔绝和对立，进入网络世界后他与大家的关系更加疏远，最终痴迷不悟到达了疯狂迷恋的状态，走向了极致的反面，具有夸张和讽刺的意义。

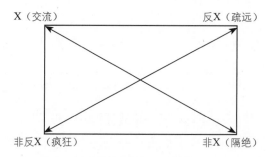

图2-8 故事冲突设计图

在表现现实问题、战争问题、伦理问题等影片中，可以运用图 2-9 和图 2-10 所示的冲突模式。如《拾荒少年》中，拾荒汉的故事价值经由不善良的出场—貌似善良的好心相助—邪恶地出卖孩子—善良的良心发现的曲折过程，最终实现了良心的发现与人性的回归。其中人物的设置也可以分为四种类型，拾荒少年是善良的代表，小偷团伙则是邪恶的代表，图书代理商等则是不善良的代表，拾荒汉则在多极之间变化，其性格塑造非常丰富。《红领巾》则采用了图 2-10 的冲突模式，表现了师生之间关于公平—非公平—反公平—伪善之间的矛盾冲突。

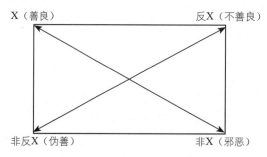

图2-9 故事冲突设计图

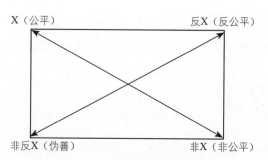

图2-10 故事冲突设计图

在表现社会问题、喜剧等影片中，可以运用图 2-11 所示的冲突模式。如《顶缸》中，二宝承担了善的角色，而刀叔和部分村民则承担了伪善和欺骗的角色，不知内情的乡民则承担了善意欺骗的角色。由信任开始，二宝听信了刀叔的"良言"相信为村长的儿子顶包就可以娶到小花，使故事价值实现了转向伪善的欺骗，这种欺骗是隐蔽的。部分邻居因为不知内情也参与了欺骗，促进了冲突的发展。最终当真相揭晓，故事彻底走向了明目张胆的欺骗，冲突达到了对立面，使二宝陷于崩溃，采取极端方式走向悲剧。

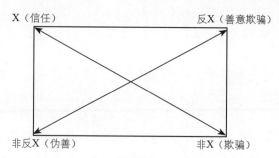

图2-11 故事冲突设计图

如图 2-12 所示，在青春成长片、青春爱情片中，常有以自由和奴役（压抑）之间的冲突而展开的故事。如《少年血》中，自由的男孩在邻居女的诱惑下萌生了对性的渴望，驱动着故事向奴役价值的转化，但是在这个过程中，邻居女人的若即若离又让他陷入了一个不自由的境地。最终，他和邻居女人有了孩子，邻居女却又远走。故事价值向看似自由的不自由转化，是一个扭曲了的悲剧故事。

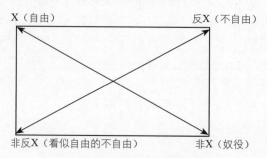

图2-12 故事冲突设计图

上述列举模式并非囊括所有的模式，在微电影创作中，有着更为丰富的故事价值系

统，有的甚至是几种模式的结合，人物矛盾冲突越强烈，相互之间价值的转化就越激烈。但是，不宜过于杂乱，创作者可以根据实际情况，参照这种方法理清人物关系与冲突关系。

◉ 微剧本冲突设计技巧

运用差异制造冲突

在展现人与环境、人与人、人与自我的矛盾冲突中，运用不同层次的差异制造冲突是最为常用的方法。差异可以为种族、阶级、地位、利益、权力等，也可以为观念、文化、价值等，还可以为形象、心理、性格等，差异冲突的运用非常广泛。

运用环境蕴含冲突

环境包括外部环境和内部环境，是影片冲突发生的文化场。例如《石头》、《人土》、《舞·动》等微电影，将自然环境与社会环境有机统一，从不同角度表现了现代文明社会对人所造成的异化，迫使人们无家可归、无处可依。环境的运用能够将时代、社会或者文化等多种冲突蕴含其中，将影片情节小冲突镶嵌在剧情大冲突之中，更富有深度和寓意。

运用动作展开冲突

动作分为外部动作和内部动作。运用动作展开冲突主要包括几种方式，一种通过直接外部动作引发暴力冲突，这在动作片、枪战片、警匪片、黑帮片中比较常见，表现也更有冲击力。另一种通过直接的外部动作外化冲突往往更有深意。例如《舞·动》中通过女孩优美的舞蹈动作的象征意义引发联想，表现与现代文明对抗中的异化，更富有表现力。还有一种可以通过内部动作的自我审视、自省、拷问等心理活动展开内心冲突，这种表现更有震撼力。例如《魔鬼理论16号》中，男主人公在"父亲"的引导下不断敲击桌面，动作一次比一次强烈，夸张的外部动作暗示了主人公内心的挣扎，也暗示着冲突一次比一次更为强烈，为其最终消除"心魔"、消解矛盾奠定了基础。

运用悬念延迟冲突

悬念就是悬而未决的矛盾，能够有效调动观众的想象与参与，增强戏剧张力。例如《顶缸》中村长的儿子撞死人的事件引爆了小村的宁静，之后就没有定论和后续消息了，却插入了刀叔殷勤找人顶包，众人争抢要去顶包，二宝通过卖房换取了顶包机会，村民为二宝欢送的一系列荒唐情节，使引发事件的冲突得到了延迟，为最后的暴力解决提供了铺垫。这种延迟往往在观众心中形成很大的悬念，通过观众急于揭开谜底的心理进行出乎意料的反转，增加影片的戏剧性张力和喜剧荒诞感。

运用语言强化冲突

运用人物对话强化人物之间的冲突表现是比较常规的冲突表现方法，使用不当容易使影片过于直白而缺乏韵味，使用恰当能够合理表现人物的性格并强化人物之间的冲突。例如《宵禁》中侄女与叔叔的冲突有多处是通过语言来实现的。通过激烈的对话表现，

将两人的性格特点：叔叔的颓废、消极、被动、迟疑和侄女的乐观、积极、主动、活力形成了强烈的对比。从和侄女见面的"下马威"到对坐中的"不信任"，再到取物的"误会"和快餐店的严厉的"教育"，索菲亚节奏快、语气强硬、逻辑严谨的语言与叔叔的表达形成了气势上、心理上的反差，不断强化两个人的矛盾冲突，又增进两人之间的情感关系，为最后的反转奠定了基础。

运用细节放大冲突

细节可以增强作品的生命力，还可以通过环境、动作、语言、心理、情绪等元素的运用放大冲突。例如《阿仔，吃饭喇！》是一部情节相对淡化的影片，影片中没有大的争吵甚至行动，而是通过大量日常化的细节数倍放大了人与社会、人与人之间的冲突。通过环境空间的割裂、缺乏语言的交流、行动上和观念上的对比、沙丁鱼罐头等细节巧妙运用都凸显或加重了父子关系的疏远，放大了父子心灵上的冲突；儿子报纸求职、整天以游戏为生等细节放大了儿子与他人生存竞争中的社会冲突，表现了现代社会中年轻人的生存压力与生存状态。前者是情节小冲突，后者是剧情大冲突，使影片体现出了很强的现实性深度。

运用声音扩展冲突

声音元素包括音乐、音响、对白。声音的创意性运用不仅能够有效拓展时空，增强叙事功能，还能够通过联觉作用扩展冲突。例如不同主题或情绪的音乐可以塑造不同人物的形象，表达不同的情绪，通过对立或对比能够进一步拓展或激发冲突。不同语气、语调、气势对白的运用也能够对冲突进行强化表达，例如《宵禁》中叔叔与侄女的对话冲突。另外，音乐与音响的运用也能够有效表达主题或情绪上的冲突。《一个人的舞台》中各种刺激性的外界噪声——对讲机的声音、汽车的噪声与徐哥唱戏的声音形成了对比和反衬，加剧了叙事中的文化冲突和情绪冲突，对于主题表现具有深化意义。

◉ 思考与练习

1. 什么是冲突？冲突包括哪些类型？

2. 运用冲突设计模式分析你所喜爱的微电影，看看它属于哪一种模式？绘制出冲突设置图并分析剧中冲突是如何转化的。

3. 运用冲突设计相关原理为自创剧本进行冲突设计，并总结经验和不足。

第五节 微剧本场景设计

◉ 场景

场景是指微电影故事所发生的空间环境，包括日景、夜景、内景、外景、虚拟场景等；也包括自然场景、社会场景、生活场景、心理场景、文化场景等。

场景的分类及其特点

❶ 自然场景

自然场景是指故事发生的自然空间环境，具有真实性、客观性等特点。

❷ 社会场景

社会场景是指故事发生的社会空间环境，是剧中人物社交以及公共活动的空间环境，具有真实性、社会性等特点。

❸ 生活场景

生活场景是指故事发生的生活空间环境，是剧中人物家庭生活以及私人生活的空间环境，具有真实性、个人化等特点。

❹ 心理场景

心理场景是指故事发生的心理空间环境，往往具有超现实性、非连续性、主观性等特点。

❺ 文化场景

文化场景是指故事发生的深层文化环境，往往具有隐蔽性、抽象性等特点，是类型电影中的一个重要元素。

微剧本场景设计技巧

微剧本场景的设计不仅是一种外在形式，更是故事发展或者人物行动的内在依托。剧本中场景写作需要能够转化为视觉化表达，但是场景写作又不能写尽，而应把握总体方向、设计关键内容，给其他表现手段和元素留有一定的空间。微剧本场景设计时要注意：场景应当真实，场景应有表现力，场景应当富有变化，场景间应当连贯。场景设计恰当与否将会影响整个剧本的呈现效果。

明确场景设计目的

在微剧本创作时必须明确场景设计的目的。悉德·菲尔德认为，"场景的目的分为两个部分：或推动故事向前发展，或揭示人物的有关信息，否则就不属于整个剧本"。所以，场景写作之前，创作者应当有明确的设计思路，这个思路主要来源于对场景设计目的或关联要素的思考，例如为什么要设计这个场景？有没有更好的可以替换的场景？这个场景中的主要人物是谁？场景是由谁驱使的？谁是主动者与被动者？人物关系在进入场景之后发生了怎样的变化？这个场景与剧情之间具有怎样的关联？场景是否能够支撑主题的有效表达等。通过这些问题的提出与梳理真正将场景活化成为人物行动或剧情发展的内在依据。另外，每个场景设计都有不同的意义，尤其是对故事价值的改变，是由好变坏还是由坏变好？还是没有实质性的改变？只有明确场景的设计目的以及相关要

素之间的联系才能充分发挥场景的作用。

运用场景创设情境

微剧本的场景设计为故事叙述创设了情境，也奠定了基调，能够带领观众自然进入故事。场景创设形式多样，例如《宵禁》开头场景营造紧张；《夕花朝拾》开头场景营造诡异；《Signs》开头场景营造无聊；《我愿意》开头场景营造甜蜜。场景的设计要与情节表现或人物塑造密切关联，场景设计目的决定了情境创设方式，相关元素和手段的设计为情境创设的视觉化表现确立了基调和方向。总之，运用微剧本场景设计创设情境必须要与主题和人物表达统一，与场景使用目的统一，与观众的情感接受契合。

运用场景塑造人物

微剧本场景设计包括空间布局、景物设计、道具运用、光线和影调设计、声音参与等，是影视造型元素的综合运用。场景设计不仅为人物性格塑造提供了外在的物理场，也提供了内在的动力场。例如《拾荒少年》开篇通过开放的空间设计将人物放置于真实的环境中，通过拾荒汉"动"、"快"与拾荒少年"静"、"慢"之间形成了对比，展现了圆滑老练与初出茅庐的拾荒父子形象，也为影片的叙事埋下了伏笔。在拾荒汉家中又利用前后两次对比进一步塑造了两个人的性格特点，使得剧情合理逆转。第一次，拾荒汉通过"传书"、"看电视"、"吃饭"等行为试探并拉近与拾荒少年之间的距离；第二次，共同患难的"拾荒父子"通过"看书"、"吃饭"、"看电视"、"交换礼物"等场景实现了心灵上的真正接近和相互影响，为拾荒汉带领拾荒少年回乡寻母提供了有力的铺垫。可见，场景的设计应当将外显的环境因素和内隐的心理因素有机统一，塑造丰富而动态的人物形象。

运用场景表现冲突

微剧本冲突必须通过视觉化方式得以呈现，运用场景的设计可以制造冲突、外化冲突或推进冲突，还可以改变动作的节拍来推动故事价值的有机变化。这种节拍就是指每一个场景中内在故事价值都应当是富有节奏变化的，或由好变坏或由坏变好，或由好到更好或者由坏到更坏等，而不仅仅是时间和地点上的外在变化，这样能够使故事发展充满丰富而有意义的变化。

例如《宵禁》一共有十个场景，每个场景都恰如其分地体现了人物之间的冲突和节拍。第一个场景妹妹的电话将 Richie 从死亡边缘挽救，表现了主人公内心的冲突，使故事价值实现了死—生转化；第二个场景索菲亚给叔叔约法三章，表现了叔叔和侄女之间的关系冲突，实现了接受—抗拒转变；第三个场景保龄球馆，叔叔与索菲亚的敌对关系进一步增强，实现了从抗拒—更加抗拒转变；第四个场景在 Richie 的住地，叔叔与索菲亚的冲突进一步恶化，又通过动画书缓和，实现了由不信任—更加不信任—信任的小逆转；第五个场景，叔侄俩快餐店对话，通过交流加剧了冲突，实现了由轻松—僵持转化，厕所前等待，借助于叔叔与他人的外在冲突，表现了对侄女的关心，使故事价值从漠然—关心转化；第六个场景，两人交流更近一步，索菲亚和周围人的活力让 Richie 感觉到自己的格格不入，加重了 Richie 的内心冲突，使故事价值由积极—消极转化；第七个场景，两人乘车中，索菲亚与叔叔之间的冲突解决，使故事价值由疏远—亲近大逆转；第八个场景是 Richie 与妹妹之间的冲突，加重了敌对情绪，使故事价值实现了由疏远—敌对转化；第九个场景，加重了 Richie 失落情绪，实现了由失落—更失意转化；第十个场景，Richie 回到家，内心冲突加剧，再一次自杀却接到妹妹的电话，使矛盾冲突得以解决，使故事价值实现由死（敌对）—生（和解）转化。可见《宵禁》有效利用了场景对冲突设计使得故事平淡中蕴藏力量，绝望中蕴含希望，强化了主题的表现。因此，微电影剧本写作需要运用场景设计推动叙事冲突与节拍的发展，使得冲突性或戏剧性得以视觉化呈现。

运用场景设计升华情感

微电影剧本在高潮或结尾时往往需要升华情感，尤其是如何运用恰当的地点、空间以及方式和手段来营造意境、表达思想、抒发情绪、升华情感，微剧本中的场景设计可以将情景交融、写实写意统一、主观客观交替，使微电影主题或情感实现有效升华，运用得当能够起到画龙点睛的作用。例如《我愿意》结尾当苏小糖与男友在城市街头以狂欢的形式举行盛大的"裸婚"仪式实现了爱情对现实困境的超越，升华了爱的意义。《拾荒少年》片尾通过共同患难的拾荒父子行走于废墟之上寻找"母亲"，运用情感上的升华超越了现实的意义。恰当的场景写作与设计能够使微电影创作更具有新意和表现力。

◉ 思考与练习 —————————————————————

1. 什么是场景？微剧本场景写作与设计应当注意哪些问题？
2. 结合自创微剧本进行场景写作和设计。

第三章 微电影导演技巧

在微电影创作中，导演相当于统帅，其角色至关重要。导演既要负责作品整体艺术构思和技术实现，也要掌控剧本的定夺、演员的选定、场景的选定、团队的组织协调等工作。在一些小投入、小制作的微电影创作中，一些创作人员甚至集导演、编剧、摄影、剪辑等于一身，因此，导演自身的艺术观念、艺术修养和技术水平将直接影响影片的整体格调和艺术品质。

第一节 微电影筹划拍摄

筹划拍摄相当于拍摄前的演练，是微电影导演工作的第一步，包括剧本、演员、场景甚至设备等方面的准备。细致、严谨、周密的筹划是顺利拍摄的前提和保证。

◎ 剧本认知与定夺

筹划阶段，微电影导演最重要的工作就是要选择剧本、研究剧本、定夺剧本。首先，导演需要通过查阅资料、观摩影片、组织有关人员讨论等案头工作，深入了解故事发生的时代背景，反复推敲故事的立意和表现主题，故事情节、人物、冲突及其关系；其次，通过对剧本的认知和把握，将抽象文学语言转化为形象的视听语言，结合自身特点对剧本进行二次加工和修改，对影片的风格、主题、人物塑造以及艺术呈现进行宏观的把握，以便形成定型剧本。但是，剧本定型后再调整一定要慎重，尤其要注意前后的逻辑和关联，避免出现前后脱节的现象，严重的会导致整个剧本的失败。

◎ 演员选定与塑造

定夺剧本之后，导演可以通过与演员交流、测试、试戏等方式，挑选所需要的演员。导演需要与演员进行交流，为演员讲述剧情内容、分析人物角色、提出表演要求，使演员对所塑造的角色以及表演程度有一个整体了解。为实现"人戏合一"的表演佳境，导演可以与选定演员进行沟通，允许对剧本进行二度创作，使演员能够充分发挥想象力和创造力，将自身气质、特点与剧中角色完美融合，以塑造出更为生动、丰满的角色形象。

◎ 场景选定与设计

场景是影片剧情展开的空间环境，包括现实场景／非现实场景、内景／外景、日景／夜景等。场景的选定不仅为剧情的展开提供一定的环境空间，同时也蕴含了一定的背景、基调、情绪，为剧情的展开提供了可视化的情境。导演在筹备拍摄期间要结合剧

本的内容，与摄影师、美术设计师等进行场景具体化设计。场景的具体化设计不能凭借主观臆断而违背真实和自然，而应与现实环境的条件相协调，尽量做到真实自然融为一体。

◉ 艺术构思与导演阐述

在筹划阶段，导演需要对影片进行艺术构思并撰写导演阐述。艺术构思是导演对于影片宏观艺术实现的思考和设计，需要将抽象的思想理念转化为具象的视觉化语言，包括主题立意、人物分析、矛盾冲突处理、风格定位、节奏处理、造型设计、音乐音响设计等方面，是导演从"形之于心"向"形之于手"的过渡阶段。导演阐述就是将艺术构思运用文字语言表述出来，其目的是检验艺术构思和创作意图的清晰性、合理性、统一性，主要包括以下方面：

- 故事梗概；
- 对剧本的立意、主题思想、时代背景等方面的阐释；
- 对剧中主要人物的分析和处理；
- 对剧中矛盾冲突的理解与把握；
- 对未来影片风格样式的定位；
- 对影片节奏的设计和处理；
- 对表演、摄影、美术、化妆、道具等方面的创作构想和设计；
- 对剪辑、音乐、录音等方面的构想和设计；
- 对剧中特技处理部分的构想和设计等。

在撰写导演阐述的过程中，导演并非要完全罗列和照搬上述内容，而是要根据自身影片艺术构思有所侧重地进行表述，尤其要体现出个性化特点。写作导演阐述是导演运用自身艺术修养对作品所进行的全面分析、归纳、总结和审视的深层次过程，有助于加深对作品的理解和诠释。

学生习作：《一个人的舞台》导演阐述

片名：《一个人的舞台》
导演：邹烨
编剧：焦云
摄影：邹烨、刘群、汪洋
剪辑：焦云
海报设计：郝强
创作年份：2007

① 故事梗概

本片（图3-1）主要讲述了一个地下停车场看车工徐哥，喜欢在这个天然的舞台

图3-1 《一个人的舞台》海报

中唱戏，也想通过这种方式与别人交流。但是，每次他唱戏的时候都会被打断，还会经常遭到别人的冷眼。一天，物业管理人员发布了禁声令，使徐哥的生活几乎窒息，虚幻中，徐哥开始对着自己的影子默唱……

❷ 创作思路

本片围绕地下停车场看车工徐哥的生活展开，表现了一个底层小人物的梦想在现实都市中遭受贬抑的故事。运用了比较抽象与夸张的手法，表现现代文明社会下人的异化，以及人与人之间的疏离。其中的戏曲演唱是梦想的载体，也是一种交流的渴望。在冲突设计上，影片主要通过人与人之间的拒绝交流来体现情节小冲突，从陌生人打断、业主拒听、物业人员"禁声"等情节加剧了他人对于徐哥梦想或者交流渴望的阻断。剧情大冲突则反映了充斥浮躁的现代社会中人与人之间关系的冷漠，以及造成人的孤独和异化。两者结合，使影片具有现实意义和文化意义，体现了审视或批判的态度。

❸ 艺术表现

影片虽然取材于现实生活，但是整体表现是在写实基础上运用抽象、夸张、象征、内在表现方式，其艺术性主要体现在以下方面。

▮1 空间设计与表现

影片通过再现和创造的方式营造了独特的空间。一个是地下停车场的实在空间，具有封闭、压抑、令人窒息、孤独冷漠等特点，是现实世界的隐喻。汽车是现代工业文明的象征，和其他通讯工具一样的无时无刻不在发出噪声，吞噬着真诚与美好，是反面形象的代表。另一个是内心世界的虚化空间，具有开放、自由、真诚、充满交流渴望等特点，主要通过徐哥的想象来体现。戏曲是民族文化的象征，是人与人之间表达真挚梦想与交流愿望的载体，它唤起了徐哥内心的力量，是正面形象的代表，但在现代工业文明压抑中却遭到了"禁声"。影片通过两个空间的对比、反衬，塑造了人物，表达了情感，也通过人物或事物的象征意义强化了冲突，表现了人与人之间的隔膜。

▮2 摄影设计与表现

在景别设计上，影片以中远景体系为主，突出空间感，并使摄影机处于一个冷静客观者的角度，观察主人公的生活状态和情感变化。在强化主人公内心世界或者高潮部分运用了少量特写，结合急推镜头放大了压迫、紧张以及主人公内心的情绪、情感。在景深设计上运用了大景深，强化空间感、透视感，并利用天花板的下坠形成视觉心理上的压迫，表现主人公的生活境遇。为表现主人公的真实生活状态，影片主要运用了长镜头手法，尤其是固定长拍镜头，表现主人公的孤独和压抑，使观众充分感觉时间的冗长与缓慢、空间的沉闷与压抑、生活的单调与重复，为主人公性格的刻画、心理情绪的外化，以及观众认同感提供基础。影片部分段落采取双机拍摄，通过运动镜头的使用，使影片节奏在平稳中富于变化。

3 声音设计与表现

影片注重运用画外声音有效调动观众的联想，汽车声、对讲机声、闹钟声、水滴声、脚步声、唱戏声、抽烟声等都传递了有效的细节信息，调动观众的联想与参与，使画面空间得到有效拓展；另外，还运用声音大小、强弱、远近等形成的动与静、虚与实、喧嚣与优美之间的反衬与对比，营造了主人公真实的生活世界与虚拟的内心世界，为情节发展起到了暗示和推进作用。影片中戏曲音乐的运用有助于声音参与叙事，外化情感，推进情节发展。

4 表演设计与表现

影片采用了非职业演员表演，邀请了真实的看车人担任主演再现与表现自己的生活，使表演更加真实、自然、准确、生动，使影片更具可信性、说服力，以引起观众的共鸣。

💿 思考与练习

1. 导演阐述都包括哪些内容？对微电影的创作有什么作用和意义？
2. 为你原创的微电影撰写一份具有个性的导演阐述。

第二节　微电影时间设计

同荧幕电影相同，微电影的时间也主要有三种：放映时间、叙述时间、心理时间。三者的综合运用和艺术设计，使得微电影的叙事表达更为丰富、灵活、自由。

💿 时间分类

放映时间

放映时间即影片放映所需的时间，又称物理时间。相对固定，从影片完成之后这个时间就不会改变。

叙述时间

叙述时间即影片通过影像、声音、字幕等对故事情节或场面时间进行交代、叙述的时间，也是故事内容呈现的时间，又称内容时间。每个作品的叙述时间是不同的。

心理时间

心理时间即观众观看影片在心理上所形成的一种时间感。根据观众的心情、素质、特点、所处的环境等的不同，心理时间是不相同的，是体现差异性的时间。

◉ 微电影时间设计类型与技巧

时间实时的运用

时间实时就是影片中所呈现的放映时间和叙述时间基本一致，也叫等时时间。在荧幕电影《正午》（全片等时）和《罗拉快跑》（段落等时）等运用了实时设计，有助于增强影片的吸引性、悬念性和参与性。

注意事项：要精确并合理地设计好情节，使叙述内容在规定时间内能够完成，不能超过放映时间长度；要巧妙借助于影片中能够直接或间接显现时间的标志性道具或细节，在不同段落中插入，对观众形成心理时间的暗示。时间的呈现方式要巧妙、自然、流畅，而不能过度、生硬；要充分考虑心理时间，使观众感受的时间与内容时间尽量保持一致；通过后期手段有机调整三个时间之间的差异和联系，使它们能够基本保持一致。

时间压缩的运用

时间压缩就是通过一定方式和手段将影片的叙述时间缩短，对叙事情节实现有效省略或压缩。时间压缩的运用有助于形成时间或场景上的快速转换，能够加快影片节奏，强化或突出某种场景或情绪。具体包括如下内容。

- 借助于降格或影视特效等手段压缩时间。例如《天使爱美丽》中艾米丽修补信件段落，《罗拉快跑》开头广场上迷茫的人群段落都运用了降格压缩时间。
- 借助于镜头的组接来压缩时间，如《阳光灿烂的日子》通过马小军和小伙伴抛书包的动作分切与组接实现了时间省略；《摇滚黑帮》通过镜头的甩切与组接实现场面转换；学生习作《末日不孤单》通过男女主人公服装和位置的变化压缩时间进而体现两人的情感变化。
- 借助于转场特效来压缩时间，包括相似主体、相似动作、相似声音、动作承接、出画入画、挡黑镜头等。如《镜子》通过相似体、动作衔接、出画入画等场面转换，以及后期合成等方式，实现对一生时间的压缩和省略。
- 借助人物心理活动来压缩时间，如《罗拉快跑》中，罗拉撞到路人后产生的闪念画面通过插入静帧图片的方式压缩时间。

注意事项：时间压缩与叙事情节的连贯性与合理性；时间压缩与表达意义之间的一致性和适当性；时间压缩画面组接的流畅性和节奏性。

时间延长的运用

时间延长就是运用一定方式或手段将影片的叙述时间延长，将叙述时间或心理时间延长或放慢。延长时间的运用对叙事具有强化、突出、表现、抒情等作用。具体方式包括如下几种。

- 借助升格或影视特效等手段延长时间，例如《花样年华》中多处使用升格，表现诗意而迷离的情绪。一些动作片、武侠片或抒情场面中经常有慢动作的升格画面。

- 借助于镜头的组接延长时间，包括增格法、重复镜头组接、插入空镜头、插入反应镜头等方式。例如《宵禁》保龄球馆场面中，Richie看到索菲亚和其他人的活力舞蹈，采用了升格、重复镜头组接、插入反应镜头等方式形成对时间的延长，强化了Richie的矛盾内心和复杂情感。
- 借助人物心理活动来延长时间。例如学生习作《舞·动》停电之后瑶瑶进入了幻想时空，借助于人物的内心活动，影片插入了叙事段落并利用升格等方式延长了叙事时间和心理时间，表达她渴望自由、健康、快乐的内心情感。
- 借助于搭叙的叙述方式，形成段落间的重叠而延长时间，例如《巴别塔》、《黑色番茄酱》等表现三个不同故事的衔接中，总有一小段是重复的内容，但是从不同视角来讲述的，搭叙方式形成了时间的延长。
- 借助声音等元素，在时空转换和跳跃之中实现时间的延长。例如《美国往事》中的电话铃声通过声音的延长加大了情绪的延伸。

注意事项：时间延长与叙事情节的连贯性与合理性；时间延长与表达意义之间的一致性和适当性；时间延长画面组接的流畅性和节奏性。

时间停顿的运用

时间停顿就是通过画面定格或者画面中的某种元素停顿营造一种非现实时空，进而形成对现有时间和情绪的一种放大、强调和突出。

时间停顿主要有两种类型，一种是全面画面停顿。即整个画面定格，画面中传达的情绪不会停止，反而更加强化和突出。例如《爱情速递》片尾女孩来到遭受车祸死亡的速递员身边，画面由彩色变成黑白定格，形成视觉和情绪的重音。另一种是局部停顿，常常用在非常态的表现中营造一种非现实时空。例如《异共一吾该接不》主人公看到一对夫妻在打架，突然一个球猛然砸下来，瞬间女孩所处的现实世界中的一切元素都停止了，只有女孩是运动的。这个空间可以理解为非现实的、想象的甚至虚拟的，当女孩用手指改换了半空中球的位置后，画面恢复正常，结果却发生逆转。时间停顿的使用往往投射了作者强烈的主观愿望，通过奇异化的方式展开思考。

注意事项：停顿本身要能够更好地表现主题意义，尤其注意停顿的声画场面与衔接的声画场面要保持情绪、节奏的连贯与统一，避免使用不当所造成的情绪中断或者连接突兀、跳跃。

时间倒流或前置的运用

时间倒流或前置就是使用闪回和闪前两种手段，使影片在过去时态、现在时态、未来时态中转换。闪回就是在某一场景插入前一镜头某个人物的思绪或回忆的叙述手法。例如《魔鬼理论16号》中，当男主人敲击桌子进入自己的内心世界的时候，影片进入到他以前生活的时空中。闪前就是发生在未来时间内的镜头置入影片现时叙述中。可以为人物的主观精神活动，也可以为将来时事件。微电影时空表现也可以非常自由、灵活。闪回和闪前手段的运用有助于使情节在不同时空中丰富转换，实现对时间的有效压缩和

延长，也可以通过不同时空段落的组接进行对比和关联，增强叙事意义，增强新奇性和刺激性。

注意事项：闪前和闪回要与情节叙述形式和叙述逻辑相互统一，避免缺乏必要或合理的交代而造成混乱。

◉ 思考与练习

1. 微电影中的时间都有哪些类型？应当如何运用？
2. 结合你所看过的微电影，说一说该作品在时间设计上有什么特点？运用了哪些技巧？
3. 有哪些优点和缺点？

第三节　微电影空间设计

影像空间就是利用透视、光影、色彩的变化，人物和摄影机的运动以及音响效果的作用，创造出包括运动时间在内的思维幻觉空间。马尔丹认为，影像中的空间主要有两种形式，一是再现空间，通过移动摄影等让观众感受到真实、自然、完整的空间；二是构成空间，将多个空间甚至是彼此毫无联系的空间联接起来，形成一个新的完整的空间。

◉ 空间设计类型及其特点

画内空间及其运用

"画内空间就是银幕画框之内映出的环境空间。这些空间是现实中或搭建布景中的具体环境，经过放映机投射在银幕上再现出的具体空间"。一般来说，画内空间多表现为真实的或写实的空间，如生活的空间、现实的空间；也可以表现非真实的空间，如象征的空间、想象的空间、梦境的空间、幻觉的空间、虚拟的空间等。画内空间受四个边框的限制，具有有限性、具体性、可见性等特点，是电影空间最为基本的组成部分。每个创作者在创作过程中应当重视画内空间的整体布局和造型设计，使空间设计与作品所表现的气氛、风格、情节相吻合，与人物的动作等相照应。

画外空间及其运用

"画外空间就是银幕四个边框之外存在的空间，它是观众视觉所看不到的，只是凭想象感知到的空间"。画外空间主要体现在画框上下左右前后六个部分以外的空间，还可以通过声音等拓展。画外空间是画内空间的有效拓展和延伸，具有无限性、开放性等特点，有助于调动观众的想象和参与。画外空间的合理运用体现了创作者的空间构成意识和开放观念。

如《鱼的缸》有部分段落运用了画外空间。影片由两个大的序列组成，第一个序列是鱼缸中水资源状态的演化；第二个序列是"手"的夸张性动作，象征无穷的贪欲。如图 3-2 所示，影片在空间设计的很大突破就是用"手"的动作突破了"第四面墙"的封闭性，通过这种开放空间的设计，将画框内有限的空间进行拓展，唤起观众的想象力和新奇感，

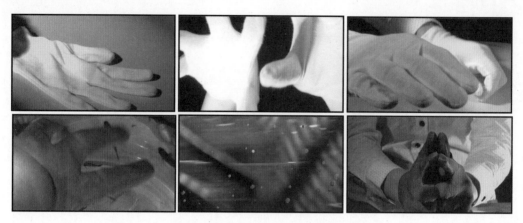

增强了影片的表现力。

图3-2 《鱼的缸》画外空间设计

封闭空间的运用

封闭空间就是在结构上强调中心性、均衡性、完整性和统一性，习惯将表现主体处理在几何中心或趣味中心，人物的视线是向心的，主体在画面中构图是相对完整的，尤其强调画框在空间结构中的限制作用。封闭空间具有精确安排和设计，整体比较严谨和保守的特点，使用不当容易造成一种拘谨、刻板和僵化。所以，封闭空间的使用应当注意与影片空间表现风格、表达内容、意义相吻合。封闭空间在大部分电影中都可以见到。

开放空间的运用

开放空间就是在结构上不必遵循绝对中心、均衡、完整和统一的原则，甚至故意破坏空间的均衡与和谐，强调一种随意和偶然。尤其反对将画框作为一种限制手段，而是利用画框引导观众突破空间限制，建立主体与画外空间的联系，拓展画面内的有限空间。开放空间更强调在动态中进行空间处理。例如《魔鬼理论 16 号》（如图 3-3 所示）是一部恐怖片，影片在整体空间营造上采取了开放空间的结构方式，加强观众对于画外空间的联想，营造了一种心理恐怖的氛围。开放空间突出自由性、偶然性以及连续性，具有含蓄而内敛的特点，但是使用不当也容易造成重心不明和粗糙的感觉。

封闭空间和开放空间是两种不同的空间构成方式，两者并无孰优孰劣之分，而是各有不同特点，创作者可以根据创作理念、创作风格、影片内容选择恰当类型进行表现。

夜夜想起妈妈的话
missing his late mother Those stars

越敲越多 越敲越深
The more you knock, the more devils there are and the deeper they hide

图3-3《魔鬼理论16号》开放空间设计

◉ 微电影空间设计技巧

微电影空间的设计有以下技巧。

- 通过整体环境的造型设计与布局，能够使影片空间具体化、真实化、情境化，以营造影片独特的空间环境。
- 通过自然环境的典型选取进行空间环境的设计，尤其是通过自然景物的呈现寓情于景能够烘托情绪，并营造所需要的空间氛围。
- 通过道具与置景等人工化环境和景物的设计，能够对影片的空间进行重组和再造，为人物塑造、主题表达、情节发展奠定基础。
- 通过光线与色彩的艺术设计与运用，能够增强空间构成艺术性和写意性，有助于营造或烘托环境气氛、塑造鲜明人物、外化主观情感、推进情节叙事、深化主题内涵。
- 通过摄影构图、镜头运用以及剪辑手段，能够真实呈现或者艺术重构影片的空间环境，具有创设情境、突出表现、外化情感、引发联想的作用。
- 通过独特的细节和特殊物件的使用能够起到引发悬念和联想，拓展影片局限的空间的作用，引发观众参与。
- 通过音乐音响的使用能够再现真实逼真的环境，创设生动的情境，通过音乐音响所引发的联想能够拓展画面内部有限的空间，调动观众想象力。

因此，微电影的空间设计并不是孤立的，而是要与创作者所表达的风格、思想和意图密切关联，与摄影、灯光、剪辑、合成等手段，声音和画面等元素互为补充、相辅相成。

◉ 思考与练习

1. 微电影空间都有哪些基本类型？不同空间类型具有什么特点？
2. 结合你看过的微电影，谈谈它在空间运用上的特点？
3. 在原创微电影中，结合时空设计的相关元素进行创作，并总结经验和不足。

第四节　微电影场面调度设计

场面调度来自法语，意为"摆在适当的位置"或"放在场景中"，开始应用于舞台剧，后应用到电影创作。微电影场面调度主要是指导演根据剧本所提供的内容对画框内事物

的安排，包括演员调度和镜头调度两部分，是导演技巧的重要组成部分。

场面调度基本类型

X轴调度

被摄主体沿着 X 轴从左向右或从右向左水平运动，能够加强画面内部的横向空间感和运动感。从左向右水平运动（如图 3-4 所示）相对比较符合阅读习惯，可以暗示为容易、顺利；从右向左水平运动（如图 3-5 所示）通常不舒适，可以暗示阻碍和困难，如果同时运用两种方向从左右两边向中间的运动调度（如图 3-6 所示）往往可以暗示主体力量之间相互联系、对立与冲突。例如《火车怪客》和《杀死比尔》中人物的调度。

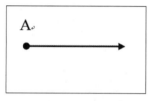
图3-4 从左到右调度

图3-5 从右到左调度

图3-6 从左右两面向中间调度

Y轴调度

被摄主体沿着 Y 轴，从北向南（如图 3-7 所示）或从南向北（如图 3-8 所示）垂直运动，能够加强画面中的纵深空间感和纵向运动感，例如《海上钢琴师》中海景和船运动的场面调度，《公民凯恩》中的三人关系调度。如果两条以上的 Y 轴运动交织在一起（如图 3-9 所示），同向可以形成复杂或纷乱的暗示；异向则可以形成相对、相隔、相背的暗示。例如《向左走向右走》中人物的调度。

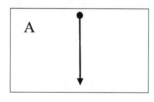
图 3-7 从北向南调度

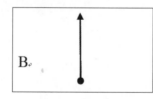
图 3-8 从南向北调度

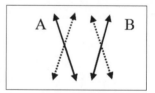
图3-9 南北交错调度

XY轴对角线调度

XY 轴对角线调度主要取决于两方面因素影响，其一是重力方向，其二是视觉阅读习惯；其中前者影响更大。如图 3-10 所示，A 的调度从左往右和重力方向和眼睛阅读方向都相同，是最容易的调度，比较常见；B 的调度尽管阅读方向是逆向的，但是重力方向是下降的运动，是次容易的调度；C 的调度，尽管重力会阻碍上升对角线的动作，但是阅读方向是一致的，是次困难的调度；D 从右到左的上升是所有银幕方向中最困难的，与重力方向眼睛阅读方向均相反，是最困难的调度。根据这四种调度方式，导演在进行

对角线调度设计时应当了解视知觉心理规律，并运用其进行恰当的场面调度设计。如《钢琴课》、《大都会》中的人物运动调度。

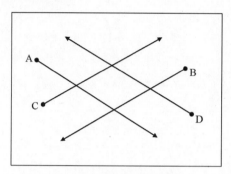

图3-10 XY轴对角线调度

Z轴调度

穿越前景和后景的调度。其调度主要有两种方式（如图 3-11 所示），其一是通过景深镜头进行调度，通过演员调度让被摄主体走向后景高度下降或者走向前景迅速变大，可以暗示力量或地位的强弱；其二是通过移焦，把焦点从前面的焦平面移到后面的焦平面，或反之，使观众的注意力从一个对象上转移到另一个对象上。移焦可以在重要的情节点对被摄主体上进行重点揭示或者强调，是场面调度或表演区域更换的简便手法。例如《爱有天意》中的三人调度。

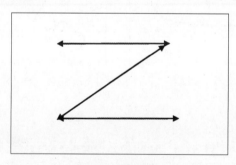

图3-11 Z轴调度

S形调度

用于运动镜头的拍摄，如图 3-12 所示，被摄主体和摄影机往往同时运动，被摄体所处的位置发生空间上的位移和构图上的变化，画面具有某种变化和冲击力。如《七武士》或《罗生门》中的运动场面调度。

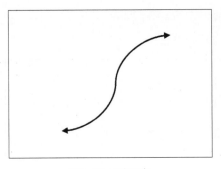

图3-12 S形调度

圆形调度

摄影机环绕被摄主体进行360°运动，强调特定的空间感、运动感或者主观视点，具有强烈的震撼力（如图3-13所示），例如《飞行者》中的双人场面调度；或者由于被摄主体双方的位置移动，形成了两个180°调度（如图3-14所示），使运动更为简单。

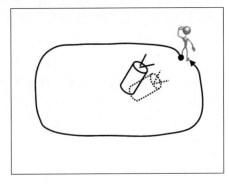

图 3-13 360°调度

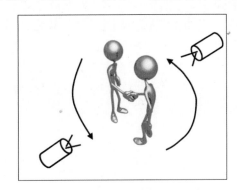

图 3-14 180°调度

综合调度

镜头段落往往是一个长镜头，由几种方式的场面调度形式综合而成，这种调度方式一定要注意节奏的控制和画面内部运动的合理运用，避免节奏拖沓和冗长，避免方向混乱而形成误导。

◉ 微电影场面调度技巧

在微电影创作中，进行比较复杂的，尤其是长镜头场面调度时，可以借鉴丹尼艾尔·阿里洪在《电影语言的语法》中所提出的镜头内组接技巧，通过摄影机和演员的综合场面调度实现镜头之间的流畅衔接，主要方法有以下七种。

运动之间的顿歇

通过演员或摄影机从一个表演区移到另一个表演区，稍停片刻，又到第三个表演区，并就此停下来。每一次变化，都需要在画面上持续一段时间，需要交代有用信息并交代

清楚，然后转到下一个位置。例如《大象》中有多段利用了这种运动停歇的方式进行了运动长镜头的场面调度，实现在动态关系中展示信息、构建人物关系。

表演区的更换

通过表演区的更换体现空间感和自由的场景转换。主要有三种方法：一是使用固定镜头，表演区可按纵深景别分布，分为前景区、中景区和后景区，通过演员调度的方式实现表演区的更换，例如《爱有天意》中很多人物关系场面运用了这种调度方式；二是使用摇摄镜头（中间可以有动作上或视线上的承接），从一个表演区摇到另一个表演区（还可以 360°旋转），例如《飞行者》表现休斯和赫本情感关系中运用了这种方式进行调度；其三是使用推移或拉移的移动镜头，从后景拉至前景，或从局部拉至整体，如《爱》开头段落中运用了这种场面调度方式表现三人关系。

接近或远离摄影机

接近或远离摄影机可以实现演员或摄影机的调度，纵深运用是关键。主要有三种方法：一是用固定机位改变物距，使被摄主体有人在前景或后景进行运动以形成人物位置或关系变化；二是用摇摄方式进行前推或后拉，以变换被摄主体和连接表演区域；三是用移动摄影（平行或跟踪）保持物距离，使摄像机成为一个默默的旁观者，使画面更有冲击力。

身体姿势的改变

演员身体姿势的改变也是一种有效的场面调度方式。演员面向摄影机的正面姿势一般称作开放姿势，戏剧性上是最强的，容易形成主导趋势；侧身是中性姿势，如果背对摄影机，就是闭合姿势，相对戏剧性是最弱的，容易形成一种漠视感。但是也取决与周围人姿势的比较，如果周围都是正面，则背面人的戏剧性是最强的。创作中可以在不同场景中通过身体姿势的改变自然地进行人物关系、视觉重心的变化和调度。

位置的替换

通过位置的替换可以使用固定机位把画面中处于某一特定区域的演员换成另一演员，而画面中其他演员的位置则不变。主要方法是将表演区进行划分，利用演员间在前后景的移动，实现位置上的替换，实现表演重心的转移。这种方式比较常见。

调换画面区域

调换画面区域可以通过区域调度和个体调度两种方式实现。区域调度就是区域中的演员可以交换位置或有变化元素，能够转换观众的注意力，实现表演区的变化，避免单调，演员之间可以通过交换位置的方式实现画面区域的转移。个体调度就是通过跟镜头或移动镜头实现区域的转移。

数量的对比

一个人和一群人，一小群人和一大群人对比，可以通过演员的调度形成数量上的变化和对比，不断变换表演中心和观众注意力的中心，实现场面的调度和转换。

思考与练习

1. 什么是场面调度？场面调度的基本类型有哪些？
2. 结合你所看过的电影或微电影，说说其中的场面调度技巧有哪些优点和缺点。
3. 在原创微电影中运用场面调度的技巧进行场面调度设计，并总结经验和不足。

第五节 微电影声音设计

声音主要包括语言、音乐、音响三部分，是听觉语言的重要组成部分，声音的艺术运用在微电影创作中往往容易被忽略。但是，黑泽明导演认为，"电影的声音……不仅加强，而且数倍地放大影像的效果"，声音的有效设计能极大地增添影片的艺术表现力和感染力。

语言运用

语言是微电影的重要组成部分，包括对白、独白和旁白三种，旁白中包括解说。

对白

对白就是人物之间进行交流的语言，是微电影中最为重要的语言内容。对白的设计应当注意贴近时代，具有鲜明的个性，表达自然真诚，尽量口语化；避免缺乏鲜活性而陈词滥调，避免对白过多而喧宾夺主，避免过于主观强势而生硬说教等。

独白

独白即人物对内心活动所进行的自我表述。包括两种形式，一是以自我为交流对象的独白，即"自言自语"；二是有其他交流对象的大段诉说，如演讲、答辩、祈祷等。独白的使用应当准确表达人物的内心情感和态度，能够与其他声音元素有效衔接和统一；独白应当有节制地使用，避免过度滥用而造成苍白或虚假的现象。

旁白

旁白是以画外音的形式出现的自述、议论和评说。表现叙述人跳出叙事情境对故事的评价，在情感色彩上更为客观。旁白分为两种：角色和非角色。角色的旁白是叙述者本人向观众讲述故事。非角色旁白是叙述者以旁观者身份向观众讲述故事。旁白作为一种交代、补充或者强化手段而运用，应当节制，旁白过多会影响视像逻辑的有机联系；应当合理把握好讲述视角和内容之间的一致性，而不能造成混乱；旁白的运用需要统一规划，在前后内容或形式上应当有所呼应。

解说

解说多用于非叙事形式作品之中，常见于微纪录电影，起到补充、说明、强调、过渡等作用，具有较强的主观性。当前很多纪录片对于解说的使用比较节制，甚至干脆取消解说，而是依靠画面之间的有机联系结构影片或推进叙事。所以，解说的使用一定要根据实际情况。对于文献历史类、政治社会类等理论性较强的微纪录片，解说仍然具有一定的价值和意义。解说的写作应当注意形象性、跳跃性、缝合性、口语性的特点，即在补充画面的过程中能够"话里有画、画里有话"体现出影片的形象特点；解说并非完全连贯，而是要依据画面或段落的需要进行辅助、连接和补充，往往具有跳跃性；要能够将声音和画面有机衔接，自然地缝合到一起；尽量使用短句子，朗朗上口，具有口语化的特点。

音乐的运用

微电影的呈现离不开音乐元素的运用，音乐能够起到塑造人物、推动叙事、营造氛围、升华主题的作用，包括有声源音乐和无声源音乐。将有声源与无声源有机统一能够使音乐与影片融为一体。

有声源音乐的运用

有声源音乐是指画面内部出现声源发出点的音乐，包括画面中收录音机、广播、电视、手机等播放的音乐，或者剧中人物演唱或演奏的音乐等，这种音乐具有较强的现场感和逼真性，能够自然、真实和客观地在不知不觉之中将观众引入情境，具有很强的融合性。例如《A Day》中音乐的运用是独具匠心的。影片中最为典型的有声源音乐是收音机中《意大利花园》歌曲的恰当运用，不仅传达了时代信息、环境背景，同时也为这对老人之间的爱和情感增添了一抹独特的温馨、浪漫与怀旧色彩。尤其老人在买桔子看到年轻人回忆起自己恋爱的时光，收音机中再一次响起《意大利花园》，通过这一有声源音乐的有机连接，将现实时空和梦境时空实现了巧妙转换，给人以无限的遐想和回味，也象征了生命的无穷韵味。此外，小女孩所唱的童谣也是一种有声源的使用，童谣不仅塑造了小女孩天真烂漫的可爱孩童形象，同时也为影片增添了生趣和感染力，与老人形成对比和互动。有声源音乐的恰当运用能够营造良好的氛围和意境，使画面内部有限空间得到拓展，并能够引发观众的联想，实现情感的升华。

注意事项：明确有声源音乐所需要产生的意义和作用，要有节制地使用才能够有效突出；有声源音乐的声源点应当选择恰当，使其作为音乐的传播载体而与音乐和现场氛围有机融合，而不能脱离现场；有声源音乐传达的情绪、节奏与环境氛围相吻合，并能够融合情境。

无声源音乐的运用

无声源音乐是指在画面中不出现声源发出点的音乐，通常指后期配置的插曲、配乐等，这些音乐主观性强、主题性强，运用得当对人物性格塑造、人物情绪的外化以及主

题的升华都能产生很好的作用。例如《A Day》中，多处主题音乐和过渡音乐的无声源音乐的运用是独具匠心的，并为不同人物进行了恰当的编码，为不同情绪的表达进行了恰当的外化。例如老奶奶的主题音乐轻盈而舒缓，老人爱情的主题音乐温馨而清澈，小女孩的主题音乐活力而清新，年轻女人的主题音乐简约而纯净，中年女人的主题奔放而有力，少女的主题音乐抒情而浪漫等，每一段音乐都恰如其分地表达了不同人物的情绪和所处情境。尤其在老奶奶的主题音乐上使用了三拍子的节奏，形成舞蹈般的节奏。在高音旋律上采取了音乐盒的音色晶莹剔透，运用弦乐的丰富情绪作为辅助，衬托出生命的丰富与张力；在低音节奏上形成了弹拨式的节奏型，将轻盈和舒缓融合，使老奶奶的旅行充满诗意性、律动性和韵味性，有效升华了"生命"的主题。音乐的巧妙设计和使用大大提高了影片的艺术魅力和感染力。

注意事项：选择音乐风格、情绪与所表达的风格、情绪之间必须匹配；能够运用配乐中相关元素的创造，与人物形象、命运或情节形成关联，参与甚至推动叙事情节发展；能够运用恰当的音乐引人入境，并进行段落间的合理过渡或时空转换，烘托主题。

微电影往往体现了两种音乐的综合运用，通过相互补充、相互转换、相互融合、相得益彰，使影片得以完美呈现。

🎙 音响的运用

音响是指除语言和音乐之外电影中声音的统称。按类别可分为动作音响、自然音响、环境音响、机械音响、军事音响、特殊音响等；根据表现特点又可分为现实音效、表现性音效、超现实音效和外部音效。

现实音效

现实音效即场景中观众自然而然听到的所有音效。可以给人物编码，给场景增加悬念，并影响观众的潜意识。例如学生习作《一个人的舞台》中有两种互为对比的声音，其一是乐音（徐哥唱戏中的动作声、现场声等），是徐哥的编码，代表了真实、真诚、渴望与美好，但是在现实面前，这种心灵的乐音却始终不得发生甚至遭受贬抑；其二是现实音效，包括对讲机声音、汽车噪声、外界噪声、钟表声等，是物业以及其他一切冷漠形象的编码，代表了现代工业文明下异化的人，冷漠、疏离、抗拒、嚣张，拒绝倾听和交流，并且缺乏对真诚的感受或接纳。实际上，影片看车工徐哥与物业管理员的冲突是"发声"与"禁声"的冲突，其深层次是理性与人文之间的冲突和对抗。这种声音不仅具有现实感，而且具有一定的象征意义，能够使影片深层主题思想内蕴其中，引发观众的思考。

表现性音效

表现性音效即虽然是现实的，但经过变化处理的声音。例如《一个人的舞台》中徐哥唱戏遭到车主的拒绝后，内心郁闷之极在原地走来走去，时钟指针转动的声音运用了现实声音的夸大处理，为了衬托环境中无聊的安静；徐哥办公环境中隐隐约约能够听到水滴的声音，这也是在现场拍到的音响，做了一些处理，为了衬托环境的氛围，造成"缺

水"的一种感觉，缺水与"冷漠"形成对照。

超现实音效

超现实音效外化人物的内心思想、噩梦、幻觉梦境或者愿望。例如《一个人的舞台》中超现实音效的运用，徐哥遭到"禁声"之后，对着自己影子默唱所运用的无声效果。无声又叫做"静场"，相当于声音的定格，强调着某一时刻的心理冲击，在表现能力上有时胜过最强大的音效。无声并不代表没有表演，而是情绪上的重音，为了实现"此时无声胜有声"的效果，突出徐哥内心的压抑和无奈。之后徐哥演唱的段落也采用了超现实的处理方法，多重回声的运用代表了一种心灵之中的多重变奏，并非写实而是具有超现实色彩。这种音响的处理方式能够有效地外化人物的内心情感，使现场情绪得到有效渲染。

外部音效

外部音效不属于场景里的音响效果声，为了强化表现所添加，具有主观色彩，这样的音效使用一定要慎重，避免画蛇添足。例如《一个人的舞台》中外部音效的使用，徐哥演唱结束，现场出现了"掌声"，这种掌声的处理同样具有超现实的特点，意味"汽车"观众所发出的。这种声音并非现场所具有的，而是完全靠后期添加音效来实现的，其效果实现了人听不懂"心音"，但"机器"却与人之间产生共鸣的一种反讽效果，能够深化主题。

注意事项：无论是哪一种声音处理方式的运用都需要进行明确规划，发挥音响元素的作用，使其表现能够补充、强化或拓展画面的表现，两者应当互相衬托，而不能喧宾夺主；音响元素的运用应当节制，合理把握好再现效果和表现效果之间的关系；音响元素的运用应当注意其空间感、运动感等细腻变化和恰当处理，避免过度失真而影响效果。

思考与练习

1. 声音都包括哪些元素？有什么作用？
2. 语言、音乐、音响具体包括哪些运用形式和类型？各有什么特点？
3. 结合自己所看过的电影或微电影，谈谈它在声音运用上的特点和技巧？
4. 结合原创微电影进行声音设计。

第六节 微电影分镜头设计

分镜头设计是微电影拍摄前最为重要一项案头准备工作。分镜头设计的好坏将直接影响影片的质量和品质。无论对于专业工作者还是初学者而言，拍摄前进行细致的、规范的分镜头设计不仅是必要的环节，也是必备的基本功。

分镜头设计的目的

- 分镜头设计是拍摄前的演练和彩排，能将文字剧本转化为可视化形象，便于拍摄者做到心中有数，有利于提高创作效率和质量。

- 分镜头设计便于导演与创作团队、演员之间沟通、交流与合作，能够使创作人员对于影片的整体风格、情节内容、艺术表现具有清晰的了解和认识，便于创作团队达成共识和沟通协作。
- 分镜头设计完成后，在实际拍摄过程中，创作人员可以根据拍摄实际对剧本中部分内容作以适当修改或者加入一些即兴创作，最终将剧本内容完满呈现。

◎ 分镜头的设计原则

尽管分镜头设计没有绝对化的标准，但是还是应当遵循以下几个方面的原则。

文本的视觉化呈现

分镜头剧本与文学剧本的最大区别在于将文字语言转换为形象化、生动化的视听语言。视读过程受观众的生活经验、审美经验和观看经验的影响，遵从视像化逻辑，所以，分镜头设计的重点也是难点就是要考虑怎么能把抽象的文字语言转化为形象的、丰富的可知可感的画面、声音、时间、空间等元素，再经过剪辑、加工与合成让观众通过认知、体验、联想、思考等方式实现理解，而不是通过对白或过多强制性信息直接告知，这一点完成好却并不容易。

风格、结构、节奏的有机统一

每个影片在风格、结构与节奏上都有自身的特点，这也是分镜头设计中应当重点考虑的因素，好的分镜头设计往往能将三者与剧本内容有机统一。

首先是摄影风格、剪辑风格、造型风格、表现风格等方面应该有清晰的定位，是写实的还是写意的？再现的还是表现的？采用长镜头风格还是采用蒙太奇组合形式？以运动镜头为主还是采用固定镜头为主？采取连续性剪辑还是非连续性剪辑？在哪些部分需要体现特色和个性？如何体现？不同的艺术风格所采用的设计形式和手段是不同的，因此，总体定位的明确能够使分镜头的具体化设计更有针对性和统一性。

其次是对影片整体结构的设计应当有清晰的认识。即如何将剧本情节结构转换为视觉化结构？开头如何设计？结尾如何设计？高潮部分如何设计？各部分如何有机联系和推进？把握这些有助于分镜头设计实现连贯性和整体性。

再次是考虑影片节奏的合理安排，包括整体节奏、不同段落节奏、重点段落内部节奏、声画节奏等，将采取何种方式和类型设计？如何丰富或改变视觉节奏？哪些部分进行重点设计？有什么特色？把握好整体节奏的设计有助于体现分镜头设计的独特性和艺术性。在总体设计思路都非常清晰的基础上，创作者可以进行具体的分镜头设计。实际上，经验丰富的创作者在分镜头过程中往往不考虑太多因素，因为他们已经有了比较成熟的经验，并且内化于心，初学者仍旧应当在学习分镜头设计过程中对相关问题进行认真推敲和反思，最后使分镜头设计水平有效提升。

句子与段落的组织呼应

微电影创作是以蒙太奇艺术思维为基础的，就是能够运用声画间的镜头组合表情达

意。一部影片通常由若干个镜头组成，一组具有相对完整意思的镜头又组成蒙太奇句子，多个蒙太奇句子又组成影片段落，多个段落最后组成影片。所以，蒙太奇句子是分镜头设计中最小叙事单元，也是最为关键的。对于蒙太奇句子的处理要成组设计，每一小组表现一个相对完整意思。过程中应当反思，所分镜头的蒙太奇句子外部形式是否恰当？内部的关系是否合理？叙述意思是否清楚？蒙太奇句子和段落间的关系是否顺畅？意思是否连贯？段落之间转换和衔接是否流畅？尤其要带着编辑思路去设计分镜头，使分镜头设计更具可行性和可操作性。

过场戏与重场戏安排得当

分镜头设计还应考虑重场戏和过场戏的特点，把握好叙述重点的选择，处理好场面之间的主次关系。重场戏往往是影片中起到支撑的关键部分，比例多、好看，关键要有表现力和冲击力；而过场戏则是交代、补充、连贯的部分，相对比例少、简约、压缩。在分析剧本的过程中，导演应当注意划分出相应重场戏的段落，充分利用细节的展现与处理把内在矛盾视觉化。另外，在设计重场戏过程中不仅要设计语言，更重要的是要设计动作，包括外部动作和内部动作。因为主体可以没有语言，但是不能没有动作，这一点也是初学者往往容易忽略的。

◉ 分镜头的设计内容与格式

通常分镜头内容主要包括镜头号、景别、摄法、镜头长度、过渡特效、画面内容、对白、音乐音响和备注 9 个部分，如表 3-1 所示。

表 3-1 分镜头设计格式

镜头号	景别	摄法	镜头长度	过渡特效	画面内容	对白（解说）	音乐音响	备注

镜头号：影片进行镜头组接的顺序号。如果是单机拍摄，则写一列镜头号就可以，如果是多机拍摄就需要在表格中对应性列出几组不同机位的镜头号，可以用 A1 组、A2 组、A3 组等进行标识和区分。

景别：摄影机选取画面的大小或者被摄主体在画面中占据范围的大小。主要包括远、全、中、近、特五种景别。如果有角度标识的需要，也可以在此栏目中标出。镜头起幅和落幅有变化，则需要分别表明，格式可为"特—近"、"全—特"等。

摄法：影片拍摄所采用的主要方法，主要分为固定镜头和运用镜头两大类。运用镜头可以分为：推、拉、摇、移、跟、甩、荡、升降等。还可以根据需要采用复合的方式标注，比如拉摇、摇移、拉升等。

镜头长度：是指镜头剪辑后的时间长度，实际拍摄中需要根据实际前后有一定的预留，通常精确到秒，可以用简写 S 表示。运动镜头：根据适当情况而定。通常情况下固定镜头远景 6~8 秒，全景 5~7 秒，中景 4~6 秒，近景 3~5 秒，特写 2~4 秒。运动镜头

10 秒以上。但是，在具体分镜头过程中一定要根据实际运用情况进行长度填写。对镜头时间没有准确感知，甚至随意乱写往往是很多初学者的通病，这一点应当注意避免。

过渡特效：转场特效的使用情况。分为有技巧转场和无技巧转场。分镜头设计中更多填写有技巧转场，有技巧转场包括切、溶、淡入淡出、划入划出、闪白、隐黑等依靠光学特效进行的转场，也叫硬转场。

画面内容：画面中拍摄或表现的具体内容，需要用准确文字表述出来。

对白：画面中人物之间的对话、独白、旁白、解说等。

音乐音响：影片所使用的配乐、插曲或其他外加音效等。需要简略标注音乐音响内容及其用法。

备注：用以标注其他补充内容。

分镜头设计常见问题

镜头设计不合理，一个镜头包含多个连续动作

从表 3-2 可见，初学者往往在分镜头设计中会出现这种问题，将本应该由一个镜头组（蒙太奇句子）组成的情节设计成"一镜到底"的"长镜头"。主要原因是由于学习者对于镜头和镜头组之间的特点和区别缺乏必要的把握和理解。

解决方法：加强学习者对于镜头感的培养和训练；在分镜头设计上建议学习者参考画面中主体的动作，看看画面内容能不能继续再分解，如果能的话则需要细致分解，并尝试用几个镜头来表现一个小情节的蒙太奇思维训练。

表 3-2 分镜头设计案例 1

镜头号	景别	摄法	过渡特效	画面内容	对白	音乐音响
4	中景	固定镜头	切	女孩并没有放心的感觉，反而质疑地**说道**：	这怎么可能呢，你再查查。	现场声音
5	特-特	摇镜头 病志一手	切	医生写完病志**递给**女孩，不耐烦地**说道**：	多少遍都一样，不信你就换个医院。	
6	近景	固定镜头	切	女孩脸上**露出**异样的神情，		
7	中近景	固定镜头	切	生气地起身**走出**。		

上述案例是一个女孩到医院就诊与医生的一段对话。这个段落包括五个动作，包括"说道"、"递给"、"说道"、"露出"、"走出"，根据叙述内容、人物关系、动作、节奏的需要等可以有不同的分解方法，这里将之分为四个镜头"说道"、"递给"、"说道"、"露出"、"走出"，将两人之间的关系、动作细节、情绪表达清楚，如果设计成一个镜头容易导致

镜头过长、节奏拖沓，并且难以表达清楚女孩的动作、神态和情绪，因此，可以根据动作和镜头需要细分镜头作以调整。

摄法、景别设计不合理，表述混乱

摄法主要包括两大类，固定镜头和运动镜头。其中运动镜头又可以分为推、拉、摇、移、跟、甩、荡、升降等。个别镜头如果需要还可以进一步说明，比如"变焦镜头"等。初学者往往对于摄法或景别的表述混乱或者设计不合理。

解决方法：加强对镜头运动以及景别的类型和意义的理解和掌握，然后再根据具体内容合理设计，准确表述。如表 3-3 所示为一个人物出场的段落，画面内容主要交代故事发生的地点、环境和主人公的生活环境。分镜头设计中主要问题是画面景别选择不恰当，摄法表述不准确、设计不恰当，还有是将所有镜头都设计成为长镜头段落，缺乏必要的变化，造成节奏拖沓，表现力和冲击力差。

表 3-3 分镜头设计案例 2

镜头号	景别	摄法	过渡特效	画面内容	音乐音响
1	大全景	固定镜头	切	破旧的巷子，破旧的筒子楼，晾洗的衣服凌乱地悬挂着，在风中轻轻飘荡，空气中弥漫着的发霉的味道。	环境声 哭泣声
1	全—全	升降镜头	溶		
2	特写	动镜头	切	一个房子中隐隐约约传来哭泣的声音，穿过破碎的窗户上可以看到屋内狼藉一片，到处都是被摔坏的餐具、碎片、污秽的食物喷溅到处都是。	环境声 哭泣声
2	近—特	推移镜头	溶		
3	全景	固定镜头	切	一张破旧的床边，一个六七岁的瘦小、脏兮兮的女孩蹲倚在床脚，缩成一团哭泣着。	环境声 哭泣声
3	近—近	摇镜头	溶		
4	特写	动镜头	切	女孩凌乱的头发，嘴角渗着血迹，脸上青一块紫一块，挂满泪水，绝望地看着前方。	环境声 哭泣声
4	特写	固定镜头	切	嘴角渗着血迹；	
5	特写	固定镜头	切	脸上青一块紫一块，	
6	特写	固定镜头	切	脸上挂满泪水	
7	特写	固定镜头	溶	眼睛绝望地看着前方	
8	近—近	摇镜头			

微电影创作技巧

针对这一类型的问题，可以从以下几个方面进行修改。首先要精炼、分析画面内容，确认哪些是主要信息必要表现的，哪些是次要信息可以略过的，哪些画面是可以用几个镜头重点表现的，哪些画面是可以用少量镜头省略表现的；再根据具体内容选择恰当的摄法、景别，这也可以根据影片风格来确定。比如全片节奏快可以选择短镜头的蒙太奇组接风格，节奏慢可以采用长镜头风格，也可以两者兼用。在上述修改中主要运用的是运动长镜头风格，辅助蒙太奇组接风格的形式。

从表中可见，第一个镜头是典型的关系镜头，也是空间定位镜头，交代故事发生的地点和人物的生活环境，内容大多数是描写性的。如果只用一个固定镜头的大全景镜头表现恐怕难以将信息更为突出地表现出来。如果改为升降镜头，将镜头从潮湿发霉的地面摇起到破旧的小巷、上升到筒子楼，最后落幅在晾洗凌乱的衣服的楼群，采用这种动态构图的风格既能将必要的信息有层次地呈现，也能将画面的空间感、艺术感表现出来，使镜头更有表现力和冲击力。

第二个镜头是引出主人公出场的镜头，但是，原设计景别表述和摄法不匹配，如果是动镜头的话，是哪一种动镜头呢？应当具体标明。另外，运动镜头景别起幅和落幅需要标明，而不可能只是特写，这属于表述不当。修改的方式可以改用推移镜头来实现，使镜头顺着哭声从破碎的窗户进入房间，推移的路线可以是非直线变化的，这样能够呈现画面内容和细节信息，使镜头表现更有吸引力和迫近感，并且在连接上也比较自然、流畅和连贯。

第三个镜头是动作镜头，也是人物出场的镜头，如果延续运动构图的风格，这个镜头可以使用摇的方式，从屋内环境摇到床边的地上再摇到女孩光着的小脚再到女孩的脸上，这是一个长镜头，逐渐迫近能够使人物的展现更有吸引力。如果选用全景、固定镜头，不仅不能突出人物的细节特征，反而减弱表现力，这属于镜头设计不当。

第四个镜头是细节展示镜头，具体呈现小女孩的神态、动作、情绪等，可以使用一组近特组景别的镜头来表现，能够改变并加快影片的节奏，使信息有效突出和传达。如果还沿用动镜头的话，整个画面层次缺乏节奏上的变化，容易造成节奏拖沓。另外，动镜头表述不清楚，应具体指明是哪一种。另外，为了镜头过渡与整体风格吻合选择了溶与切结合的方式，使画面之间衔接更为流畅。

镜头设计节奏单调、详略不当、衔接不合理

在分镜头设计过程中，镜头之间的逻辑关系、衔接顺序、整体节奏的设计也是比较容易出现问题的地方。实际上，一个段落中每一个镜头之间都不是孤立存在的，而是密切联系的。设计得当能够使镜头衔接紧凑、流畅自如，设计不当容易使镜头之间关系松散、逻辑混乱、衔接跳跃，影响观众的视读效果。

表3-4展现了一对闹小摩擦的姐妹之间的故事开场段落。这种双人物对称式结构往往在剪辑上采取平行组接的方式，可以将两者之间的关系更好地呈现出来。从表3-4来看，创作者注意到了这一点。但是，在分镜头设计中却存在另外一些问题。其一，在画面内容的设计上，详略不当。前边部分尽管采取了平行组接的方式，但是这些画面的信息量和实际意义都不大，反而造成节奏拖沓；相反，后半部分两个人看到照片的段落是

84

两个人情绪变化或者引发行动变化的由头，应当重点强调，反而设计的过于简单和粗糙，这就使得分镜头设计主次不分，中心不明，不利于主题的表现。其二是在景别的设计上，尽管采取双人物对称结构，但是不一定非要机械地对称设计，可以分清两者是对比还是联系，可以采取不同的方式，过于机械会造成节奏上的单调和重复，影响效果；另外，在景别上采取两极镜头较多，比如从特写到大全，在没有特殊强调的情况下中应当慎用，容易形成过渡的跳跃而分散观众的注意力。其三，在镜头的设计上，固定镜头较多，镜头组接上相对比较单调，可以设计一些适当的变化，将动静交替、疏密相间，使画面的衔接更为自然、流畅、有层次。

表 3-4　分镜头设计案例 3（原稿）

镜头号	景别	摄法	画面内容	对白	音乐音响
1	特写	固定镜头	玛丽（姐姐）给诺拉（妹妹）发短信："今天别来找我，烦你！"		环境声 发短信声
2	特写	固定镜头	诺拉回复玛丽短信，做了一个鬼脸表情，写道："不要抢我的台词好不好！"		环境声 发短信声
3	全景	固定镜头	诺拉收起手机生气地走出咖啡厅		环境声
4	全景	固定镜头	玛丽合上手机无聊地走在商业街上		环境声
5	近	固定镜头	诺拉走向图书馆		环境声
6	近	固定镜头	玛丽进入购物店		环境声
7	全景	固定镜头	诺拉进入自习室		环境声
8	全—近	摇镜头	玛丽在商店的试衣镜前照衣服		环境声
9	近景	固定镜头	诺拉翻开书，从中掉出一张照片，诺拉拿起这张去年她、姐姐和父亲一起的合影，想起了一起给父亲过生日的情景，诺拉突然想起今天是父亲的生日；		环境声 生日歌 回响
10	近景	固定镜头	玛丽在付款，打开钱包看到了她、妹妹去年父亲生日的合影； 眼前浮现起了给父亲过生日的情景； 玛丽突然想起今天是父亲的生日。		生日歌 回响
11	近景	固定镜头	诺拉收拾好东西走出画面		现场声
12	近景	固定镜头	玛丽付完货款走出画面		现场声
13	中景	分屏	诺拉和玛丽对面走来		轻松音乐 淡入

针对表 3-4 原稿中的问题，表 3-5 进行了一些修改。其一是将前边部分多余镜头删除，加快节奏；其二在景别和摄法设计上体现了适度的变化和交替；其三在后半段姐妹两人"看照片"的组接中运用了逻辑关系或者相似物体、相似声音的转场，使得两个人在同一件事物、同一种情感、同一种动作中统一起来，有效加快节奏，增强联系，使剧情更为紧凑，使主题表现更为集中。

表 3-5 分镜头设计案例 4（修改稿）

镜头号	景别	摄法	画面内容	对白	音乐音响
1	特写	固定镜头	诺拉（姐姐）给玛丽（妹妹）发短信："今天别来找我，烦你！"		环境声 发短信声
2	特写	固定镜头	诺拉回复诺拉短信，做了一个鬼脸表情："不要抢我的台词好不好！"		环境声 发短信声
3	中景	固定镜头	诺拉收起手机生气地走出咖啡厅		环境声
4	中景	固定镜头	玛丽合上手机无聊地走在商业街上		环境声
5	近景	固定镜头	诺拉进入自习室		环境声
6	近一特	摇镜头	玛丽在商店的试衣镜前照衣服		环境声
7	特写	固定镜头	诺拉翻开书，掉出一张照片		现场声
8	近一特	摇镜头	玛丽看钱包里同一张照片		生日歌回响
9	特一中	摇镜头	诺拉和玛丽一起想起了去年给父亲过生日的情景		生日歌回响
10	近景	固定镜头	诺拉收拾好东西走出画面		现场声
11	近景	固定镜头	玛丽付完货款走出画面		现场声
12	中景	分屏	诺拉和玛丽对面走来		轻松音乐淡入

当然，这个设计只是多个可行方案中的一种，并不是唯一的。应当说分镜头设计并没有标准的"定法"，其原则就是要适度、适合、适当，把握好这个尺度是个难点，也需要多分析、积累，通过实践不断检验、总结，以获得丰富的经验。

微电影《六十》分镜头设计

表 3-6 微电影《六十》分镜头设计

镜头号	景别	摄法	镜头长度	过渡特效	画面内容	对白	音乐音响
1	全景	固定镜头	3 秒	淡入	开启台灯		现场声
2	全景	固定镜头	1 秒	切	手表全貌		现场声
3	近景	固定镜头	3 秒	切	老葛年轻剧照近景		现场声
4	近景 - 近景	摇镜头	4 秒	切	老葛年轻时剧照		现场声
5	特写	固定镜头	2 秒	切	老葛拿起手表		现场声
6	近景	固定镜头	4 秒	切	老葛看手表，放回手表		现场声
7	近景	固定镜头	2 秒	切	老葛将手表放回桌子上		现场声
8	近景	固定镜头	10 秒	切	表情愉悦的老葛起身		现场声
9	特写	固定镜头	4 秒	切	老葛洗脸的侧身		现场声
10	近景	固定镜头	7 秒	切	镜中老葛擦脸的侧身，擦完之后放在架子上		现场声
11	近景	固定镜头	4 秒	淡出	老葛拿起衣服，穿好出门		现场声

（续表）

镜头号	景 别	摄 法	镜头长度	过渡特效	画面内容	对 白	音乐音响
12	中近景	固定镜头	18秒	淡入	老葛出门之后与邻居大妈及大妈和女儿打招呼。	邻居大妈：挺好啊 老葛：诶诶 莉莉回来啦~ 莉莉：嗯嗯，去哪啊，葛大爷？老葛：我买菜去。 莉莉：嗯，行行 。	现场声
13	全景	固定镜头	8秒	切	锻炼的邻居大爷、老葛入画		
14	中近景	固定镜头	3秒	切	邻居大爷和老葛打招呼	老葛：锻炼呢？ 邻居大爷：嗯，锻炼呢。 邻居大爷：这儿子给买的 可暖和了 老葛：好好，玩吧，玩儿啊。	现场声
15	近景	固定镜头	13秒	切	老葛回应		
16	近景	移镜头	5秒	切	老葛跟卖年糕的讲价钱	老葛：给我六个	音乐淡入
17	近景	移镜头	2秒	切	老葛买年糕		现场声
18	特写	固定镜头	1秒	切	老葛拿鱼递给小贩		现场声
19	特写	固定镜头	1秒	切	老葛表情		现场声
20	特写	固定镜头	1秒	切	小贩递菜给老葛		现场声
21	特写	固定镜头	1秒	切	老葛拉开卖菜小门		现场声
22	近景-近景	主观镜头	2秒	切	蔬菜展示镜头		现场声
23	特写	固定镜头	1秒	切	老葛拿胡萝卜		现场声
24	近景	固定镜头	1秒	切	小贩给老葛递菜		现场声
25	特写	固定镜头	4秒	切	老葛买完肉后回身		现场声
26	特写	固定镜头	1秒	切	老葛开家里的门		现场声
27	特写	固定镜头	1秒	切	老葛解纽扣		现场声
28	特写	固定镜头	1秒	切	老葛放帽子		现场声
29	特写	固定镜头	1秒	切	老葛放手表		现场声
30	全景	固定镜头	2秒	切	老葛在水池旁边		音乐淡出
31	近景	固定镜头	1秒	切	老葛水池旁洗鱼		现场声
32	近景	固定镜头	2秒	切	老葛切鱼		现场声
33	特写	固定镜头	1秒	切	老葛给鱼撒盐		现场声
34	近景	固定镜头	1秒	切	老葛剪虾须		现场声
35	近景	固定镜头	1秒	切	老葛切菜		现场声
36	特写	固定镜头	1秒	切	老葛切菜		现场声
37	近景	固定镜头	1秒	切	老葛切菜		现场声
38	近景	固定镜头	1秒	切	老葛盖上电饭煲		现场声
39	特写	固定镜头	1秒	切	老葛摁电饭煲按钮		现场声

第三章 微电影导演技巧

（续表）

镜头号	景别	摄法	镜头长度	过渡特效	画面内容	对白	音乐音响
40	近景	固定镜头	1秒	切	老葛搅鸡蛋		现场声
41	近景	固定镜头	5秒	切	老葛炒菜		现场声
42	近景	固定镜头	1秒	切	老葛将菜倒入盘子		音乐淡入
43	中景	固定镜头	2秒	切	老葛过来看手机		现场声
44	近景	固定镜头	1秒	切	手机全貌 老葛手入画、出画		现场声
45	中景	固定镜头	3秒	切	老葛看完手机转身走出		现场声
46	特写	固定镜头	3秒	切	老葛看锅里的鱼		现场声
47	近景	固定镜头	7秒	切	老葛盖好锅盖		现场声
48	全景	固定镜头	7秒	切	老葛将做好的菜放到桌子上		现场声
49	中景	固定镜头	9秒	切	老葛在厨房踱来踱去		现场声
50	近景	固定镜头	4秒	切	老葛焦急等待		音乐淡出
51	近景	固定镜头	17秒	切	老葛给儿子打电话	老葛：儿子，咋还没到呢？ 老葛儿子：马上，我这就过去。 老葛：诶，好好好，快点啊！ 老葛儿子：嗯。 老葛：诶诶，好好好。	现场声
52	近景	固定镜头	4秒	切	老葛端着最后一道菜鱼		现场声
53	全景	固定镜头	4秒	淡出	老葛将做好的鱼放在桌子上		现场声
54	中近景	固定镜头	12秒	淡入	老葛在蛋糕店取蛋糕出门		现场声
55	全景-中近景	摇镜头	10秒	切	老葛接到儿子的电话		现场声
56	近景	固定镜头	19秒	切	老葛与儿子通话	老葛：啊，到了？ 老葛儿子：爸，我这过不去了，我在中医院。 老葛：怎么啦？ 老葛儿子：童童突然发高烧了，可能是肺炎。医生来了，先不跟你说了啊……	现场声
57	全景	固定镜头	2秒	切	老葛下地铁电梯		音乐淡入
58	中景	固定镜头	4秒	切	老葛下地铁电梯		现场声
59	特写	固定镜头	1秒	切	老葛脚步动作		现场声
60	中近景	固定镜头	2秒	切	人群上地铁		现场声
61	特写	固定镜头	2秒	切	人群上地铁脚步动作		音乐淡出

镜头号	景别	摄法	镜头长度	过渡特效	画面内容	对白	音乐音响
62	特写	固定镜头	1 秒	切	地铁上脚步，踩压		现场声
63	中景	固定镜头	1 秒	切	老葛拿着蛋糕被挤来挤去		现场声
64	中近景	固定镜头	13 秒	切	老葛被一群年轻人挤得很无奈	老葛：别挤，别挤，别别别…… 老葛：别挤坏了我的蛋糕啊。	现场声
65	近景	固定镜头	15 秒	淡出	透过地铁门看地铁来往		音乐淡入
66	全景-中近景	摇镜头	12 秒	淡入	老葛走到医院门口		
67	近景	固定镜头	19 秒	切	老葛给儿子打电话	老葛：喂，你们在哪个病房啊？我都到医院门口了。 老葛儿子：童童已经出院了。 老葛：那我去你们家看看童童？ 老葛儿子：您就别来了，家里已经够忙得了，您这不是添乱吗，童童正叫我呐…… 老葛：今个儿……	音乐淡出
68	近景-特写	摇镜头	15 秒	淡出	老葛接完电话无奈地看向蛋糕		现场声
69	近景	固定镜头	3 秒	淡入	地铁门关闭		现场声
70	中近景	固定镜头	5 秒		老葛坐在长椅上等待地铁		音乐淡入
71	全景	固定镜头	5 秒	淡出	地铁来来往往		现场声
72	特写	固定镜头	15 秒	淡入	老葛落寞的神情		现场声
73	全景	固定镜头	4 秒	淡入	地铁来来往往		现场声
74	近景	固定镜头	9 秒	淡入	老葛在等待		现场声
75	近景	固定镜头	3 秒	淡出	地铁玻璃上老葛的落寞神情		现场声
76	全景	固定镜头	4 秒	淡入	地铁来来往往的人群		现场声
77	近景	固定镜头	2 秒	淡出	地铁玻璃上老葛的落寞神情		现场声
78	中景-近景	推镜头	14 秒	淡入	老葛落寞上地铁楼梯		现场声
79	全景	固定镜头	39 秒	升格	老葛落寞上地铁楼梯		现场声
80	中景	固定镜头	25 秒	淡入	老葛碰到邻居大爷对话	邻居大爷：老葛，今天这六十大寿过得挺好呗？ 老葛：挺好挺好。儿子给买的蛋糕。出去啊？ 邻居大爷：出去。	音乐淡出

（续表）

镜头号	景别	摄法	镜头长度	过渡特效	画面内容	对白	音乐音响
81	中近景	固定镜头	27 秒	淡入	老葛疲惫的做到沙发上		现场声
82	特写	固定镜头	1 秒	切	老葛打开蛋糕盒		现场声
83	近景	固定镜头	3 秒	切	老葛把蛋糕放到桌子上		现场声
84	近景	固定镜头	3 秒	切	老葛向酒杯里倒酒		现场声
85	近景	固定镜头	25 秒	切	老葛连饮两杯酒		现场声
86	近景	固定镜头	3 秒	淡入淡出	眼前浮现孙子唱生日歌		音乐淡入
87	近景	固定镜头	2 秒	淡入淡出	醉醺醺的老葛		现场声
88	近景	固定镜头	5 秒	淡入淡出	孙子在唱生日歌		现场声
89	近景-近景	移镜头	12 秒	淡入淡出	醉醺醺的老葛		现场声
90	近景	固定镜头	6 秒	淡入淡出	孙子在唱生日歌		现场声
91	近景-近景	移镜头	7 秒	淡入淡出	醉醺醺的老葛		现场声
92	近景	固定镜头	6 秒	淡入淡出	儿子一家在唱生日歌		现场声
93	特写	固定镜头	28 秒	淡出	迷糊的老葛疲惫地笑了		现场声
片长：10 分 58 秒					片尾字幕		现场声

思考与练习

1. 分镜头设计有什么作用？
2. 分镜头设计应当遵循哪些基本原则？注意哪些方面？
3. 编写一个人物出场段落的分镜头稿本，要求不超过 20 个镜头，并总结优点和不足。

第七节　微电影故事板设计

在微电影创作中，除了分镜头稿本设计，创作者还可以通过绘制故事板的方式进行剧本的视觉化设计，尤其在动画创作中，故事板的使用更为普遍。故事板设计可以手工绘制，也可以使用故事板软件辅助设计。对于初学者尤其是绘图能力较弱的创作者来说，选用软件辅助设计是一个比较方便、快捷、有效的方式。本节内容主要结合 StoryBoard Quick 软件进行故事板设计，结合 Adobe Premiere 软件进行预视觉化浏览。

故事板的功能

故事板通常由导演、摄像师、美术师等共同设计完成。其功能主要有两个，一是能够使剧本内容的呈现更加直观化、视觉化、序列化，为创作者查看预演效果，提升想象力和创造力提供帮助；二是通过故事板的创作，帮助创作者及时发现剧本中存在的问题，

为创作团队进一步讨论、沟通、完善剧本和拍摄方案以及再创作提供前提和基础。

故事板设计的基本要素

- 标题：影片片名，如图3-15中标注的《一个人的舞台》，起到标示作用。
- 镜头号：镜头顺序号的标示符号，如图3-15中栏目左侧标注数字"1"。
- 镜头图：镜头所拍摄的主要内容的说明，图3-15中黑色画框中的内容。
- 摄法：镜头摄制方法的标示说明，如图3-15中红色方框和箭头部分，表示移动推轨镜头，从三人中景推移到徐哥的近景；推、拉、摇、移、跟等运动镜头可以使用箭头等表示，可以根据运动路线进行运动路径的标明；
- 主体运动：主体在画面中运动的标示说明，如图3-15中绿色箭头部分，表示两个物业人员从画外入画，并向徐哥走来；
- 说明文字：画面内容或摄影要求的简单标示说明，如图下方"两名物业人员气势汹汹地朝徐哥走来"。

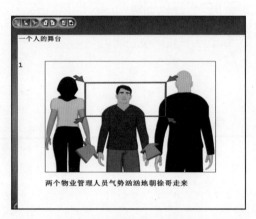

图3-15 故事板设计样例

故事板设计基本标示符号

下列表示符号为通常运用的符号，其中个别符号可以多用或者混用，使用的基本原则要简洁、清晰、准确。

推

如图3-16和图3-17所示，通常可以表现摄像机的推镜头，根据推的角度又可以适度采取变化。如前者是平推，后者是低角度向上的仰推。

图3-16 平推镜头　　　　　　图3-17 仰推镜头

拉

如图 3-18 和图 3-19 所示，通常可以表现摄像机的拉镜头，根据拉的角度又可以适度采取变化。其中前者是下拉镜头，后者是平拉镜头。

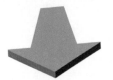

图3-18 下拉镜头

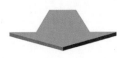

图3-19 平拉镜头

摇、移、跟、甩

这 4 种运动方式通常可以采用图 3-20~ 图 3-23 中的图示。前三个图可以表现摇镜头、移动镜头和跟镜头，往往用于较长路线的运动以及非直线的运动；单独箭头的运用往往表现被摄主体的跟进或移动等短距离运动。图 3-23 可以表现甩镜头，其中虚线连接部分表示运动路径。

图3-20 摇镜头

图3-21 移镜头

图3-22 跟镜头

图3-23 甩镜头

移动推轨或拉轨镜头

如图 3-24 所示为向前的推轨道移动镜头，画幅外框表示起幅景别，内部带箭头边框表示落幅的景别；如图 3-25 所示为向后的推轨道移动镜头，其中，内部箭头边框表示起幅景别，画幅外边框表示落幅的景别。

入画与出画

如图 3-26 表示入画，图 3-27 表示出画。其中箭头的方向表示进入或出去的方向，箭头的位置表示入画和出画的位置。

图3-24 移轨推镜头   图3-25 移轨拉镜头

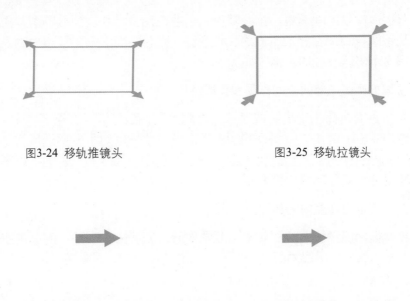

图3-26 入画   图3-27 出画

升降镜头

升降镜头往往是一个综合运动，如图 3-28 可以用 S 标示线将画面分为几个区域，标示镜头升降取景的布局，还需要用箭头标示方向，该图表示向上的升摇镜头。

图 3-28 升降镜头

故事板设计基本要求

① 分镜人员必须熟练掌握分镜头设计以及故事板绘制所必备知识和技巧

分镜头是导演进行总体规划和调度的蓝本，因此，分镜人员必须对于影片拍摄的画面布局、造型设计、场面调度、画面剪辑、用色布光、场面转换等内容非常熟悉，并且能够领悟和理解导演或主创人员的理念和想法，同时要熟练掌握故事板的使用技能，能够娴熟地将文本内容准确地转化为视觉形象。

② 准确做好画面内部的空间布局和构成设计

分镜人员必须具有一定的影视艺术空间思维和构成意识，了解不同时空类型特点、功能，能够将有机的要素进行合理的组织与构成。尤其是对于透视规律的准确把握至关重要，要有能够迅速将现实空间相关物体进行准确还原的能力。否则不仅影响合理构成和布局，甚至会给实际拍摄带来麻烦。

③ 简洁标清场面调度内容和细节

场面调度包括摄像机调度和演员调度两部分，如摄像机运动、演员走位、细节强调等，设计人员必须能够用最为简洁的图示，辅助文字语言，将需要表达的内容标注清楚，以便于创作团队使用。

④ 完美融合画面剪辑规律和技巧

设计人员必须熟练掌握剪辑原理和相关技巧，明确画面间的组织方式和衔接技巧，把握好影片的艺术节奏、合理布局，能够找到最佳方案以便使用。

⑤ 统一调度、全面统筹

故事板设计涉及导演、摄像、剪辑、灯光、美术等各个部门的工作，设计中应当考虑到相互之间在技术上的衔接与融合，以便拍摄执行过程中提高效率、节约成本、保证效果。

故事板设计技巧

案例《一个人的舞台》							
镜头号	景别	摄法	镜头长度	画面内容	过渡特效	对白	音乐音响
1	大全景	固定镜头	6秒	早晨上班时间，小区地下停车场的车子陆续驶出	淡入		现场车声

设计思路
全片第一个镜头，是关系镜头和空间定位镜头，故事板的设计需要把故事发生的地点、空间、环境等信息呈现出来，并简洁标注汽车运动的方向，注意与后边画面的衔接

镜头号	景别	摄法	镜头长度	画面内容	过渡特效	对白	音乐音响
2	全景	固定镜头	3秒	车子从停车场驶出	切		现场车声

设计思路
车子入画后驶出，继续交代故事的背景信息和空间环境。故事板设计需要呈现环境、空间，标示清楚主体的运动状态、运动方向等

微电影创作技巧

镜头号	景别	摄法	镜头长度	画面内容	过渡特效	对白	音乐音响
3	大全景	固定镜头	9秒	车子从停车场中驶出	淡出		现场车声

设计思路

继续强化故事背景信息。故事板设计需要继续展现环境空间、背景信息，主体的运动方向、状态，注意汽车运动方向的前后衔接

镜头号	景别	摄法	镜头长度	画面内容	过渡特效	对白	音乐音响
4			14秒	片头字幕 一个人的舞台	淡入淡出		现场车声 拍球声

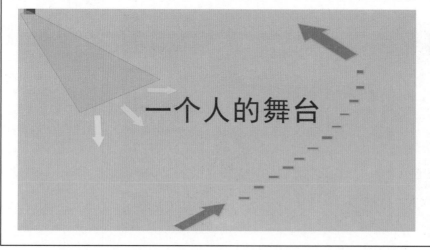

一个人的舞台

设计思路

片头设计融合了全片元素，体现了写实和表现相结合的特点，为影片确定了基调。故事板设计需要将整体布局、光的运用以及运动路径标示清楚

镜头号	景别	摄法	镜头长度	画面内容	过渡特效	对白	音乐音响
5	大全景	固定镜头	15秒	停车场入口外，一个男孩和女孩在玩球。不远处传来唱戏声。（评剧《夺印——水乡三月风光好》）	淡入		拍球声唱戏声

	设计思路
	影片人物出场段落，交代故事中的人物及其关系。故事板设计需要将人物状态、所在方位、周围环境、动作等标示清楚，并用箭头标示运动方向；剪影效果则代表逆光拍摄

镜头号	景别	摄法	镜头长度	画面内容	过渡特效	对白	音乐音响
6	大全景	固定镜头	6秒	一个中年男子在背对着停车场的室内，带着动作在唱戏	切		拍球声唱戏声

	设计思路
	主人公徐哥出场。故事板设计需要将人物所在空间环境特点、人物的位置和动作姿态等呈现

镜头号	景别	摄 法	镜头长度	画面内容	过渡特效	对白	音乐 音响
7	大全景	固定镜头	6秒	两个人拍球过程中，球向下滚落到停车场	切		拍球声 唱戏声

设计思路

交代两组人物之间的联系，形成第一次"冲突"。故事板设计需要体现出人物动作和其他事物状态。箭头标示球的运动下落方向，也是出画标示

镜头号	景别	摄 法	镜头长度	画面内容	过渡特效	对白	音乐 音响
8	特写	固定镜头	9秒	球滚落到男子的脚下，打断了他的演唱	切		球滚落 唱戏声中断

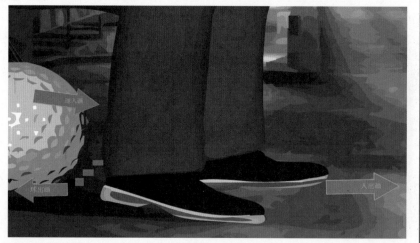

设计思路

动作与反动作组合。故事板设计需要将两个空间人物的联系体现起来。另外，把球的运动状态和主人公的反应、运动方向标示出来

镜头号	景别	摄 法	镜头长度	画面内容	过渡特效	对白	音乐音响
9	大全景	固定镜头	17秒	他将球抛了回去，然后回到座位	切		脚步声抛球声

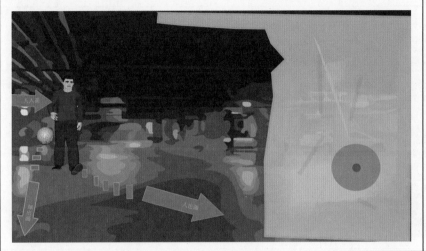

设计思路

动作镜头，故事板设计需要体现主人公的动作、状态和位置调度。标示清楚他的入画、出画位置、方向以及抛球的动作和球的出画方向

镜头号	景别	摄 法	镜头长度	画面内容	过渡特效	对白	音乐音响
10	全景	固定镜头	16秒	男子进入办公区，在座位上坐下，喝了口水，起身取下墙上的值班日记，填写起来	切		现场声

设计思路

人物背景交代和人物形象展示镜头。交代主人公的身份——看车工。故事板的设计需要运用箭头标明主人公的运动、位置调度；展现出总体环境特点，对主人公身份作以交代

镜头号	景别	摄 法	镜头长度	画面内容	转场特效	对白	音乐音响
11	中近景	固定镜头	16秒	男子是这个地下停车场的看车工，在填写值班日记	切		现场环境声

设计思路
看车工工作状态展示，也是其工作空间环境的构建。故事板设计需要将看车人的动作、方向、内容、状态表现出来，并进一步呈现主人公的工作特点

镜头号	景别	摄 法	镜头长度	画面内容	转场特效	对白	音乐音响
12	全景	固定镜头	19秒	填写完值班日记	切		现场环境声

设计思路
看车工工作状态的进一步展示。故事板设计需要把看车工的动作、状态、氛围等体现出来

镜头号	景别	摄法	镜头长度	画面内容	转场特效	对白	音乐音响
13	中近景	固定镜头	17秒	随手拿起扇子玩了两下	切		现场环境声车声淡入

设计思路
看车工形象塑造的进一步展现。
故事板设计需要交代主人公的细节动作——拿起扇子玩，表现其性格特点。对于人物的场面调度，需要用箭头进行出画和运动方向的标示

镜头号	景别	摄法	镜头长度	画面内容	转场特效	对白	音乐音响
14	全景	固定画面	9秒	有业主的车子进入，看车工走上前查看	切		车声

设计思路
看车工工作场面。
故事板设计需要交代清楚主人公的动作状态、镜头调度和空间调度。箭头标明镜头摄法——摇镜头，也标示看车工的位置，还有车子的入画及其运动方向

镜头号	景别	摄 法	镜头长度	画面内容	转场特效	对白	音乐音响
15	特 - 中	拉摇镜头	38秒	看车工熟练指挥车工停靠汽车	切	倒一倒……	现场车声

设计思路

长镜头交代看车工的真实的工作状态和动作、神态等细节。故事板设计需要标示看车工的运动位置、汽车运动方向，标明出画方向和位置。这是一个拉镜头，下方小画框标示起幅，上边小画框标示落幅画面。箭头标明是拉摇镜头

镜头号	景别	摄 法	镜头长度	画面内容	过渡特效	对白	音乐音响
16	中全景	固定镜头	34秒	看车工拿起扇子边唱戏边踱步出画，随后，后景中业主开车驶出	切		唱戏声汽车发动声

设计思路

通过长镜头建置人物关系。表现另一组人物出场，建置新冲突。故事板设计需要标示看车工的动作、运动路线；标示后景业主的动作和运动路线，难以用图示标明部分可以有辅助文字说明

镜头号	景别	摄 法	镜头长度	画面内容	过渡特效	对白	音乐音响
17	近景	固定镜头	2秒	汽车在唱戏的看车工面前停下了	切		唱戏声

设计思路
故事板设计需要重新定位看车工与汽车之间的空间位置关系。为标示清楚，可以使用人画箭头标示和辅助文字进行说明

镜头号	景别	摄 法	镜头长度	画面内容	过渡特效	对白	音乐音响
18	近景	固定镜头	2秒	听到看车工唱戏，业主将车窗缓缓摇起，拒绝收听	切		唱戏声

设计思路
业主对于看车工动作的反应镜头。故事板设计需要通过动作细节呈现出两位业主对看车工唱戏的反应，用图示和提示文字将其动作标示出来

镜头号	景别	摄 法	镜头长度	画面内容	过渡特效	对白	音乐音响
19	中景	固定镜头	2秒	看车工看到业主的这种举动，脸上露出疑惑的表情	切		现场声

设计思路
故事板设计主要呈现看车工对两位业主动作的反应，通过神态、动作等进行表现

镜头号	景别	摄 法	镜头长度	画面内容	过渡特效	对白	音乐音响
20	特一大全	摇镜头	5秒	汽车突然发动，发出极大的声音快速驶出	切		汽车响声

设计思路
业主对看车工动作的反应，也是一个新的动作。故事板设计需要进行视觉强化。通过开车的动作表现业主的情绪，使矛盾冲突达到顶点，利用标示对车行的路线、方向以及状态、摄法等进行描述

镜头号	景别	摄法	镜头长度	画面内容	过渡特效	对白	音乐音响
21	中近景	固定镜头	4秒	看车工愤懑地望着远去汽车	切		汽车响声

设计思路
看车工的反应镜头。故事板设计需要交代看车工对业主动作的反应，通过神态细节和动作细节来表现

镜头号	景别	摄法	镜头长度	画面内容	过渡特效	对白	音乐音响
22	全景	固定镜头	4秒	看车工愤懑地望着远去的汽车	切		汽车响声

设计思路
故事板设计需要继续强化看车工的反应和情绪，让观众通过看车工的视角观看，有助于增加对看车工的情感认同。车行方向需要进行标示

镜头号	景别	摄 法	镜头长度	画面内容	过渡特效	对白	音乐音响
23	大全景	固定镜头	21秒	看车工沉默走回	切		脚步声

设计思路
镜头进一步延伸看车工的压抑心境和情绪。故事板设计需要标示固定镜头，并用图示标示出看车工的行走路线以及出画位置

镜头号	景别	摄 法	镜头长度	画面内容	过渡特效	对白	音乐音响
24	特写	固定镜头	16秒	看车工左右踱步	切		脚步声闹钟转动声

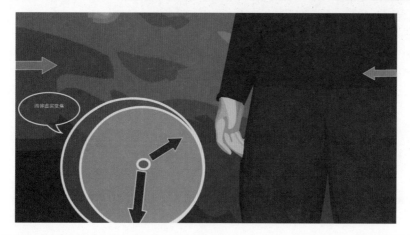

设计思路
看车工无聊而压抑的工作状态。故事板设计需要通过动作细节和物件细节交代出看车工无聊、无奈、压抑的情绪和心境。用箭头标示其入画位置、运动方向，以及摄影技法——变焦镜头

镜头号	景别	摄 法	镜头长度	画面内容	过渡特效	对白	音乐音响
25	特写	固定镜头	5秒	门口风微动，停车场空镜头	切		脚步声闹钟转动声

设计思路
空镜头，表现时间感和空间感。故事板设计需要呈现空间环境特点、状态等

镜头号	景别	摄 法	镜头长度	画面内容	过渡特效	对白	音乐音响
26	特写	固定镜头	4秒	看车工前后踱步	切		脚步声闹钟转动声

设计思路
看车工的动作镜头。故事板设计需要呈现其动作细节、运用图示并辅助说明其行动路线以及摄影技法

镜头号	景别	摄 法	镜头长度	画面内容	过渡特效	对白	音乐音响
27	全景	固定镜头	1秒	看车工主观视角看汽车	切		脚步声闹钟转动声

	设计思路 模拟看车工主观视点段落，表达看车工的无聊与孤独。故事板设计需要展现看车工的主观镜头，呈现所看到的具体事物及其状态

镜头号	景别	摄 法	镜头长度	画面内容	过渡特效	对白	音乐音响
28	中近景	固定镜头	1秒	看车工主观视角看汽车	切		脚步声闹钟转动声

	设计思路 模拟看车工主观视点镜头，表达看车工的无聊与孤独。故事板设计需要插入看车工主观镜头，呈现所看具体内容及其状态

镜头号	景别	摄 法	镜头长度	画面内容	过渡特效	对白	音乐音响
29	特写	固定镜头	1秒	看车工主观看汽车	切		脚步声 闹钟转动声

设计思路

看车工主观视点镜头，表达看车人的无聊与孤独。故事板设计需要继续插入看车工主观镜头呈现具体内容

镜头号	景别	摄 法	镜头长度	画面内容	过渡特效	对白	音乐音响
30	大全景	固定镜头	7秒	看车人看远处主观镜头	切		闹钟转动声

设计思路

看车工看远处的主观镜头，具有虚实变化的特点。故事板设计需要将空间环境特点和状态呈现，将摄影技法标示清楚

镜头号	景别	摄 法	镜头长度	画面内容	过渡特效	对白	音乐音响
31	全景	固定镜头	5秒	看车工慢慢起身向前走，又开始唱起戏来	切		唱戏声对讲机声

设计思路
镜头为看车工动作发出的主镜头，承上启下。故事板设计需要重新对空间和环境进行交代和定位，并对其运动进行标示

镜头号	景别	摄 法	镜头长度	画面内容	过渡特效	对白	音乐音响
32	大远景-远景	固定镜头	7秒	远处走来两个人	切		唱戏声对讲机声脚步声

设计思路
看车工的主观视点镜头，也是第三个矛盾冲突关系的建置。故事板设计需要标明被摄主体的空间位置、人物状态、运动方向等

镜头号	景别	摄 法	镜头长度	画面内容	过渡特效	对白	音乐音响
33	中景	固定镜头	3秒	看车人边唱、边前行、边打量对面来的人	切		哼戏声脚步身

设计思路
看车工的反应镜头。故事板设计需要表现看车人看到对面来人的反应。
这是一个纵深场面调度镜头，故事板设计需要标示出主体运动的方向和状态

镜头号	景别	摄 法	镜头长度	画面内容	过渡特效	对白	音乐音响
34	特写	跟移镜头	3秒	来人脚特写	切		脚步身

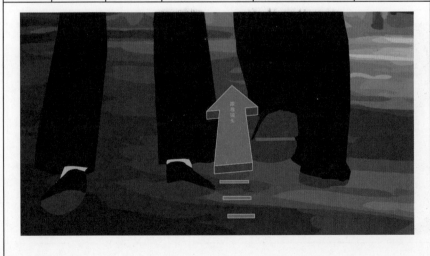

设计思路
这是一个特写镜头，展示来者相关信息，加重悬念。故事板设计需要对主体运动方向和镜头运动形式进行标示

镜头号	景别	摄 法	镜头长度	画面内容	过渡特效	对白	音乐音响
35	中景	移动镜头	3秒	两个人手里拿着档案袋还有对讲机朝着主人公走来	切		哼戏声脚步声

设计思路

故事板设计需要对走来的两个人的动作、情绪、表情、携带物件、运动形式、运动方向等进行标示。成组运动镜头的插入有助于延迟紧张情绪

镜头号	景别	摄 法	镜头长度	画面内容	过渡特效	对白	音乐音响
36	特写	移动摄影	3秒	两个人手里拿着档案袋还有对讲机朝着看车人走来	切		哼戏声脚步声

设计思路

来者的进一步展示，增加紧张感和悬念。故事板设计需要运用图示标明两人的运动方向、摄影机拍摄角度以及运动方式。

镜头号	景别	摄法	镜头长度	画面内容	过渡特效	对白	音乐音响
37	中景	固定镜头	9秒	两个人手里拿着档案袋还有对讲机朝着看车工走来，紧接着物业女说道： 看车人听了物业女的话诧异问道：	切	"喂，以后不准在这唱戏！" "为什么，我又没影响工作！"	脚步声 对讲机声音

设计思路
重新建置人物关系的镜头，故事板设计需要将人物之间的位置、关系、状态、调度方向等展现出来并标示清楚

镜头号	景别	摄法	镜头长度	画面内容	过渡特效	对白	音乐音响
38	近景	固定画面	9秒	物业女点根烟抽上。物业男接听对讲机：	切	"紫花园小区D座一位业主投诉，地下停车场有怪异声音。"	哼戏声脚步声

设计思路
物业人员反拍镜头，故事板设计需要将两人的动作、神态、特征等交代并呈现出来

镜头号	景别	摄 法	镜头长度	画面内容	过渡特效	对白	音乐音响
39	中景	固定镜头	7秒	物业男接听对讲机： 听到吵闹的对讲声音，看车工不解并质疑道：	切	"A座有位业主投诉，停车场里声音吵闹，请回复。" "这个声比我声还大。"	对讲机声音

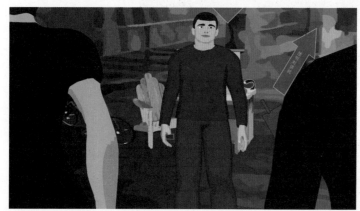

设计思路
三人对话场面，故事板设计需要将人物的位置、关系、状态、动作、反应等呈现出来。对于细节动作可以运用文字辅助说明

镜头号	景别	摄 法	镜头长度	画面内容	过渡特效	对白	音乐音响
40	近景	固定镜头	3秒	对讲机中传来回话：	切	"所有声音都可以，唯有你不行。"	对讲机声声音

设计思路
物业人员反拍镜头。故事板设计需要展现两个人的动作、姿态

镜头号	景别	摄 法	镜头长度	画面内容	过渡特效	对白	音乐音响
41	近景	固定镜头	5秒	看车工听完对讲机里的声音不解地说道： 物业男厉声喝道：	切	"什么逻辑"。 "少废话，你这看车的想不想干了！"	现场声

设计思路

看车工的反应镜头。故事板设计需要将三人关系变成两人的不平衡关系构图，形成一种开放和变化。并将人物的位置、姿态呈现出来

镜头号	景别	摄 法	镜头长度	画面内容	过渡特效	对白	音乐音响
42	近景	固定镜头	2秒	物业人员迅速走出画面	切		现场声

设计思路

物业人员动作场面。故事板设计需要将两人动作、运动方式、行动方向呈现出来

镜头号	景别	摄 法	镜头长度	画面内容	过渡特效	对白	音乐音响
43	中全一近	急推镜头	3秒	物业人员直接走到看车工办公桌前，掏出纸袋子里的东西	切		现场声

设计思路

关系镜头，重新建置三人位置关系。故事板设计需要将三人位置、动作、调度体现出来。箭头分别标示出每个人的方向，小画框与注释标示摄法。箭头标示人画出画位置

镜头号	景别	摄 法	镜头长度	画面内容	过渡特效	对白	音乐音响
44	特写	急推镜头	3秒	物业人员把禁唱令拍贴到墙上	溶入		拍禁唱令声音

设计思路

特写镜头，是视觉重音，将矛盾冲突达到顶点。故事板设计需要体现镜头摄法，用小画框和箭头标示；小画框标示落幅画面；用标注提示焦点处理

镜头号	景别	摄 法	镜头长度	画面内容	过渡特效	对白	音乐 音响
45	特一近	拉摇 镜头	12 秒	沉默的停车场内， 看车工在抽烟	溶出		环境声 滴水声

设计思路
过渡段落，看车工
遭到打压后的情绪
反应。故事板设计
需要对摄影技法进
行标示，通过小画
框和大画框标示启
落幅位置。通过箭
头标示镜头运动方
向和主体动作

镜头号	景别	摄 法	镜头长度	画面内容	过渡特效	对白	音乐 音响
46	中近景	固定 镜头	4 秒	看车工在抽烟	切		环境声 滴水声

设计思路
看车工内心冲突的
铺垫。故事板设计
需要把看车工的位
置、动作、状态呈
现出来

镜头号	景别	摄 法	镜头长度	画面内容	过渡特效	对白	音乐 音响
47	近景	固定 镜头	8秒	看车工又点 燃一支烟抽上	切		打 火 声 滴 水声

设计思路
看车工的内心冲突的铺垫。故事板设计需要对空间环境，看车工的动作、状态、情绪呈现出来

镜头号	景别	摄 法	镜头长度	画面内容	过渡特效	对白	音乐 音响
48	特写	固定 镜头	4秒	看车工在抽烟， 向远方看	溶入		抽烟声 滴水声

设计思路
故事板设计需要继续强化看车工的动作、状态、情绪

镜头号	景别	摄 法	镜头长度	画面内容	过渡特效	对白	音乐音响
49	远景	固定镜头	8秒	看车工主观镜头，看远方的停车场门口	溶出		滴水声脚步声

设计思路
看车工看远方的主观镜头。故事板设计需要将环境空间进行呈现

镜头号	景别	摄 法	镜头长度	画面内容	过 渡特效	对白	音乐音响
50	全景	固定镜头	15秒	看车工走到空场中，拿着扇子比划着，转身对着地上的影子默唱	溶入		环境声脚步声扇子声

设计思路
看车工内心情绪的爆发和内在冲突的累积。故事板设计需要将空间定位呈现，将看车工的位置、动作和运动方向，动作内容等呈现出来

镜头号	景别	摄 法	镜头长度	画面内容	过渡特效	对白	音乐音响
51	近景	跟摇长镜头	50秒	看车工对着地上自己的影子默唱	溶出		环境声脚步声扇子声

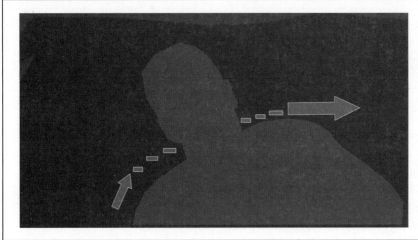

设计思路
跟摇长镜头，即兴跟拍。故事板的设计需要将看车工的位置、景别、运动路径、区域规划好

镜头号	景别	摄 法	镜头长度	画面内容	过渡特效	对白	音乐音响
52	中近-近	肩扛推移镜头	24秒	看车人拿起一根木棍子边走边唱。京剧《野猪林———路上无情棍》	切		环境声脚步声默唱声

设计思路
肩扛推移镜头。故事板设计需要把镜头的运动标示清楚，其中箭头框标示推移的落幅。图示标明看车工的走位——横向移动

镜头号	景别	摄法	镜头长度	画面内容	过渡特效	对白	音乐音响
53	中一全	拉镜头	8秒	看车工唱戏	切		脚步声默唱声

| | | | | | | | | 设计思路
故事板设计需要展现镜头运动形式，通过小画框将拉镜头、主人公的动作方向标示出来 |

镜头号	景别	摄法	镜头长度	画面内容	过渡特效	对白	音乐音响
54	特-近	跟摇镜头	33秒	看车工唱戏	切		脚步声默唱声重声

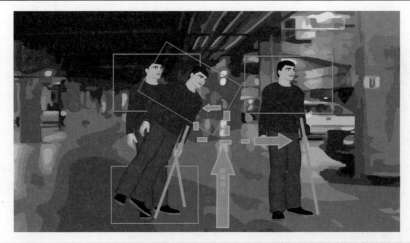

设计思路
跟摇镜头。故事板设计需要标示清楚看车工的动作路线以及镜头运动。用箭头标示镜头运动状态和方向，用小画框标示镜头摇动变化。右边小画框标示人物运动最后位置以及落幅镜头

镜头号	景别	摄 法	镜头长度	画面内容	过渡特效	对白	音乐音响
55	中一全	拉镜头	12秒	看车工唱戏	切		默唱声重声合一

设计思路
故事板设计需要呈现镜头运动方式，通过小画框将箭头标示，同时标示出看车工的动作方向

镜头号	景别	摄 法	镜头长度	画面内容	过渡特效	对白	音乐音响
56	中景-全景	肩扛跟摇镜头	14秒	看车工唱戏	切		默唱声重声合一

设计思路
承接上下动作。故事板设计需要将看车工的位置以及运动方向标示出来。跟摇镜头可以用小画框标示起幅，运用提示辅助说明镜头运动方式

镜头号	景别	摄 法	镜头长度	画面内容	过渡特效	对白	音乐音响
57	中 - 全	拉镜头	10秒	看车工唱戏	切		默唱声重声合一

设计思路
故事板设计需要呈现出镜头运动方式，通过小画框标示出来，并标示出看车工的运动方向

镜头号	景别	摄 法	镜头长度	画面内容	过渡特效	对白	音乐音响
58	特 - 特	跟移镜头	5秒	看车工唱戏	切		默唱声重声合一

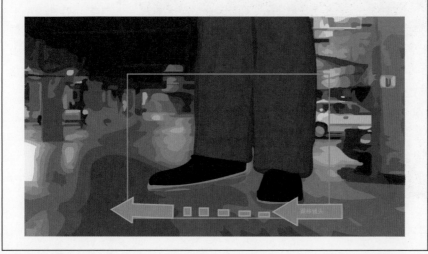

设计思路
故事板设计需要呈现镜头运动内容和方向，通过小画框将镜头运动标示出来，并标示出看车工的运动方向

镜头号	景别	摄法	镜头长度	画面内容	过渡特效	对白	音乐 音响
59	大全-全	肩扛推移镜头	7秒	看车工唱戏	切		默唱声 重声合一

设计思路

本镜头是一个直接越轴镜头，运用方向冲撞更加表现出看车人内心的压抑与愤懑，在视觉上造成有一个变化和刺激。故事板设计需要标注推移镜头起落幅以及看车人的动作和走位

镜头号	景别	摄法	镜头长度	画面内容	过渡特效	对白	音乐 音响
60	大全景	固定镜头	4秒	看车工唱戏	切		默唱声 重声合一

设计思路

故事板设计需要呈现镜头运动内容和方向，通过小画框将镜头运动方式标示出来，并标示出看车工的运动方向

镜头号	景别	摄 法	镜头长度	画面内容	过渡特效	对白	音乐 音响
61	中近景	肩扛 跟摇镜头	12秒	看车工唱戏	切		默唱声 重声 合一

设计思路
故事板设计需要呈现镜头运动形式和方向，通过小画框将跟摇镜头标示出来，同时，也标示出看车工的运动方向

镜头号	景别	摄 法	镜头长度	画面内容	过渡特效	对白	音乐 音响
62	全一中	拉镜头	10秒	看车工唱戏	溶入		默唱声 重声 合一

设计思路
故事板设计需要体现镜头运动形式和方向，通过小画框将镜头标示出来，同时标示出看车工的头部动作以及运动方向

镜头号	景别	摄法	镜头长度	画面内容	过渡特效	对白	音乐音响
63	大全景	固定镜头	10秒	主观镜头,停车场内大全景	溶出溶入		掌声

设计思路
看车工主观镜头。故事板设计需要呈现环境空间特点与状态

镜头号	景别	摄法	镜头长度	画面内容	过渡特效	对白	音乐音响
64	近-中	拉镜头	15秒	听到掌声,看车工转过头,闭上眼睛,朝观众深鞠一躬谢幕	溶入溶出		掌声

设计思路
全片最后镜头,固定长镜头。故事板设计需要将看车工的动作、神态、镜头运动等呈现出来

镜头号	景别	摄法	镜头内容	画面长度	过渡特效	对白	音乐音响
65			片尾字幕	18秒	切		汽车声音
		演职员表					

故事板预视觉化运用

故事板的预视觉化运用就是按照分镜头设计的具体内容和设计，将故事板图片以静态图片的方式串联在一起，借用视频编辑软件进行串联，使这些画面能够按照分镜头设计的组接顺序以及时间长度进行预览，从而查看画面之间的关联和衔接，也可以调整前后画面的顺序，查看不足进行弥补。

① 运用故事板软件进行预览排列

运用故事板软件预览功能可以进行预览排列（如图 3-29 所示），通过画面之间的前后调整可以进行查看、比较和调整，最后可以打印或输出故事板设计图。

图3-29《一个人的舞台》分镜头故事板设计预览图

② 运用 Adobe Premiere 软件进行预视觉化

如图 3-30 和图 3-31 所示，运用 Adobe Premiere 软件通过故事板编辑功能进行预览，可以在预览区进行顺序调换等看查看效果。

图3-30 故事板预览1

图 3-31 故事板预览2

之后可以运用非数字标记点功能，根据镜头长度进行非数字标记点标记（如图3-32和图3-33所示）。

图3-32 非数字标记点功能1　　　　　　　　　　图3-33 非数字标记点功能2

最后，将图片直接以非数字标记点序列方式导入编辑区（如图3-34所示），进行编辑和查看，完成视觉化预览。

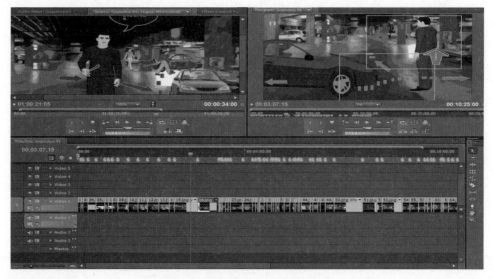

图3-34 非数字标记点时间线预览

🎞 思考与练习

1. 故事板设计有什么作用？故事板设计中应当注意哪些问题？

2. 如何运用故事板软件或相关编辑软件进行故事板预视觉化？

3. 使用一款故事板软件或者通过手绘的方式原创微电影进行故事板设计，并总结优点及不足。

第四章 微电影摄影技巧

微电影摄影技巧主要包括画面的组织与构成，镜头的设计与运用，轴线与机位的设计与运用，光线的设计与运用等。摄影是微电影创作的重要环节，也是创作成败与否的关键。但是，如何能够充分理解并掌握摄影技术和技巧需要结合实践进行不断磨练和提升。

第一节 微电影画面构成

画面构成是指摄影师对视觉元素在画面内部的布局、结构与组织，不仅是一种审美形式，还代表着某种态度倾向。构成技巧主要包括主体位置、均衡、大小反差、方向变化、地平线变化等布局方式，不同的构成方式具有不同的表达意义。

◉ 主体位置

① 居中布局

将影片人物视为重点或视觉重心，画面庄重感加强。在主体和陪体的关系中，将主体放在画面中心，强调其重要性，是比较常规的构成方式（如图4-1和图4-2所示）。

图4-1 《假面》主体居中　　　　　图4-2 《六十》主体居中

② 靠边布局

将人物置于画面两边或任何一边来表现，甚至利用遮挡物造成画面不平衡的效果，往往暗示着人物的地位、处境或者神秘感（如图4-3~图4-5所示）。

图4-3 《舞•动》主体靠边　　图4-4 《六十》主体靠边　　图4-5 《未分类死亡》主体靠边

③ 斜向布局

主体在画面中呈斜向或对角线方向布局（如图 4-6~图 4-8 所示），可以暗示主体形象、心理、情绪异常化，具有较强不稳定感和视觉冲击力。

图4-6 《红领巾》　　　　图4-7 《最后的枪王》　　　　图4-8 《最后的枪王》

④ 视觉重心布局

将人的注意力吸引到趣味重心（如图 4-9~图 4-13 所示），如画面中心、黄金分割点、井字结点等，能够起到吸引注意、强调重点、暗示人物关系等作用。

图 4-9 《Signs》画面中心布局

图4-10 《末日不孤单》黄金分割布局　　　图4-11 《宅男电台》黄金分割布局

图 4-12 《末日不孤单》对角线布局　　　图4-13 《阿仔，吃饭喇！》对角线布局

◎ 平衡与不平衡布局

　　平衡布局是指对称结构画面。位置、色彩、大小、形状、方向等都可以用来形成平衡布局的效果（如图 4-14 和图 4-15 所示），可以暗示主体的地位、力量的平分秋色或势均力敌。

图 4-14　《夕花朝拾》我与"我"的平衡布局　　　　图4-15　《我要进前十》父与子的平衡布局

　　不平衡布局也通过位置、色彩、大小、形状、方向等元素形成不平衡元素，暗示主体的地位、力量等对比和差异，进而建立核心冲突，也可以对人物进行编码，产生象征意义。图 4-16 和图 4-17 的不平衡布局表现了老人情感世界关系的变化。图 4-18～图 4-20 的不平衡布局暗示了主人公内心的矛盾冲突或扭曲。

图4-16　《宅男电台》不平衡布局1　　　　　　图4-17　《宅男电台》不平衡布局2

图4-18　《第六个》不平衡布局1　　图4-19　《第六个》不平衡布局2　　图4-20　《第六个》不平衡布局3

◎ 方向变化

　　通过破坏常规画面的视觉方向，吸引注意力，起到震撼作用，或者通过方向感缺失外化人物的内心情绪和情感（如图 4-21 和图 4-22 所示）。

图4-21 《现代启示录》倒置方向布局1　　　图4-22 《现代启示录》倒置方向布局2

大小反差

通过人物或物体占据空间大小建立人物与环境的关系，暗示人物间的力量和地位等关系。例如《舞·动》（如图 4-23 所示）通过广角镜头将人物和环境之间的反差进行夸大和强调，暗示了现代都市生活给人的压力。《一个人的舞台》（如图 4-24 所示）中物业管理人员阻止徐哥唱戏的构图形成了压迫感，暗示了人与人之间的力量关系，推进了冲突。《第六个》（如图 4-25 所示）中利用前景和后景大小的反差突出和强化恐惧与不安的情绪。

图4-23 《舞·动》人与环境反差　图4-24 《一个人的舞台》人物反差　图4-25 《第六个》人与物反差

地平线处理

地平线是画面中天与地之间的一条分界线，是摄影画面构图风格的明显标志，也可以表现一定的主观意义。地平线在画幅上方能够增加画面空间的深度；地平线在画幅下方能够增加画面空间的广度；地平线在画幅之外能够淡化空间。地平线倾斜容易形成不稳定和动荡感，全景系列的地平线倾斜（如图 4-26 和图 4-27 所示）可以增加空间感和透视感；中近组的地平线倾斜可以表达强烈的主观情绪、态度和意义，如图 4-28 所示和图 4-29 所示中的地平线倾斜表达了作者对于意识形态询唤下的人的世界的异常状态的主观判断和态度。

图4-26 《玛丽的自然卷世界》地平线倾斜

图4-27 《黑色番茄酱》地平线倾斜

图4-28 《红领巾》地平线倾斜

图4-29 《红领巾》地平线倾斜

思考与练习

1. 微电影画面的构成技巧主要包括哪些？

2. 说说你所喜爱的微电影在画面构成上的特点。

3. 在原创微电影中，有目的、有针对性地运用画面构成技巧，并进行总结和分析。

第二节 微电影景别运用技巧

景别就是被摄主体在画面中呈现的范围，主要包括远景、全景、中景、近景、特写五种。

景别的类型及其特点

① 远景

远景表现广阔的空间、环境或群众场面的画面，通常被摄主体（景物或人物）在画面的远处，只占画幅高度的 1/4。人物、景物通常是表现的重点，常起到交代环境或者以景抒情的作用。

② 全景

全景呈现被摄主体全身或场景全貌的画面。强调主体与环境之间的关系，人物通常是表现的重点。常用作总角度进行空间或人物关系定位的镜头。

③ 中景

中景呈现被摄主体膝盖以上或场景局部的画面。可使观众看清人物的半身形体动作和情绪交流，有利于表现人与人之间的关系。常用作叙事性的描写镜头。

④ 近景

近景呈现被摄主体胸部以上或物体局部的画面。近景可以看清人物心理活动的面部表情和细节动作，是叙事性很强的动作镜头。

⑤ 特写

特写呈现被摄主体肩部以上或被摄对象细部的画面。特写相当于视觉重音，具有很强的感染性，能够将被摄主体从周围环境中突出出来。

这五种是摄影最基本的景别，在实际应用中还有一些过渡景别，但是按照其特点移动可以归结为以下三类。

1 全景组

全景组包括大远景、远景、大全景、全景。其特点是：

- 全景组主要表现环境，表现人与景的关系，善于营造意境；
- 远取其势，全景组能够为故事展开创造气氛；
- 全景组对于空间展现偏"实"，比较具体和实在；
- 全景组信息量大、不善于表现运动，通常运用固定镜头，节奏相对缓慢。

2 中景组

中景组包括中景，其特点是：

- 中景组是常规叙事景别，数量最多；
- 中景组是全景与特写的过渡，能够起到联接作用；
- 中景组兼顾景与人，强调人与人之间的交流关系，处理不好容易令人乏味；
- 中景组空间效果不如全景组，面部细节无法具体展现，通常利用光线、色彩、明暗、叙事等关系强调突出人物。

3 近特组

近特组包括中近景、近景、特写、大特写，其特点是：

- 近特组比较电影化，能够创造独特的视觉形象，善于表现人的心理；
- 近取其质，近特组善于表现主体的动作、细节和神态等；
- 近特组叙事性、纪实性比较强，准确表达具体内容和动作的叙事是第一位的；
- 近特组容易消除观众与人物之间的距离，使人产生认同、同情的心理；
- 近特组对于空间的处理是"虚"写，空间常常虚化和模糊处理。

◉ 景别的意义与作用

景别是一种重要的造型语言，每一种景别的运用不仅是形式上的需要，也是一种意义上的需要，只有将两者真正融合在一起才能使景别发挥出作用。

景别意义与艺术风格呈现

景别是一个画面的最基本组成部分。成熟的创作者在影片景别上的设计往往具有独特的风格和特点，也就是说，选择哪一类为主要景别，或者针对不同的场景设计哪一类型的景别，如何运用景别，如何让景别在外在形式和内在意义上实现统一不仅是成熟导演或者摄影师的标志，也是奠定其艺术品格和美学风格的基础。台湾导演侯孝贤是一个以使用中全景见长的导演，其作品《悲情城市》、《恋恋风尘》等惯用固定长镜头，将中全景组画面使用达到极致，突出对于环境中人物生活的一种冷静观察，人物境遇的一种客观思考，尽管其影片整体节奏较慢，但是空间感、韵味感却很强，显现出独具特点的"诗化"风格。所以说，景别的使用需要根据影片的风格定位和叙事内容进行设计。

景别意义与叙事内容表达

不同的叙事内容具有不同的表达需要，景别不仅在形式上会影响叙事内容的表达，景别本身的意义传达也会影响叙事内容的表现。例如《这个杀手不太冷》开头段落景别的设计体现了景别意义与叙事内容表达之间的融合关系。影片第一个镜头采用了航拍移动大远景展现了从美国中央公园到曼哈顿的都市景象，交代了故事发生的时间和地点；第二个到第四个镜头运用了移动全景组景别，交代了故事发生的主要地点纽约"小意大利"街区，暗示了与意大利移民、犯罪有关的背景和主题；第五个镜头是一个过渡镜头，运用了升降推移的中景到特写镜头，展现了故事发生的地点——意大利餐馆。因此，第一个段落主要以全景组景别设计具有很强的空间感和展示性，交代了故事发生的时间、地点、背景等信息，为剧情的发展提供了有效的铺垫。影片的第二个段落杀手莱昂的出场的景别设计整体却采用了近特组。这个段落一共有 19 个特写画面，对于人物形象的呈现采用了极为控制的"遮掩"，增加了观众的神秘感、好奇感，形成了对莱昂的"墨镜"、"喝牛奶"、"杀手"等人物特征和动作细节的有效关注，为叙事的发展和人物的塑造作了有效的铺垫。由此可见，景别的设计不应只关注外在形式，更应当合理利用其内在意义，使其与叙事内容表达契合。

景别意义与视觉节奏设计

视觉节奏是指由画面中人物的动作、摄影机的运动、画面景别及排列组合变化所造成的视觉张弛、远近、长短、快慢、轻重等有规律的变化和运动。视觉节奏的设计既体现在整部影片中，也体现在局部段落中，景别的运用是影响视觉节奏形成的重要因素之一。通常全景组画面节奏较慢，中景组画面节奏次之，近特组画面节奏较快。相对于固定镜头，运动镜头，尤其是综合运动镜头需要的时间较长，节奏相对较慢。

例如《我的父亲母亲》中利用了景别特点和镜头运动特点来变化视觉节奏。其中，母亲年轻时期的户外场面中，景别设计上多采用全景组系列，体现了写意性、抒情性和运动性，营造了活力、浪漫、唯美的意境。母亲老年室内段落则更多采用了固定机位的中近组景别设计，营造了冷清感、静态性的写实风格。两种景别的对比表达了导演对于纯真年代的向往或已逝爱情的怀念，歌颂了母亲与父亲的"挚爱无上"的主题。电影《海上钢琴师》中"1900"和"爵士之王"杰尼之间的"巅峰对决"更体现了视觉节奏设计的范例。在最后一次对决中，为了表现"1900"的压倒性胜利，影片在景别设计和镜头运用、镜头组接上进行了巧妙的设计。其中，"爵士之王"的演奏多采用中全景系列的运动镜头，节奏流畅但是比较慢，亲近感不足，在节奏、速度、情绪、冲击力和认同感上相对较弱；而"1900"演奏则采用了以近特组景别为主的固定镜头，辅助以小幅度的短运动镜头，形成了视觉节奏快、情绪更激烈，速度更快、冲击力更强，让观众在情感上更为认同的表达，通过视听语言的巧妙运用形成了"1900"的技艺超群大胜"爵士之王"的必然结局。当然，景别的设计并不是孤立的，它常常与镜头类型、镜头组接、角度等配合使用，进而使景别的形式与意义形成统一。

景别意义与场景空间关系

景别是场景空间再现与创造的重要元素之一。不同的景别能够体现出场景空间的虚实、远近、大小、亲疏等。全景组景别对于空间的展现比较真实，主体相对较远，占据画幅较小，能够产生强烈的写意、抒情效果，也能够表现出很强的空间感、透视性和象征意义。全景系列处理人与景关系通常有三种形式，其一是通过人与景融为一体强调人与景之间的亲近关系，表达一种强烈的主观情绪色彩和象征意义。例如电影《那山那人那狗》中绵延的青山、崎岖的山路、淳朴的乡村，大多采用全景系列展现，使景与父子两代乡邮员的生活、爱情、成长与人生紧密联系在一起，形成生命与情感的延续和继承。虽在写景，却意在写情，这类处理可以看成人与景之间亲近关系的象征表现。其二是通过人与景之间的矛盾与挣扎强调人与景之间的疏离关系。例如《大红灯笼高高挂》中的陈家大院的展现，通过全景组和俯角度的封闭性画面设计，象征了令人压抑、窒息的封建文化和统治力量的坚固，使人性遭受到束缚、贬抑甚至扭曲，这呈现了人与景之间的疏离关系。此外，还有一种将亲疏并存关系的。比如金基德的《春夏秋冬又一春》，景物镜头塑造大多数采用了全景系列，并且通过景物线条、色彩、光影、构图等变化隐喻了人生的春夏秋冬的四季，这种象征景别的运用是对故事内容的提炼或升华，既有因欲望而近的亲疏，也有因罪恶而远的疏离，但是都通过景别的意义而更好地诠释出来。此外，近特组在空间的塑造上采取的是虚化处理，场景空间相对弱化，人从景中突出或分离成为表现的重点。因此，近特组景别对于空间的表达相对淡化，而对于主体的动作相对强化。所以，在影片拍摄的设计中，创作者应当明确景别的意义和用法，选取恰当的方式表现创作意图。

◉ 景别的设计与拍摄技巧

景别的设计不仅需要考虑技术性、艺术性、视觉性，还要考虑观众的审美心理，在设计过程中要注意以下几个方面。

景别与强调和取舍

景别的大小决定了画面内部所包含信息量的大小，也决定了镜头对于画面取景范围的大小，表现内容的主次，表达意图的强弱。创作者在设计过程中应当有目的地进行设计，

考虑好画面表达的重点和次重点，考虑选择什么样的景别、表达什么样的意思，再选择如何安排和布置这些内容。要分清主次，突出表达重点，舍弃非重点。例如近特组画面往往更多强调人物的细节动作而淡化环境，因此重点应当在人物动作或关系中表现，而舍弃环境的表现；全景组画面信息量大，容易看见，但是不容易看清，创作者应当注意通过画面内部的线条、光影、运动、位置、角度等其他辅助元素进行强调，突出重心和重点。

景别与物距和焦距

景别的变化可以通过改变物距和焦距的方式来实现，其方式主要有四种：一是让摄像机运动，通过改变摄像机与被摄主体之间的物距的变化来实现景别的变化；二是让被摄主体运动，通过改变摄像机与被摄主体之间的物距方式实现景别变化。上述两种方式物距越近，被摄主体占据画幅越大，空间越淡化，人物和空间的关系越虚化，容易使画面产生变形或夸张的效果；物距越远，被摄主体占据画幅越小，画面透视感和纵深感越强，从而突出主体与环境之间的关系。其三是通过改变焦距的方式实现景别的变化，焦距越短，画面取景范围越大，景别越向大景别组发展，背景越实；焦距越长，画面取景范围越小，景别越向小景别组发展，背景越虚化。长焦距镜头容易压缩纵深空间，使固定主体与背景间的距离压缩，使运动主体的移动缓慢而冗长。其四是通过改变焦点来改换景别。创作者可以将前后景两个不同区域的主体设计为聚焦中心，在两个区域的拍摄中通过改变焦点的方式来实现表演区域的更换，实现两个景别的变化，这种方式通常使用在场面调度的重心转换或者段落场面转换中。通过物距和焦距改变景别的方法有多种，但是创作者在设计景别过程中仍旧要参考作品的风格、内容、表现意图来选择恰当的摄法。

景别与角度和高度

景别的使用常常与角度和高度的设计密切关联。摄影角度主要包括正面、侧面和背面；摄影的高度主要包括平角、仰角和俯角。摄影的角度和高度既代表一种视觉风格，也展现一种空间观念，表达一种视点，标示一种创作态度。恰当与不恰当的角度与高度的设计能够对画面造型造成一定的推动或制约作用，所以说，创作者在设计景别过程中通常要将画面的角度和高度一并考虑。例如在全景组设计中，三种角度具有不同的表现力。在拍摄宏大场面、演出场面或者群众场面时常常需要俯角拍摄，这样能够更加强调、突出现有的空间感和场面感，形成更为夸张的空间表达，如果运用平角度设计则画面太平常而缺少层次或者表现力。在拍摄个人全景系列时运用俯角拍摄往往代表了一种视点和一种主观判断。或者预示着"上帝视点"，或者预示着画外人主观视点，也可以表达创作者对于主人公所处的境遇的一种同情、悲悯或者压迫的主观倾向。相反，如果使用仰角则具有另一番表现作用。人物群像采用仰角则具有雕塑感和庄重感，或者美化、颂扬被摄主体，或者讽刺或者丑化被摄主体。个体形象采用仰角也具有上述两种表达意图。如果在室外拍摄，可以利用仰拍增强画面的装饰感和冲击力，在视觉性、动作性或艺术性比较强的影片中经常采用；如果在室内拍摄，则可以利用天花板的低垂透视关系形成对被摄主体的压抑或者窒息，从而表达某种表现意图。同样的景别，选择正面、侧面、背面构图所达到的效果也是不同的。正面角度的造型往往比较常规、平面、正式、死板，适合比较庄重、庄严或者呆板场景中的人物处理；侧面的角度往往层次丰富，对被摄物体表现更有立体感和艺术感，常常作为人物美化、营造意境、艺术表现的角度运用；而背面角度更具有神秘感或者反常性，可以用在非常规主题或者营造特殊气氛的影片中运用。总之，景别的设计结合角度和高度将能够使画面造型更具有冲击力和表现力。

景别与对位和呼应

景别的使用不仅作为一种造型的重要形式，还作为影片整体结构的手段发挥作用，影片的开头和结尾中运用景别对位与呼应主要有两种形式。其一是在开头与结尾上使用对称结构，比如《夏洒往事》、《A Day》、《夕花朝拾》、《宵禁》等，在画面的景别采取了相似或对应设计，画面内容、节奏、情绪、意义上也形成对位与呼应，使影片形成一种完整或者循环的形式而结束。另一种是采取首尾景别反差较大的方式呈现，比如《魔鬼理论 16 号》、《刷车》等采用冲突的戛然而止或者情绪冲突的延续的方式，具有开放性，这也是一种景别上对位与呼应，是一些微电影所习惯采用的方式。景别的对位与呼应是电影艺术创作中的一种表现形式和风格，恰当地使用可使景别的形式、意义与画面内容之间形成有机统一与协调。

🔘 思考与练习

1. 什么是景别？景别有哪些类型？不同景别组的特点是什么？
2. 结合你所看过的影片，谈谈如何将景别的形式与意义联系起来？
3. 在原创微电影练习中，尝试发挥景别的意义和技巧，有目的和针对性地设计景别，并对结果进行总结和分析。

第三节 微电影镜头运用技巧

镜头就是摄像机一次连续拍摄下来的画面。镜头是画面构成的基础，不同类别的镜头具有不同的特点和功能。

🔘 固定镜头与运动镜头及其特点

镜头按照运动方式分为固定镜头与运动镜头。

❶ 固定镜头

固定镜头即摄像机镜头和机位都不动所拍摄的镜头。以固定镜头为主的影片，相对偏"静"和沉稳，如《悲情城市》、《河流》等，更加强调意境和韵味。固定镜头拍摄要注意画面内部元素的组织与构成，尤其注意画面内部主体的动势、动态和运动调度的把握。静中有韵、静中取动可以使画面更富有生气和表现力。

❷ 运动镜头

运动镜头即摄像机在推、拉、摇、移、跟、甩、荡、升降等运动过程中所拍摄的镜

头。以运动镜头为主的影片相对偏"动"，更加强调运动性、节奏感、冲击力，也可以将两类镜头结合起来，相得益彰。运动镜头要合理调度和把握主体动作以及摄像机运动，注意在运动中组织和结构画面，使画面更具有运动感、空间感和冲击力。

长镜头与短镜头及其特点

镜头按照镜头长短分为长镜头和短镜头。

❶ 长镜头

长镜头是与短镜头相对而言的，是指在一个较长的不间断镜头里，通过推、拉、摇、移、跟等综合运动的连续调度，完整地记录一个时间段落的全过程。长镜头强调时间与空间的完整性和统一性，具有较强的纪实性特点，包括运动长镜头、固定长镜头、景深长镜头。

❷ 短镜头

相对于长镜头而言，短镜头是指一个镜头内部只包含一个镜头运动或动作，时间相对较短的镜头。短镜头影片注重通过画面间的动作、逻辑、相似等关系进行组接，强调通过镜头组合所创造的蒙太奇意义，也可以将长镜头和短镜头结合使用。

关系镜头、动作镜头和渲染镜头及其特点

按照镜头的作用将镜头分为关系镜头、动作镜头、渲染镜头三种类型。

❶ 关系镜头

关系镜头即交代场景中的时间、环境、地点、人物、事件、人物关系及规模、气氛，表现人与环境的关系等的镜头。关系镜头一般以全景系列景别为主，是一个场景的主镜头、交代镜头、空间定位镜头、贯穿镜头或整体镜头。如《孔雀》开头几个全景组镜头。在常规电影中，关系镜头占十分之一到二十分之一。关系镜头越多，影片写意性越强，节奏相对较慢。关系镜头越少，影片叙事性越强，节奏相对较快。

❷ 动作镜头

动作镜头即表现人物表情、对话、反应，再现、强调人物动作及动作过程、动作细节、动作方式、动作结果，表现具体交流者之间的位置关系的镜头。动作镜头是局部镜头，小关系镜头、叙事镜头，以中景及近景系列为主，如《这个杀手不太冷》开头人物出场段。常规电影中，一般占五分之三到五分之四，是拍摄的重点，超过此比例，则纪实性增强。

❸ 渲染镜头

渲染镜头又称为空镜头（具有较少人物的景物镜头和环境镜头）。在镜头排列和并列中起到对叙事本体、影片场景、动作及主题的暗示、渲染、象征、夸张、比喻、拟人、强调、类比等作用。如《爱有天意》片头段落，《那山、那人、那狗》中的部分景物镜头。渲染镜头通常占全部使用镜头的十分之一，超过此比例将更具写意风格、更具情感效果、更加意念化。

中性镜头与空镜头及其特点

镜头按照镜头的内容可以分为中性镜头与空镜头。

① 中性镜头

中性镜头一般指人物视线不具有方向性的镜头。人物视线正对着摄像机镜头，常作越轴过渡镜头使用。

② 空镜头

空镜头又叫景物镜头，通常指画面中没有人物的镜头。在时空转换和调整节奏等方面具有独特作用。

主观镜头与客观镜头及其特点

镜头按照视角可以分为主观镜头和客观镜头。

① 主观镜头

主观镜头指摄影机的视点直接代表剧中人物的视点所拍摄的镜头，具有较强的主观性和引导性。

② 客观镜头

客观镜头代表作者或叙事者的眼睛以及叙述，或采用大多数人在拍摄现场所共有的视点拍摄的镜头，具有客观性和呈现性的特点。

升格镜头与降格镜头及其特点

镜头按照拍摄速度可以分为升格镜头与降格镜头。

① 升格镜头

升格也是高速摄影，是频率高于每秒 25 格提高摄影机运转频率的一种拍摄方法。升格容易形成幻觉、迷离、煽情、诗意、奔腾等效果。

② 降格镜头

降格也是低速摄影，频率低于每秒 25 格提高摄影机运转频率的一种拍摄方法。降格容易形成速度、暴力、激动、抒情等效果。

思考与练习

1. 什么是镜头？镜头都有哪些类型？各有什么特点和作用？
2. 结合所喜欢的影片分析镜头组成类型及特点。

第四节　微电影轴线运用技巧

轴线相关规律的学习和设计是微电影创作的最基本内容，也是难点。轴线的运用不仅是影片进行连贯调度的基本组织形式，也是影片串联叙事内容、人物关系、表达情绪和表达意图的重要手段。

轴线规律及轴线分类

轴线是指电影场面调度中，被摄对象的视线方向、运动方向和对象之间的关系形成的一条假定的直线。轴线主要包括关系轴线、运动轴线和方向轴线。

关系轴线就是由人物之间所在空间的位置关系而产生的轴线，场景中两个或两个以上的人物之间的关系轴线通常是以他们相互视线的走向为基础的。

运动轴线就是由被摄对象的运动方向构成的轴线，是运动主体和其目标之间的假想线。方向轴线就是由人物行动方向产生的轴线。

轴线规律就是指镜头变换视角时应在轴线一侧 180°以内，如图 4-30 所示，假如第一个镜头在 1 号位置，那么接下来的镜头在这一侧 180°范围以内的位置都是恰当的，如位置 2 和位置 3，但是如果跳跃到 180°对面，如位置 4 和位置 5 就是不恰当的，因为违反了轴线规律而造成了越轴。

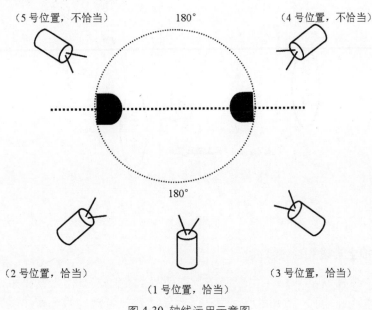

图 4-30　轴线运用示意图

越轴及其作用

越轴又称离轴或跳轴，是指在镜头转换改变视角时超越轴线一侧 180°范围内的界限。背离轴线规律会造成画面上动作方向的混乱和人物之间位置关系的混乱，因此，需要通过各种有效的方式和手段进行合理越轴。

合理越轴技巧

轴线规律的使用是为了使场面调度更具合理性，避免混乱，并不是僵化的模式。创作者可以运用合理越轴的方式不断突破成规，尝试创新，使轴线的运用与影片意义表达相统一和融合。合理越轴的技巧主要有以下几类。

① 通过插入镜头越过轴线

在越轴前一个镜头插入一个空镜头、特写、反应镜头或齐轴中性镜头，在下一个镜头中改变原来的轴线关系，建立起一个新的轴线关系，常用于运动轴线合理越轴。如图4-31和图4-32所示，日本黑帮团伙进入酒店的场面，前两个镜头（1号机位和2号机位）都是在轴线的一侧，但是第三个镜头（3号机位）却跳到了轴线的另一侧，通过在两个运动方向画面之间插入一个店主对于来客的反应镜头实现了合理越轴。

图4-31 《杀死比尔》越轴

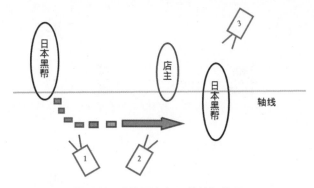

图4-32 《杀死比尔》越轴机位图

② 通过俯拍全景镜头越过轴线

在越轴前一个镜头插入一个全景镜头，重新交代空间关系和人物关系，然后越过轴线。如图4-33所示，前一个画面方向向左，接着插入一个俯拍大全景画面，重新定位人物关系之后再接一个短暂向前再向左的画面，使主体运动方向连贯统一，避免方向上的混乱。

图 4-33 《罗拉快跑》全景越轴

③ 通过运动镜头越过轴线

通过摄影机从轴线的一侧移向另一侧，或者是转弯镜头，建立新的轴线关系。如图 4-34 和图 4-35 所示，《飞行者》中摄像机从 1 号机位通过拍摄赫本单人近景，又通过过肩镜头拍摄外反拍双人镜头，之后摄像机和赫本先后开始沿着画内虚线向左后侧摇动重新建立了两人关系新轴线。之前机位都在第一条轴线的右侧区域，这一次，所有机位都设置在轴线的左侧，在双人关系镜头中，两个人的位置有了新的变化。这个场面调度利用了运动镜头实现合理越轴，也暗示了两个人的地位、关系之间的变化。

图 4-34 《飞行者》运动镜头越轴

图 4-35 《飞行者》运动镜头越轴机位图

④ **通过动作镜头越过轴线**

通过不同轴线中主体动作的承接，如站起、转身、跳跃等实现越轴。如图 4-36 所示的《杀死比尔》中轴线两侧拍摄同一个动作，利用动作的承接进行组接的越轴镜头。这种越轴观众一般能够理解，镜头组接也往往具有视觉冲击力。

图4-36 《杀死比尔》动作镜头越轴

⑤ **通过人物调度突破方向和位置，建立新的轴线**

如图 4-37 和图 4-38 所示，休斯与女友的对话场面采用了近半圆式的人物调度，通过女友位置移动到了轴线的另一侧进行越轴并建立新的轴线。原来机位设置都在轴线的右侧，这一次却是在轴线左侧拍摄，最后，男女主人公都移动到后景，保持在轴线的左侧。整体段落中，人物调度比较复杂，影片利用合理的越轴处理以及机位选择使画面内部运动丰富、关系清楚，情绪表现力强。

图4-37 《飞行者》人物调度越轴

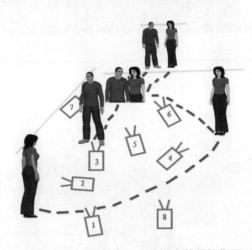

图4-38 《飞行者》人物调度越轴机位图

⑥ 利用枢轴镜头越过轴线

利用场景中的景物、人物等作为贯穿关系，在视觉上有一个参照物，建立空间关系和轴线关系。如图 4-39 和图 4-40 所示，《这个杀手不太冷》中，莱昂和马婷达住店段落是一个典型的三人关系对话场面，对话场面机位设计非常丰富，在轴线的设计中合理利用了服务员和绿色植物作为枢轴定位三个人的关系。从对话场面的设计可以看出，马婷达与服务员，莱昂和服务员的对话大多采取了跳轴切换，即上个正拍镜头在双人轴线左侧拍摄，反拍镜头就在双人右侧拍摄，正因为有了枢轴作为参照，能够明确三个人的空间位置，避免产生混乱，这种跳跃的轴线设计也加重了对话的紧张感和悬念感，为后来

"谎言"的揭穿埋下伏笔。

图4-39 《这个杀手不太冷》枢轴镜头越轴

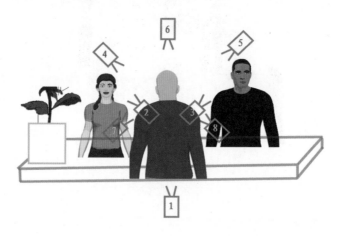

图4-40 《这个杀手不太冷》人物调度越轴机位图

❼ 通过跳切直接越过轴线

现代电影中常常直接通过跳切的方式越过轴线，故意造成这种不连贯的跳切表达某种情绪和意义。如图 4-41 和图 4-42 所示，《江湖》中有多个场景设计了反轴线跳切越轴，暗示了两位"兄弟"反目成仇难以和好的悲剧性结局。

图4-41 《江湖》直接跳切越轴

图4-42 《江湖》跳切越轴机位图

🔘 **思考与练习**

1. 什么是轴线？轴线有哪些类别？什么是轴线规律？如何理解轴线规律？

2. 什么是越轴？能否在所看过的电影或微电影中找到合理越轴的例子？

3. 在原创微电影中，注意轴线的运用，能否运用轴线的意义进行叙事？

第五节 微电影机位设计技巧

机位设计是微电影导演或摄影师进行场面调度的重要环节。在机位设计过程中，涉及被摄主体所在位置、被摄主体的运动位置、拍摄的角度、机器架设位置、机位架设数量、机位间的匹配与协调等。

◉ 机位设计基本类型

一个画面在空间上可以分为两个 180°区域，在轴线 180°范围的一侧可以设置九个机位（如图 4-43 所示），也称作大三角机位。另一侧同样也可以设置九个机位，18 个机位构成了所有机位设计的基本模式。

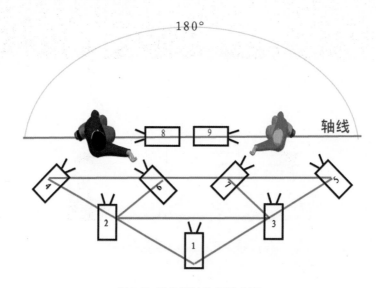

图4-43 机位设计位置组合图

如图 4-43 所示，机位设计可以分为五个不同的组合，具体特点如下。

❶ 总角度 1 号

处于三角机位的顶点，是场景总的拍摄方向，也是场景主机位镜头和关系镜头。拍摄画面以中全景系列为主，视线对应的双人镜头，能够说明人物关系以及人物和环境的关系。这个位置的处理是其他镜头、光线、背景、调度的依据和基础，拍摄中应当首先确定其位置，再确定其他机位以及越轴机位。

❷ 平行位置 2 号和 3 号

与 1 号机位平行（同轴），平行于演员拍摄，各拍摄一个演员的正面或侧面，景别多为中近景系列。和 1 号位置同轴，所以和 1 号位置画面组接容易产生跳跃，使用应当谨慎，可以反用这种跳跃形成冲击力。

③ **外反拍角度 4 号和 5 号**

又称过肩镜头和局部关系镜头。双人画面，前景的演员背对着镜头，后景演员是画面表现的主体，景别多为中景或近特组。通常画面中两个人所在的位置、距离和视线方向应当匹配。比如前一个画面中 A 在左侧，后一个画面中 A 仍然应当在左侧。

④ **内反拍角度 6 号和 7 号**

又称正打、反打镜头，单人画面，每个画面只表现一个演员，景别一般以近特组为主。视线互逆而且对应，拍摄画面越接近轴线，画面人物参与感、交流感越强，反之越差，是完成叙事、突出人物、塑造形象的关键机位。

⑤ **骑轴位置 8 号和 9 号**

骑轴或视轴镜头，也称正打和反打镜头。单人镜头，内反拍极端位置，摄影机角度背对背，两个演员均为正面镜头，视轴方向与轴线方向一致或重合，通常使用近特组。该镜头是主观摄影机角度，代表镜头外演员的主观视点，极具交流感和参与感，也是完成叙事、刻画人物的重要镜头。该镜头也可以在两个人的背面位置形成另外两个位置，成为 8 号和 9 号机位的补充。

◉ 单机位拍摄、双机位拍摄与多机位拍摄设计技巧

微电影创作是运用多个机位进行取景的，在拍摄过程中可以运用单机位拍摄、双机位和多机同步拍摄，主要根据拍摄内容和实际的需要来设计。

采取多机位拍摄主要取决于以下几个方面因素：其一，影片为多人物，同一场景内部场面调度比较复杂，动作变化幅度比较大，为了能够及时捕捉到不同对象的最佳动作、神态、情绪等细节，保持空间、位置、光线上的匹配，动作的流畅衔接，往往需要采取多机位拍摄；其二，影片虽然人物较少，但是具有比较复杂的动作场面或场面调度，例如一些动作戏、打斗戏、追逐戏、歌舞戏、运动戏等，或者不可重复的破坏性、高难度场面等，为了使动作展现更为细致和精彩，需要运动多机位拍摄；其三是为了增加影片节奏变化和省略的需要，突出某些主体、动作、人物、情绪等，在一些重场戏的处理上往往也需要运用多机位拍摄，使表现内容更为连贯一致、重心突出、情节细腻、人物丰富、场面精彩。

在拍摄过程中，由于制作成本、设备条件、拍摄人员等因素的限制，很多微电影创作者常常用单机拍摄，但是可以通过重复拍摄来形成多机拍摄效果。单机拍摄多机位场面同样要遵照多角度多侧面的原则，一个场面、一场情景可以变换不同的角度、高度、景别、位置进行拍摄，以获得丰富的画面效果。例如单机拍摄人物运动或是人物对话场面首先需要确定总角度的镜头，然后以此为基准点进行辅助机位镜头的设计和重复拍摄。拍摄两个人面对面的对话场面，需要确定一个总角度的关系镜头，之后采取外反拍和内反拍、骑轴机位等拍摄两个人对话的动作、神态和反应，也可以从背面位置拍摄不同的补充镜头。运用单机拍摄时，画面中人物动作、视线、运动方向、物件、景物等都要前后保持一致，不要轻易变更，否则容易穿帮。拍摄人物运动辅助较大的画面，或者动作

过程较长的画面，则可以在同一场面中的关键位置多处取景，保证至少有一个全景的关系和空间定位镜头，如果人物移出画面区域则需要重新设计关系镜头（快速切换位置或场面转换除外），这样通过多机位的设计能够使画面运动实现必要的省略，并且能够保证画面动作的匹配一致。

同样，双机位拍摄道理与之相似。在一个场景中也需要先定准总角度，先设计关系或空间定位镜头，然后再运用双机同步设计场景中的人物对话或者人物动作，对话机位可以按照对话内容进行设计。拍摄人物动作则可以采取分解的方式，将动作按照前段、中段、后段等分解拍摄；或者在景别上进行区分的形式，前后运用两个景别画面进行衔接，最后通过剪辑上进行动作切换和衔接，保证动作衔接的准确、流畅，也能够避免重复，节约时间。

三机位拍摄通常为人物较多、调度复杂的大场面，在机位设计上，由一台机器负责总角度拍摄，为场面调度确定基准点，其他两台机器则根据拍摄具体人物、动作、细节等进行分工，每台机器负责从一个位置抓取画面，两台机器采取对称或成对的方式成组拍摄，最后将三个机位根据内容剪辑在一起。采用单机位、双机位、多机位的拍摄既要结合实际，也要结合具体内容和实际需要，而不能为了多机位而多机位，合理有效地设计才能收到预期效果。

◉ 对话机位设计技巧

对话可以分为双人对话、三人对话和多人对话等，对话场面可以采用不同机位进行设计。对话设计不仅要遵循轴线规律，还要能够合理利用机位的特点和意义才能进行有效设计。

双人对话机位设计

本部分将结合图例说明双人对话机位设计的基本类型和技巧。图中箭头代表摄像机的机位和方向，圆圈以及圈内画面代表此位置所拍摄的画面。

① 前后排列（图4-44）

两人在同一直线或斜线上，视线朝向一个方向，可用于拍摄两人骑车、划船、赛马等场景。

其一，拍摄一个镜头可以采用1号总角度或者4号外反拍机位，能够将两个人的基本关系、空间位置比较简要地表达清楚。

其二，采用外反拍机位4号或者5号组合进行拍摄，能够使两人关系更进一步展示；使用双人镜头对切，可以暗示两个人的关系和地位平分秋色。

其三，采用外反拍机位4号或者5号组合和内反拍6号、7号组合进行拍摄，能够使两人关系细致展示，内反拍突出表现的人物往往是强调的重点。

其四，采用总角度1号和平行位置2号、3号组合，或者6号、7号内反拍组合，拍摄更为全面的两人关系。其中，总角度1号是关系镜头，2号、3号或6号、7号则分别表现两人的神态、动作、交流和反应。6号、7号侧重表现单人，该对象通常为重点

表现的对象。

其五，可以采用上述机位组合进行综合设计。

图4-44 双人前后排列机位设计图

②肩并肩（正面）排列（图4-45）

两个人肩并肩，面朝或背朝同一方向，可以表达比较熟悉、亲近、平等、默契等关系。

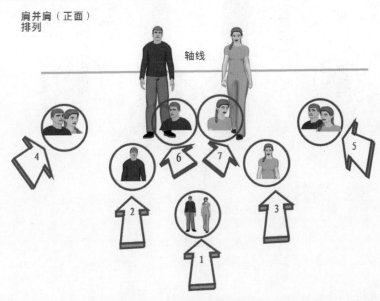

图4-45 双人肩并肩排列机位设计图

其一，采用外反拍机位 4 号和 5 号组合，形成两个过肩镜头，表现两个人的关系和动作，景别缩小至近特组更能够有效突出神态细节。

其二，采用内反拍机位 6 号和 7 号组合对切，容易形成两个人之间的对立和变化。

其三，采用平行位置正面拍摄，可以将 1 号、2 号与 3 号组合使用，能够简要表达两人之间的基本位置关系。

其四，采用外反拍 4 号、5 号和内反拍 6 号、7 号组合使用，既能强调两人的动作、关系，又能突出单个人的表情、动作、反应等。

其五，可以采用上述机位组合进行综合设计。

③ **肩并肩（背面）排列**（图 4-46）

双人肩并肩背面排列，相对正面机位来说，更加含蓄、神秘、被动、丰富。

其一，采用背面总角度 1 号和内反拍 6 号、7 号相结合，形成两个人视线相对；6 号和 7 号也可以移动到内部极端位置，变成 8 和 9 骑轴内反拍，形成两个人的对视，具有较强的交流感和参与感。

其二，采用背面外反拍 4 号、5 号和内反拍 6 号、7 号机位组合，能够拍摄出双人和单人交替的画面，有助于表达双人关系以及动作、表情、情绪、交流等细节。

其三，采用骑轴外反拍延伸机位外部 8 号和 9 号进行拍摄，极端角度的骑轴双人镜头，能够夸张突出两个人神情、情绪的对比。

其四，可以采用上述机位组合进行综合设计。

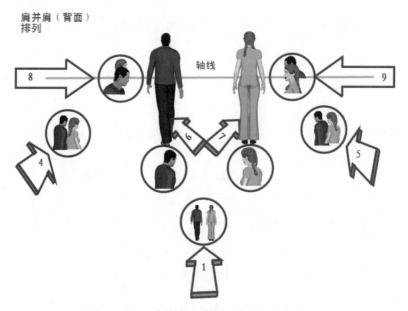

图4-46 双人肩并肩（背面）排列机位设计图

④ **背对背排列**（图 4-47）

两人背靠背排列，面部朝向相反，可以暗示两个人相互对立、疏远或行动相左。

背对背排列

轴线

图4-47　双人背对背排列机位设计图

其一，采用总角度 1 号和内反拍 6 号、7 号组合，可以表现两个人的位置关系、运动、表情、交流等细节。其中，6 号和 7 号的极端位置可以变成内部的 8 号和 9 号，可以强调两个人的对立或疏离。

其二，采用外反拍角度 4 号和 5 号，可以形成两个过肩镜头，表现两个人的关系或者动作等细节。

其三，采用骑轴双人背面延伸位置 8 号和 9 号，能够比较直接表现两人的位置关系以及动作关系等。

其四，采用外反拍 4 号、5 号和内反拍 6 号、7 号组合，将不同单人和双人不同景别画面相接，通过多样组合能够更加丰富地表现人物之间的关系、动作和细节。

其五，可以采用上述机位组合进行综合设计。

⑤ 面对面排列（图 4-48）

两人面对面排列，视线相对，距离摄像机远近不同，可以形成直线、斜线、对角线排列。这个对话排列方式既可以表现两个人的交流，也可以表现两个人之间的针锋相对。

其一，采用总角度 1 号和内反拍机位 6 号、7 号，能够简要呈现两人之间的基本位置和动作关系。

其二，采用两个外反拍 4 号和 5 号拍摄，能够简略表现两个人的关系、神态、动作、交流和反应。

其三，采用外反拍 4 号、5 号和内反拍 6 号、7 号组合，能够更细致地表现两个人之间的关系、动作、交流与反应；内反拍突出的主体往往是重点强调的主体。

其四，采用骑轴机位延伸位置 8 号、9 号拍摄，两个人都为正面镜头，一个人遮挡了另一个人，能够使两个人的关系、动作增添紧张感和压迫感。

其五，可以采用上述机位组合进行综合设计。

图4-48 双人面对面排列机位设计图

⑥ **直角排列**（图 4-49 和图 4-50）

两个人呈 90°排列，通常没有直接的视线交流，除非有一个转向对方。可以用作过渡或者中立机位，向更亲密或疏远的关系转变。面向摄影机的演员处于有利位置。

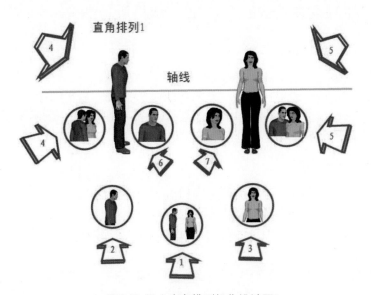

图4-49 双人直角排列机位设计图1

其一，采用总角度 1 号和平行机位 2 号、3 号组合，能够表现两个人之间总体位置关系以及相互之间的交流、动作情况。

其二，采用外反拍 4 号、5 号和内反拍 6 号、7 号组合，能够建置两个人之间的关系或细致展示双方的动作、神态、交流和反应。

其三，采用背面位置的外反拍 4 号和 5 号或者该区域的其他机位可以与正面机位形

成越轴组合，使两人关系呈现更为复杂的变化。

其四，可以采用上述机位组合进行综合设计。

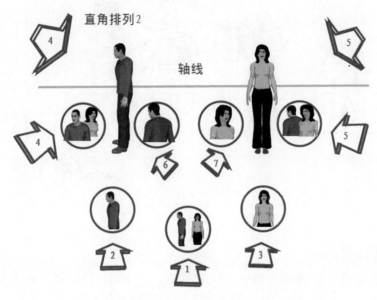

图4-50 双人直角排列机位设计图2

三人对话机位设计

三个人对话机位设计是在双人对话设计基础上进行的，总的原则是先从三个人中找出一对主要关系，在两个人物之间确定中心轴线，之后将三个人分组，可以形成 1:2、2:1、1:1:1 等不同组合，数量变化往往暗示着人物之间的地位和力量的对比关系；最后再进行不同机位的设计，基本类型有以下几种。

❶ I 型排列（图4-51）

三个人位置在一条直线或斜线上，是比较常规的机位。设计上可以将三个人物面部朝向同一方向，表现出三个人的一致与默契；也可以两个人一个方向，另外一个人一个方向，表现两组力量的相左和对抗。

其一，采用平行位置 1 号、2 号和 3 号，这个角度比较常规和平淡，可以作为总角度的关系镜头进行空间定位和过渡。

其二，采用内反拍 6 号、7 号组合能够形成两组之间的对切，适合表现两者的动作、反应等细节。

其三，采用外反拍 4 号、5 号和内反拍 6 号、7 号组合，能够形成单人和双人镜头之间的交替，比较丰富地表现三个人之间的交流、动作关系和神态细节。

其四，采用骑轴双人位置的延伸机位 8 号、9 号，能够形成三个人重叠的画面，也可以舍弃其中一个人，形成更为复杂的人物关系。

其五，可以采用上述机位组合进行综合设计。

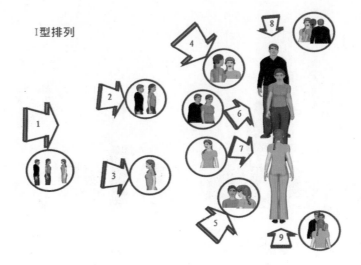

图4-51 三人I型排列机位设计图

❷ **L 型排列**（图 4-52）

三个人位置呈现 L 型或 90°排列，其中一个人在一端，另外两个人在另一端。

其一，采用平行机位组合 1 号、2 号、3 号能够获得总角度的三人位置关系，可以用作空间定位或关系镜头。

其二，采用外反拍 8 号、9 号组合，能够获得 3 人或者 2 人的关系镜头，比较细致地表现三人或两人之间的关系、动作和反应等。相对而言，三人关系比两人关系更为轻松和稳定，两人关系更为对立和紧张。

其三，采用内反拍 6 号、7 号组合，可以形成相互对立和联系的两个镜头，能够比较细致地表达三个人的细节动作和反应。

其四，可以采用上述机位组合进行综合设计。

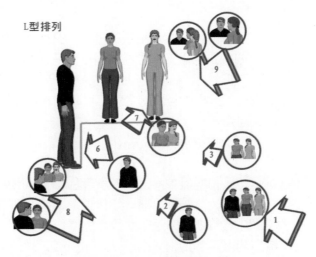

图4-52 三人L型排列机位设计图

❸ A 型排列或三角型排列（图 4-53 和图 4-54）

三个人形成 A 型或三角型排列。其中一个人处于顶点位置，另外两个人处于底角位置，与定点距离相等，并且两个人把一个人夹在中间。这种排列通常暗示三人对立性较强，其中处于顶点位置的人如果采用正面构图往往表示处于中心和主导地位，其余两人则处于从属地位。三角型道理与 A 型相似，只不过三个人之间的距离可能远近不同，呈现出不规则的三角形排列，常常用来表示动态的三角关系。

尽管图 4-53 和图 4-54 都是 A 型或三角型机位设计，但是属于两种设计方式。其中图 4-53 主要将左边男士和右边两位女士分成两个部分，将两个女士作为"一个整体"来对待，这种方式通常适用于以一个人为主，其余两个人为辅，顶点的人与底角两个人的关系是平等的，没有侧重，这种关系可以突出顶点人物的地位。如果需要变换关系，则可以通过相似方法，将顶点人物分别变成右边的任意一位女士，则整个机位模式不变，这样可以用来变化人物之间的关系，从而实现表现重心的转移或叙事内容的变化。

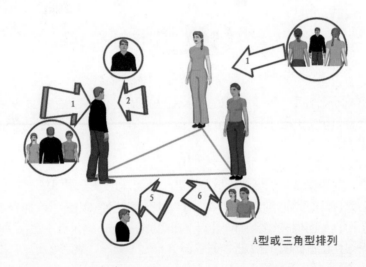

A型或三角型排列

图4-53 三人A型成三角型排列机位设计图

其一，采用两面总角度 1 号，可以获得两个全景、中景或中全景镜头，适合表现和定位三个人的关系。

其二，采用内反拍 5 号、6 号（将两位女士看成 1 个整体）组合可以获得一个单人镜头和一个双人镜头，能够细致表达双方之间的动作和反应情况，这个角度是常规角度，对于双方力量的表现也是比较平均的；还可以采用 1 号机位的同轴位置，平行机位的 2 号镜头，直接可以获得顶角人物的正面近特景，以便将 2 号镜头与 6 号镜头进行组合，形成另一种类型的双方动作、交流、反应镜头，但是相比上一种，这一类型更加突出了顶角人物的主导、权威地位，其压迫感比较强。

其三，可以采用上述机位组合进行综合设计。

与图 4-53 相比，图 4-54 在三人关系设计中，男士仍然为顶点，但是男士与其中某一位女士的关系成为侧重，这就需要在两人之间建立一个轴线，遵循轴线规律进行表现，其他一位则可以辅助表现。这种类型适合表现三个人物之间的微妙或者复杂变化关系，两个女士的关系不再平等，通过机位的设计能够将某人排除甚至孤立。

图4-54 三人A型或三角型排列机位设计图

其一，采取两面总角度1号，可以分别从正面和反面获得两个关系镜头；同时，从1号机位的同轴镜头可以获得平行机位的2号镜头，能够表现人物的动作和反应，强调男士的主导或权威地位。

其二，如果以男士与左边这位女士为侧重表现对象，那么需要在两个人视线关系之间建立一条轴线，其他镜头设计遵从轴线规律，从而能够获得两人一侧的6号、7号的外反拍组合和外反拍机位同轴推进的两个人的近特景组合，以便细致地表达两人之间的动作、反应，第三个人的相关镜头则可以作为辅助镜头插入。

其三，可以采用上述机位组合进行综合设计。

多人对话机位设计

多人对话设计实际是两人对话或三人对话的综合，其基本机位的设计道理相似，总体方法需要先将三人对话处理成两人对话，即以其中两个人之间的轴线为主，其他人物的机位设计则可以围绕该轴线进行，如果有人物视线关系，则可以重新建立轴线，再进行机位设计，也可以采取合理越轴的方式进行越轴处理。具体方法如下：

- 采用一个总角度机位建置全体关系镜头；
- 采用内反拍机位重点表现其中的某一个或某两个人，该人物是本次谈话的主角；
- 采用内反拍角度拍摄另外一个或两个人，形成反应镜头；
- 采用反拍角度过肩镜头拍摄一个人物，可建置关系，也可以表现双人动作和反应；
- 期间如果有个别人的镜头需要表现，则可以插入不同辅助对象的反应镜头；

● 再回到总角度表现对话的结果或者人物的运动。

上述人物关系的机位设计中的相应镜头及其组合并非固定不可变的，而是需要在具体实践过程中，根据实际情况进行合理搭配和重组，并采取最佳方式表现。

◉ 思考与练习

1. 机位设计的主要类型有哪些？各自有什么特点？
2. 双人对话机位的类型主要有哪些？各自有什么特点？
3. 三人对话机位的类型主要有哪些？各自有什么特点？
4. 多人对话机位的类型有哪些？应当如何设计？
5. 分组设计双人和三人对话段落，至少选择三种以上的类型，并总结其效果。

第六节 微电影光线设计技巧

◉ 光线的类型及其特点

光线是影视造型语言的重要元素，也是一部微电影视觉基调形成的重要因素。光线按照光源可以分为自然光和人工光。自然光是指日光和天空光的照明，人工光是指灯光或火光的照明。纪实性较强的影片，比如微纪录片等通常以自然光为主；而虚构性较强的影片，如剧情片、实验片、广告片等通常将人工光与自然光的使用相结合，非常重视人工光的使用。

① 按照光线的性质可分为直射光和散射光

直射光：又称硬光，是指在被摄体上产生清晰投影的光线，如日光和聚光灯照明，一般多用作主光。特点是使被摄体上产生明显投射的光线，着光和背光的区别明显，容易形成亮处和暗处的光比，能充分表达被摄体的轮廓、表面结构等特征。

散射光：又称柔光，是指光源面积大，产生光线相对柔和，不易在被摄体上产生明显的明暗关系及投影的光线，常用作辅助光、底子光等。特点是不容易形成明显的着光和背光的区别，画面光比小，照度均匀、空间比较平、人物轮廓比较柔和。

② 按照光的造型性质可分为主光、副光、背景光、轮廓光、眼神光和修饰光

主光：用以照明被摄对象的主要光线，是其他光线布光的依据。主光设计应当本着自然的原则，使主光与所设定的光源一致，需要从相应的位置去设计主光，从而保证主光设计的合理与自然。

副光：补充主光照明的光线。

背景光：专用以照明背景的光线，使被摄对象在背景中得到鲜明的表现。

轮廓光：通过逆光照明使被拍摄对象产生明亮边缘的光线，能够突出被摄对象富有表现力的轮廓形式。

眼神光：修饰光的一种，使人的眼球上产生光斑的光线，对刻画人物神态有独到的作用，主要用于拍摄人物的近景和特写。眼神光的使用要根据人物的心情来塑造，心情愉悦、活力、兴奋可以加强，不安、烦躁、郁闷可以减弱甚至去除。

修饰光（效果光）：表现特殊的光源照明效果或特定的环境、时间、气候条件的照明。如为主体增加特殊光泽和光束、眼神光以及立体效果的逆光处理等。

③ 按照光位可分为顺光、逆光、侧光、顶光和底光

顺光：光线投射方向和摄影机拍摄方向相一致的照明。影调柔和，处理不当容易平淡。

逆光：又称背面光和轮廓光，从被摄体后方照射的照明。逆光能很好地表现大气透视效果，在拍摄全景和远景时往往采用这种光线，能够使画面获得丰富的层次；在拍摄近景人物时往往能够起到刻画人物形象或形成心理暗示的作用。

侧光：光线投射水平方向与摄影机镜头光轴呈水平 45°角左右的照明，在艺术创作中常作为主要的塑形光。能使被摄体产生明暗变化，很好地表现出被摄体的立体感、表面质感、正面特征和轮廓效果，能够丰富画面的明暗层次。

顶光：又称骷髅光，来自被摄主体上方的照明。顶光照明人物会产生反常、奇特的效果。

底光：又称脚光，从下向上照明人物或景物的光线。在人物前方称为前脚光，在人物后方称为后脚光。自上向下形成投影，产生非正常造型，常用于表现惊悚和恐怖风格。

◎ 利用色温调节光线的技巧

色温就是光源色温，是白光中红光或蓝光的相对量，用 K（开尔文）计量。光源色温高则蓝光比例上升，画面总体颜色偏蓝，光源色温低则红光比例上升，画面颜色偏红。

如表 4-1 所示，不同类型光源的色温往往有所差别，为了能够使画面获得正常色彩就需要正确运用色温进行调节。主要有以下几种调节方法。

表 4-1 常见光源色温表

类 别	光 源	色 温 值（K）
自然光	日出、日落时阳光	2000
	日出 1 小时阳光	3500
	日出 2 小时阳光	4700
	上午 9 点至下午 4 点	5000~5800
	正午阳光、日光	5500~5800
	均匀云遮日	6400~6900
	阴天	6500 以上
	雪天、雨天	6000 以上

（续表）

类别	光 源	色 温 值（K）
人工光	公共走廊、楼梯	75~100
	公共洗手间	200
	会所化妆台、展台	1500
	火柴的火焰	1700
	烛光	1850
	白炽灯	2600~2800
	钨丝灯（500W）	2960
	卤钨灯	3150~3200
	三基色荧光灯	3200
	LED 可调色温灯	3200~5600
	普通镝灯	5400
	摄影日光灯	5500
	电子闪光灯	6000
	日光色荧光灯	5500~6000
	电脑屏幕光	5600、6500 以上
	高色温镝灯	10000 以上

其一是直接选择照相机和摄像机相对应的滤色片自动档进行拍摄。照相机通常有 3200K 和 5500K 两个调节档；摄像机分别有 3200K 和 5500K 两个调节档或者 3200K、5600K+1/4ND、5600K、5600K+1/16ND 四个调节档，其作用是对画面内部主体进行正常的色彩还原。创作者可以根据光源色温或者感光材料的色温对应参数进行调节，尤其是画面光源相对统一，日光照明使用 5600K 档，而灯光照明通常使用 3200K 档进行拍摄相对可以获得正常的色彩还原；在色温统一而照度不同的状况下可以选择不同的 ND 灰阻片类型进行照度的控制。

其二，细调白平衡以获得正常的色彩还原。如果画面内部为混合光源或者感光材料反差大的话，那么就需要选择手动调节白平衡。根据画面内部占据优势的光源色温作为参考标准选择照相机或者录像机中对应的滤色片进行调节。当前照相机和摄像机中白平衡各档的标准都是依据 3200K 来设置的。因此，当光源色温与感光材料或摄像机设定参数一致或相近时，画面中主体的颜色才能得以正常还原；当光源色温高于感光材料或摄像机设定时，画面偏蓝色；当光源色温低于感光材料或摄像机设定时，画面偏橙红色。为此，创作者也可以通过错调白平衡的方式，将摄像机对准不同颜色的色板进行白平衡调整，进而造成偏色以表达所需要的画面颜色效果，调节后的颜色与色板颜色是互补色。除此之外，还可以通过添加外置滤色片或者后期较色等方式获得所需的画面色彩。

◉ 布光元素的戏剧性使用

三点布光

三点布光是微电影创作最基本的光线设计方法之一。主要就是运用主光、副光、逆光（轮廓光）三个光源点的光线对被摄主体或空间环境进行照明的方法。主光规定了方

向、角度与范围，起到了主体塑形和形成基调的作用；副光是辅助主光照明，起到消除或柔化阴影的作用；逆光（轮廓光）的作用是把物体和环境隔开，形成一种具有三维效果的深度空间感、立体感和透视感。

　　如图 4-55 所示，通常情况下，主光为侧光，副光为正面光，而轮廓光为逆光。通常背景光、主光、副光的光比为 3:2:1。其他光线的设计其实都是在三点布光基础上的增加或翻倍，其道理相同。所以说，三点布光是基础。

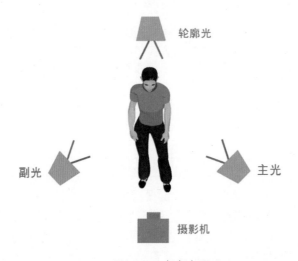

图4-55　三点布光图

伦勃朗布光

　　这是荷兰画家伦勃朗发明的一种绘画中的布光方法，后被电影工作者使用并发展。伦勃朗布光技巧一般以聚光灯为光源照亮动作区域，形成各种不规则形状的光区，让其他区域消隐在阴影中，形成高度明暗对比的布光效果，这种方法不仅具有很强的造型作用，也能使光线具有象征意义或者戏剧意义。

　　例如《现代启示录》中，威拉德在等待接见过程中，为刻画柯兹上校的形象，影片多处运用了伦勃朗布光。如图 4-56 所示，明暗强烈对比的逆光、仰拍角度的运用不仅营造了柯兹上校的神秘感、压迫感，而且将柯兹上校放置于光区强烈分割和挤压之中，小部分亮区被大部分暗区所包围和吞噬，象征其极度复杂的内心情绪，暗示其精神错乱。

　　学生习作《假面》寝室 2 号人物，是一个天天玩着塔罗牌并工于心计的人 B，为了营造他的奸诈与两面性，影片采用了伦勃朗布光方法。如图 4-57 所示，运用光线将其面具、局部手部动作和脸部表情等进行了突出，营造了神秘的气氛，突出表现了 B 的阴险狡诈等特点，调动观众的联想。

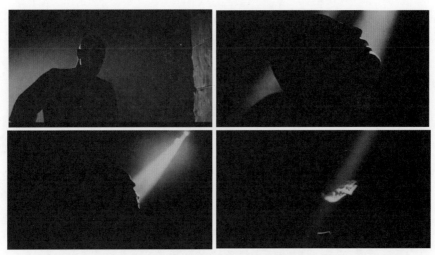

图4-56　《现代启示录》中的伦勃朗布光

图4-57　《假面》中伦勃朗布光的使用

曝光过度

　　将光圈放大使画面充满白光，造成失真的效果。既可以表现梦魇、恐怖场景，也可以表现梦境、幻想等非真实或超现实的场景。常用于某场景或情绪的强调、突出、夸张、美化等作用。

　　《阳光灿烂的日子》中马小军在米兰家中两人深入交流的段落中用了大量的曝光过度镜头（如图 4-58 所示），形成一种不真实、虚幻、唯美的感觉。

图4-58　《阳光灿烂的日子》中的曝光过度

微电影《未分类死亡》在黑白色调基础上运用环境曝光营造了一个审理死亡的、离奇的、虚拟的、超现实的空间（如图 4-59 所示）。

图4-59 《未分类死亡》曝光过度

学生习作《迷墙丽影》结尾，主人公小凯在"梦中女孩"的引导下走出了梦魇般的痛苦记忆，开始面向自己的未来。为了强调情绪上和心态上的变化，影片也采用了曝光过度的方法（如图 4-60 所示），将这种变化更具有冲击力地呈现出来，强化并升华了男孩最终战胜自我、找到自我，开始新人生旅程的乐观态度和主题意义。

图4-60 《迷墙丽影》结尾曝光过度

运动光

通过照明工具或道具等形成运动的光线，既可用来表现恐惧，也可用来表现安全，通过光线这一造型手段营造气氛、推进故事。

学生习作《假面》中，男主人公小 K 被送到了特殊的"审判庭"，在这个荒诞的空间中，四处不见人影，却弥散着阴森恐怖的气氛。为了构造这一富有象征意义的空间，段落开头运用了照相机闪光灯的不规则闪烁效果形成"电闪雷鸣"的感觉，营造恐怖的气氛并暗示不详的结果；在审判过程中，小 K 不时被强烈的光"击闪"，运用了 LED 新闻摄影灯照明，象征某种力量的威胁或压迫；在审判过程中，不断有许多"面具人"突然冒出来嘲笑或打断审判，这也运用 LED 新闻摄影灯照明，让所有演员在一个黑色的帘幕后边伴随灯光运动进行不规则运动（如图 4-61 所示），形成一种"幽灵"般的恐怖气氛和荒诞的表现意味，进而揭示荒诞、欺骗、伪善的主题。

图4-61 学生习作《假面》中运动光的运用

光线设计意义与技巧

形成影片基调和视觉风格

　　基调和风格是创作者的风格化、艺术化、个性化的体现，光线运用得好坏将影响影片基调和视觉风格的形成，进而影响影片整体格调和艺术品质。

　　基调也是影调。一部影片根据黑白灰影调分布的不同可以形成高调、中调、低调三种类型。其中，高调通常大量运用白色和中性灰影调，多运用散射光，减少景物的投影；注重深色调和浅色调之间的对比，从而突出表现重心、画面空间感和立体感。例如微电影《红苹果》中的画面采取高调手法，给人以明朗、纯洁的感觉。中调是指画面中黑白灰影调分布比较均匀、反差适中，比较接近客观景物的视觉形象，如微电影《夏洒往事》等。低调就是多用灰、深灰、黑色等形成深暗的影调，给人以肃穆、凝重的感觉，恐怖、惊悚、犯罪、黑帮、黑色电影等类型影片多使用低调方式，如《宵禁》、《魔鬼理论16号》、《第六个》、《刷车》等。

　　基调按照影调光线处理软硬方式的不同可以分为硬调和软调。其中，硬调多采用侧光或侧逆光，画面之间过渡突然、对比强烈、反差较大，形成黑白分明的影调，适合表现硬朗、粗犷风格的影片或段落，如微电影《战妻》中表现丈夫心里崩溃的段落多采用硬调处理的方式，较大的阴影形成对人物的禁锢或包围，以表现人物内心的挣扎与扭曲。软调多采用平光和散射光，光线比较柔和，画面之间过渡自然、反差小，适合柔和、细腻、含蓄、浪漫、唯美的风格的影片或段落，如《战妻》中表现两人关系的情感交流场面运用了软调方式。

　　光线的运用也会影响视觉风格的形成。影片的风格主要可以包括写实、写意、随意三种。写实型偏重于纪实性较强的影片或段落，光线运用强调真实、自然、再现、客观；写意型风格更多应用于抒情性强的影片或段落，光线的运用强调写意、表现、主观、象征；随意型风格则综合两种特点。可见，不同的光线的运用能够产生不同的视觉基调，形成不同的影调风格和类型风格。因此，每部作品在创作之前应当充分考虑影片的光线造型特点，将光线的使用同其他造型元素有机统一以形成影片更为完整的艺术风格。

揭示主体特征，刻画主体形象

光线是书写人物的重要工具，其原因在于不同性质、特点的光线不仅能够对主体特征进行强化、突出和放大，也能够通过暗示或引发联想，塑造主体形象，对人物进行视觉编码或产生象征意义。直射光适合塑造比较硬朗、粗犷的人物；散射光适合塑造比较温柔、细腻的人物；顺光、平光对于人物的塑造往往比较单调、扁平、平淡，可以表现人物的平常、呆板、僵化、了无生趣等；侧光是人物美化常用光线，对于人物的轮廓与细节呈现具有立体、层次、生动、唯美等特点；逆光既能够塑造人物的神秘、恐怖、逆境、叛逆，也能够塑造人物的浪漫、唯美、诗意、神圣；顶光对人物的塑造既能够体现出突出庄严、神圣、权威的特点，也能够体现出怪诞、扭曲、夸张、诡异的特点；脚光多往往能够在人物脸上形成阴影，常用于对恐怖人物和气氛的塑造。因此，创作者对于光线的选取必须充分考虑到光线的特点和性质，与人物的性格、特征及其形象之间的联系和统一。

再现和创造环境，营造意境

光线不仅能够还原真实的、自然的环境与空间，也能够创造虚拟的、超现实的环境与空间。光线的设计需要根据总体布光风格和拍摄环境特点确定布光类型、方式和方法，最重要的是要将光线运用的意义与环境、意境的表现相统一。例如《A Day》是一部具有生命哲思的写意电影。在两位老人室内光线的设计上影片运用了散射光、柔光、侧光、侧逆光、顶光等方式营造了一对心有灵犀、相守到老的老人的温暖、朴实、温馨、写意的生活环境和生命意境。同样，在室外光线的设计上，采用了自然光、直射光，顶光、侧光、侧逆光等形式象征化表现不同阶段人的生存状态，其中直射光和顶光等运用将人的影子和人放到一个环境中去表现，既体现了一种别样的韵味，又传达了一种客观感悟与审视的生命哲思。微电影《生活在别处》运用散文化的手法记录了大理绮丽的自然风光以及旅居艺术家的生存状态。为了营造苍山洱海如诗如画的人间意境，影片在自然景物与环境的展现上大量借助于自然光，尤其是直射光、逆光，营造了大理诗意、唯美、韵味的脱俗意境；在人物的拍摄中大量运用了暖色的散射光、逆光、侧光等照明方式，再现了此处人们闲适、自然、淳朴、和谐的生存状态。微电影《魔鬼理论16号》是一部心理惊悚片。影片采用了暗调设计，在人物造型上采用大量的侧光、逆光、脚光、伦勃朗布光等方式，在环境造型上采用了直射光的方式，使建筑与家具等留下了大量阴影，将主体围绕其中，营造了阴森、惊悚、诡异、神秘的环境气氛以及诗化的意境，为影片具有哲学意味的"心魔式"内心自省主题奠定了基础。

推动叙事，升华主题

作为一种造型手段，光线的运用不仅仅是造型形式的需要，也是造型意义的需要。有效的光线设计能够合理进行暗示、强化，引发观众的体验、联想或参与，通过情境创设实现抒发情感、升华主题的目的。微电影《A Day》中光线的运用像一条丰富的旋律线贯穿每个段落，形成了节奏丰富、韵味细腻的"光线浪漫曲"。影片中光线的时间表

达与叙事时间相吻合，还原了自然由早到晚一天的光线。该片光线设计的意义非常独特。影片运用光线外化了纯真美好、自然平淡、疏影斑斓、粗犷硬朗、温馨幸福等内心情绪和充满浪漫诗意的生命意境。早晨的温暖光线暗示美好一天的开始，为影片定下了视觉基调；晨初两位老人之间的光线柔和、温暖，传递着两位老人之间细腻的爱；老人准备出行的侧逆光线美化了细节暗示了不平常；遇到小女孩，轮廓光突显了纯真美好；老人出行采用自然光，平实而自然；老人遇到了"开车女"，画面的光线开始增添了斑驳和阴影，暗示麻烦与阻碍；"咆哮女"运用自然直射光增添了硬朗、粗犷的风格，突出了其不轻言放弃的精神；"清新少女"则采用了散射的柔光方式处理得抒情而诗意，与唯美的爱情追求相呼应；老人买桔子段落通过散射光、侧光等运用将老人内心美好的情绪进行了强化和升华，影子的出现成为强音将情绪推到了一个小高潮；在回来的路上，光线的运用与前半部分相呼应，并且写意性逐渐增强。老人遇到小女孩之后快乐歌唱段落中，散射光、逆光的运用以及礼花等光源的运用都将老人的内心情绪进行了放大、外化，也使影片情绪达到了高潮。结尾段落光线的运用却更为浓烈、温馨和暖意，象征这两位老人间无尽的爱和守候，将影片有关生命、情感、爱的主题进行了升华。所以说，细致的光线设计有助于影片叙事的表达和主题的呈现。

◉ 思考与练习

1. 光线分为哪几大类？各有什么特点？光线具有哪些方面的造型作用？
2. 色温对于影片光线调节具有什么作用？
3. 什么是三点布光？如何设计和运用？
4. 拍摄 1 分钟左右的微电影，设计光线运用方案并进行造型处理，并总结经验和不足。

第七节 微电影色彩运用技巧

色彩是创作者将客观世界再现与内心世界外化的表达，色彩的呈现是微电影视觉表达的重要内容，是微电影创作中的一个关键点。

◉ 色彩的相关概念

● 色别（色相）：色彩的差别，是某一色彩区别于另一色彩的主要特征，又称色相。
● 色彩纯度：色彩的鲜艳程度，又称饱和度。
● 色彩明度：色彩的明亮程度，主要分为明调、中间调和暗调。
● 色彩基调（色调）：是一部影片色彩构成的总倾向，也是相近色彩所构成的主导色调。

◉ 色彩的作用

形成基调

影片中运用一种色彩或几种相近色彩能够构成主导色调，使影片形成统一的视觉倾

向和色彩格调。

突出主题

影片中色彩的运用不仅具有造型作用，还具有一定的表意作用，通过对客观色彩的主观性概括与象征性运用，能够传达一定的观点、情绪、情感和意义，从而引发联想、强化表达主题。

推动叙事

影片中相应色彩使用数量的多少、占有面积的大小、对比关系的强弱等都会与情节的发展构成一定的互动，甚至能够参与或推动叙事。

刻画性格

影片中特定色彩的运用或者具有色彩的道具的使用等能够对人物进行编码，以表达人物的类型、性格、情绪、情感等，实现塑造人物形象或深化人物性格的目的。

营造意境

影片中色彩的运用可以通过环境、空间以及主体的展示，起到营造氛围、烘托气氛、升华意境的作用，以增强作品的感染力和震撼力。

◉ 色彩的运用

影片中色彩的运用是在客观基础上的主观创造，可以采用统一色彩、对比色彩、多元色彩和局部色相等方式进行。

统一色彩整体象征

使影片在某种视觉颜色基础上进行统一，形成影片的视觉基调。这种视觉呈现不仅仅是外部造型的需要，也是影片主题表达、叙事推进、氛围营造、情感升华的有效手段。例如《罗拉快跑》中采用红色基调，表达了罗拉对于爱情和生命的执着、忠诚与坚持；《蓝风筝》采用了蓝色基调，表达了特殊历史背景下悲凉、压抑的情绪和对沉重人世生活的反思与审视。《那山、那人、那狗》采用绿色基调，不仅与乡邮员的职业吻合，也突出了父子情深或乡邮人的奉献热情，象征了人与自然息息共存的精神。在微电影创作中，《卖自行车的小女孩》采取了白色和绿色统一色调，表达了纯真爱恋情怀的浪漫与唯美。《Signs》以白灰色调为主，强调了重复、枯燥、单调、压抑的都市人的生活状态，突出了爱情的美妙力量；《红苹果》将白色和红色统一，表达了对已经逝去的生态环境的惋惜和反思；《魔鬼理论16号》运用了灰黑色调的统一，表达了人与"心魔"在认知、矛盾、挣扎中的追问、反思与成长。

注意事项：利用色彩本身所具有的视觉特点和象征意义，有机强化和统一两者之间的关联；运用好环境、道具、置景、服装中的色彩元素，简化或排除无关色彩的干扰，

实现预期效果。

反差色彩对比象征

影片色彩由两种具有反差的色彩组成，两者相互对比和互补。反差色彩的设计能够将人物性格、表达情绪、表达主题等形成反衬和融合。例如《鸟人》中蓝色和正常颜色的反差运用对人物的性格进行了编码，对人物的命运进行了暗示。微电影《告别婚礼》中运用彩色和黑白两个反差色调代表了两个时空也代表了女孩的两个侧面和两种命运，表现了一个女杀手的爱情悲剧。运用黑白和彩色两种色彩反差的例子在荧幕电影中非常广泛，如《辛德勒的名单》、《我的父亲母亲》、《阳光灿烂的日子》等。黑白和彩色都可以表达过去和现在，不同的用法表达了创作者不同的态度和情绪。另外，还可以运用色调的冷暖或者亮度的明暗来形成反差，如微电影《玛丽的自然卷世界》运用了冷暖、明暗反差的色调营造了两个不同的时空。一个是成年后的现实时空，采取了冷调、暗调的方式，表达了现实的清醒与残酷；另一个童年时空则采用了黄绿色结合的暖调和曝光过度的亮调，营造了具有浪漫幻想色彩的童话意境，两种色彩的反差和对比营造了一种浪漫、写意而怀旧的情绪。

注意事项：两种色彩的反差要与主题内容上的对比表达契合，能够起到对比或反衬的作用；另外，这种颜色所带来的情绪和形成的节奏在影片中要能够更好地衔接和交替，使其运用与整体节奏、结构、意义表达相统一。

多元色彩分类象征

影片由三种以上色彩构成，每种色彩分别代表不同时空段落、不同情绪表达，甚至不同人物性格等，色彩的使用营造了不同的空间、环境；突出或暗示不同人物的性格、情绪、命运等。例如《英雄》运用红色、白色、绿色、蓝色、黑色、黄色来营造不同时空，塑造人物形象、表达不同情绪，形成多视角叙述的功能，多元色彩为影片叙事和意境营造起到了重要作用。《香草的天空》运用蓝色、蓝紫色、橙色等多种颜色表达现实、梦境、梦中梦之间的差别，为情节叙述以及主人公情绪发展进行了艺术化处理。在微电影《浮生七记》中，影片运用不同颜色分段落表达人的不同情绪或者内心状态。运用黑色表达重生，强调了醒悟与回归；运用红色表达极端，强调了痴迷与疯狂；运用白色表达释怀，强调了自省与释然；运用红黑色表达迷失，强调了自我失去与找寻；运用了金色表达信仰，强调了心灵的不断修渡；运用了红蓝白色表达救赎，强调了自我的拯救；运用蓝色和红色表达沉溺，强调了痴迷与不悔。多元颜色的设计对影片的主题进行了视觉化表现。

注意事项：运用多元色彩进行表现必须要做好统一布局和规划，切忌滥用色彩而造成色彩拼贴；要将色彩的心理感觉和视觉意义有机关联，而不能随性而发，应当调动观众的联想和积极参与；注意色彩节奏和整体节奏、色彩节奏和段落间的联系。

局部色相主观象征

色彩的运用着重于局部细节具体要素间甚至具体物件间色调的关联和统一，表达某种强烈的主观意图、情绪和观点，使影片不仅在形式、风格上得以统一，在内容或象征意义上也实现了有机关联。局部色相可以运用现实色彩处理，例如《红》中，从服装、道具等多处运用了红色，使影片在视觉上形成了呼应和联系，表达了爱与"自由"的主题；《A Day》中，老奶奶所买的桔子贯穿始终，明亮、温暖、快乐而跳跃，勾勒出了一条饱含情感的律动线条。局部色相还可以运用强烈的主观色彩，例如《红色沙漠》中红色的建筑物、门板、隔板等都运用了夸张的色彩表达，给人以强烈的刺激与不安，表达了现代都市人与人之间的冷漠、隔阂与孤独。另外，局部色相还可以通过不断变化的方式推动叙事情节的发展。例如《亲切的金子》中，红颜色是主要基调，表达了复仇与愤怒。影片多处运用了局部色相来刻画和塑造金子的形象，尤其是金子红色的眼影尤如一个面具，从无到有，有浅到深，再由有到无，外化金子内心复仇的情绪以及人格的异变，进而与影片叙述情节形成了呼应。

注意事项：应当明确局部色相的使用与其他色彩之间的统一，其意义要与主题内容相吻合，另外，局部色相如何巧妙变换成为一个动态元素，与情节发展形成密切关联。

◉ 调节影片色彩的手段和技巧

运用场景、道具、服装、化妆等进行色彩调节

运用场景颜色、道具颜色、服装颜色等可以进行环境造型、空间造型以及人物造型。调节影片的色调，首先应当考虑如何有效运用拍摄环境或道具设置中的色彩因素，节约成本实现效果；其次可以考虑在场景或道具的设置与制作中，如何运用或者调整色彩的关系，形成色彩之间的呼应和联系；再次是考虑如何巧妙使用人物可变的道具、服装或化妆等因素，进行色彩上的调节。

运用色温、滤色片、照明灯具等进行色彩调节

创作者可以根据色温原理，通过错调白平衡等方式，实现不同色调调节的需要；也可以通过添加滤色纸、滤色片等改变画面色彩。还可以利用调色温的 LED 灯具等对现有的光线进行补足、丰富或纠正，以满足色彩呈现需要。

运用后期合成技术和手段进行色彩调节

影片中色彩的调节还可以通过后期合成手段，运用较色软件对影片进行整体或局部较色，也可以利用抠像等合成手段对特殊部分颜色进行加工处理，以实现色彩呈现需要。

◉ 思考与练习

1. 色彩具有哪些作用和意义？
2. 微电影色彩调节有哪些方式？列举色彩运用上比较具有创意的电影或微电影，并说明色彩的作用和意义？
3. 为原创微电影进行色彩设计，并总结经验和不足。

第五章 微电影剪辑技巧

剪辑是微电影创作中的重要环节，是对拍摄素材或相关元素进行有机组织、加工、合成的过程。波布克认为，剪辑师最重视的就是时间、节奏、视觉和听觉关系以及蒙太奇，这也是剪辑艺术的主要内容。所以，若想处理好这些要素的关系，不仅要了解剪辑原理和基本规律，还要掌握剪辑基本方法和技巧，发挥个性和创意进行艺术剪辑。

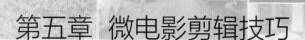

第一节 剪辑基本原理：蒙太奇

蒙太奇是影视艺术思维的基本形式，是影视作品结构和组织的基本手段，也是影视剪辑的基本技巧和技法。区别于文学思维、数理思维等，蒙太奇思维是以视听语言为基础的形象思维方式，可以将不同长度、不同内容、不同顺序、不同类型的声音、画面、时间、空间元素有机组合并形成意义。

◉ 蒙太奇

来自法语，原意为建筑学上的构成、装配，借用到电影艺术中有组接、构成的意思。影视中的蒙太奇是指创作者根据影片表现需要，运用艺术手段和技巧，将镜头、场面、段落等按照一定关系进行重新组合，从而产生一定意义，这种构成影片的方法就是蒙太奇。

◉ 蒙太奇分类及其运用

从功能和特点上划分，蒙太奇包括叙事蒙太奇和表现蒙太奇两大类，是影视作品结构和组织的基本手段。

叙事蒙太奇

以交代情节、展示时间为主旨的蒙太奇类型。通常按照情节发展的时间流程、逻辑顺序、因果关系来分切组合镜头、场面和段落，表现动作的连贯，推动情节发展，引导观众理解剧情。其包括连续蒙太奇、平行蒙太奇、交叉蒙太奇、重复蒙太奇等。

① 连续蒙太奇

运用讲故事等惯用方式，按照事件的逻辑顺序，有节奏地连续叙述，表现出戏剧的跌宕起伏。不利于省略多余过程，使用不当容易造成平铺直叙、拖沓、冗长的感觉。因此，通常和平行、交叉、重复等叙事蒙太奇手法相辅相成。

② 平行蒙太奇

两条或两条以上情节线索（不同时空、同时异地、异时同地或同时同地）地并列表现，分头叙述而统一在一个完整的情节结构之中或几个表面毫无联系的情节相互穿插交错表现而统一在共同的主题中。

③ 交叉蒙太奇

并列表现的两条或数条情节线索的严格的同时性、密切的因果关系和迅速频繁的交替表现，它们互相依存、彼此促进，最后几条线索汇合在一起。这种手法能够造成激烈紧张的气氛，常用于表现追逐或惊险的场面。

④ 重复蒙太奇

又称"复现式蒙太奇"。蒙太奇结构中，代表一定寓意的镜头或场面在关键时刻反复出现，造成强调、对比、呼应、渲染等艺术效果。

表现蒙太奇

以加强艺术表现力和情绪感染力为主旨的一种蒙太奇类型。以镜头队列为基础，通过相连或相叠镜头在形式上或内容上相互对照、冲击，产生一种单独镜头本身所不具有的或更为丰富的含义，以表达某种情感、情绪、心理或思想，给观众造成强烈的印象。其包括对比蒙太奇、隐喻蒙太奇、象征蒙太奇、心理蒙太奇、杂耍蒙太奇等。

① 对比蒙太奇

通过镜头（或场面、段落）之间在内容上（如贫与富、苦与乐、生与死、高尚与卑下、胜利与失败）或形式上（景别的大小、角度的俯仰、光线的明暗、色彩的冷暖和浓淡、声音的强弱、动与静）的强烈对比，产生相互强调、相互冲突的作用，以表达某种寓意或强化所表现的内容、情绪和思想。

② 隐喻蒙太奇

通过镜头的队列或交替表现进行类比，含蓄而形象地表达创作者的某种寓意或情绪色彩。

③ 象征蒙太奇

象征蒙太奇是利用某种视觉形象来表达某种象征意义。它与隐喻蒙太奇的不同之处在于，它不是利用两者之间形象的相似性表达意义，而是将某种视觉形象进行延伸，赋予它新的意义，并隐去它本身的意义。

④ 心理蒙太奇

通过镜头组接或音画的有机结合，直接而生动地展示出人物的心理活动、精神状态（闪念、回忆、梦境、幻觉、想象、遐想、思索），甚至是潜意识等活动。

⑤ 杂耍蒙太奇

爱森斯坦提出的一种电影创作方法。选择具有强烈感染力的手段加以适当的组合，以影响观众的情绪，使观众接受作者的思想的结论。

◉ 蒙太奇在剪辑中的应用

镜头是影视作品的最小组成单元，多个镜头组成一个蒙太奇句子，多个蒙太奇句子组成蒙太奇段落，多个蒙太奇段落组成一部完成的电影。蒙太奇句子是指一组镜头经过有机组合构成逻辑连贯、富于节奏、含义相对完整的电影片段。蒙太奇句子是影视作品基本的叙事单元，其组成可以采取以下 8 种基本方式（这些形式只是一种组接借鉴，切不可以模式化）。

① 前进式组接

从远距景别过渡到近距景别的组接方法，可以采取逐级组接，也可以采取隔级组接，能够逐渐突出趣味重心的组接方式，具有放大、强调、迫近感。

微电影《A Day》开头段老奶奶在剥桔子吃，老爷爷着急想吃的一组画面（如图 5-1 所示），采用了双人对切前进式组接方式，景别从近景—特写—大特写进行同轴跳切，放大了人物的内心情绪，强调了老爷爷这种急切的心情，为老奶奶出门买桔子提供了叙事动机和合理铺垫。《杀死比尔》中人物出场也采用了前进式组接的隔级跳跃的方式使场面更有震撼力和冲击力（如图 5-2 所示）。

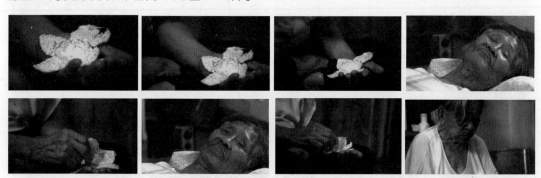

图5-1　《A Day》中的前进式组接

图5-2　《杀死比尔》中的前进式组接

❷ 后退式组接

由近距景别过渡到远距景别的组接方法，可以采取逐级组接，也可以采取隔级组接，把视线由局部引向整体，具有悬念感和展示感。

微电影《魔鬼理论 16 号》开场段第一个空镜头之后就是一组近特景别镜头（如图 5-3 所示），从大特写—特写—近景，伴随画外声音，画面采取后退式组接方式，景别逐渐扩大，增强悬念，展现局部和整体的关系，调度了观众的参与。

图5-3　《魔鬼理论16号》中的后退式组接

❸ 循环式组接

从远距景别过渡到近距景别再过渡到远距景别的循环组接方法。能够将强调、紧迫感、揭示相互衔接、阻断、发展。微电影《Signs》中，Jason 和 Stacey 再相见的段落总体采取了循环式组接方式。Jason 的景别分别从大特写—近景—特写—近景—特写循环变化，尽管插入了 Stacey 的中景镜头，仍然形成了景别上的循环式呼应，表现了两个人形象的动作状态、神态细节和反应（如图 5-4 所示）。

图5-4　《Signs》中的循环式组接

④ 片断式组接

遵循景别组接规律,按照事件发展的时空或逻辑顺序进行组接,具有较强的叙述性、逻辑性、推理性。在图 5-5 中,孩子和人们等待看电影的场面采用了片断式组合的方式,通过时间联系有机统一起来,将自然环境中光线的变化与人们等待中的反应连接在一起,时间的压缩形成了较强的叙事性,两极镜头组接的跳跃都形象表达了男孩的焦急心情。

图5-5 《看电影》中的片断式组接

⑤ 平行式组接

同时并列地叙述两个或两个以上的事件的组接方式,两者可以有联系也可以无联系。

《火车怪客》开头(如图 5-6 所示),两个男主人公的出场运用了同时、异地到同地的平行组接的方式,交代了两个人身份、背景等细节信息,也暗示着两个人之间必然的关系。

图5-6 《火车怪客》中的平行式组接

微电影《床上关系》这一段落表现入室偷盗的小偷在屋内逃串和丈夫张诚之间两个序列的平行组接,属于同时、同地的平行组接,类似"猫捉老鼠"的游戏,增加了影片的悬念性和刺激性(如图 5-7 所示)。

图5-7 《床上关系》中的平行式组接

⑥ 积累式组接

将主体形象和内容较为接近的镜头组接在一起，形成叠加的、累积的效果，突出一种思想或说明一个主题，形成较强的节奏感和排比气势。微电影《玛丽的自然卷世界》结尾中，男孩女孩童年镜头与成年后海边回忆镜头之间插入了一组静态远景图片（如图5-8所示），采用了积累式组接的方式，形容过去的美好，也是主人公情绪的渲染。这些图片主要在内容与形式上相似。

图5-8 《玛丽的自然卷世界》中积累式组接

微电影《宵禁》中，女孩带叔叔到保龄球场玩耍，女孩和周围人的活力唤起了叔叔对于生活的感知和信心（如图5-9所示）。这一段落采用了积累式组接，将不同人的充满节拍、力量和活力的舞蹈动作串联起来，没有意义上的质变，而是通过量的累计实现强烈的刺激和情感冲撞。

⑦ 对比式组接

把两种内容、情绪、意义相反的镜头组接在一起形成一种寓意，从而表现作者的主观态度。微电影《大村姑》在排队赛的较量中，村姑代表队与信用社代表队出场运用了对比式组接方式，从气势、装备、准备、观众反应等方面进行了对比，为大村姑队夺冠做了铺垫（如图5-10所示）。

图5-9　《宵禁》中的积累式组接

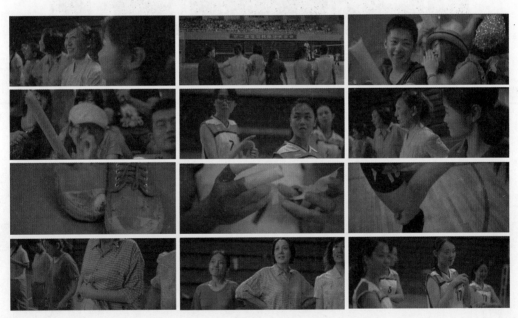

图5-10　《大村姑》中的对比式组接

⑧ 联想式组接

　　通过不同视觉或听觉形象镜头的队列组接，使观众由乙事物引起对甲事物的联想，达到寓意、象征的意义。微电影《机冀星球》中，运用了联想式组接方式，将虚拟网络空间和现实空间进行队列组接（如图 5-11 所示），将主人公对现实交往的无趣，但是却沉迷于社交网络的"疯狂"举动巧妙地表达出来，具有一种批判的意义。

图5-11 《机器星球》中的联想式组接

思考与练习

1. 什么是蒙太奇？蒙太奇有哪些基本类型？举例说明不同类型蒙太奇的类型及其特点。

2. 什么是蒙太奇句子？具有哪些组接方式？如何在剪辑中应用？

3. 能否从你熟悉的微电影中找到相关类型比较典型的组接方式？

4. 构思一个不超过 10 个镜头的蒙太奇句子，尝试运用不同的组接方式进行组接并查看效果，说说各自的特点。

第二节 剪辑的基本内容与方法

剪辑艺术主要包括画面剪辑和声音剪辑。画面剪辑主要包括动作剪辑、情绪剪辑和节奏剪辑三个部分；声音剪辑主要包括对话剪辑、音乐剪辑和音响剪辑三个部分。剪辑没有固定的模式和方法，但是应当遵循剪辑的基本规律，了解剪辑的基本方法，发挥个性化和创新性，才能使剪辑水平不断提升。

画面剪辑

动作剪辑

动作剪辑是指以人物的形体动作、镜头运动和景物活动等为对象的剪辑，是剪辑中最为关键的部分。

① 形体动作剪辑

人物形体动作剪辑可以采取分解法、增减法和错觉法。常规剪辑强调动作衔接自然、流畅、无缝，甚至让观众忽略剪辑。

1 动作分解法

可以将人物一个完整的形体动作通过两个或多个不同角度、不同景别表现出来。如图 5-12 和图 5-13 所示，将上一个镜头上半部动作与下一个镜头下半部动作连接起来，还原成一个完整动作。剪接点应设置在动作变换瞬间的暂停处，也是景别转换处。如果表现激烈、紧张、愤怒、恐怖等，可以在镜头连接处适当减帧（减少帧数根据具体情况决定），能够加快动作并产生冲击力。动作分解法在摄影过程中使用双机拍摄更为方便。

图5-12 电影《艺术家》

图5-13 电影《无间道风云》

2 动作增减法

将一个完整的动作通过两个角度、两个景别表现出来。根据动作和剧情，如果让某个动作特意留长些，造成动作的延续感，称增格法；如果去掉动作的某一部分，造成动作的快速感，称减格法。剪辑要点是根据剧情的发展、人物形体动作的速度快慢、情绪及镜头景别、角度的变化，采取有增有减的方法来进行主体动作的剪接。图 5-14 所示的《黑客帝国》中 4 个画面分别从两个机位拍摄，其中 1 和 4 为正面，2 和 3 为左侧。其中从第 2 和 3 个画面角度可以看出，画面 3 对画面 2 的动作有一点重复，运用了动作增格法，延长了莫菲斯转头的时间长度，造成神秘感和震撼力。

图5-14 电影《黑客帝国》

如图 5-15 所示的《摇滚黑帮》中，摇滚青年小时候被父亲抽打时的情景。这个动作被分解成两个部分，一个是打，一个是打后的反应。前两个画面为一个镜头，采用中景仰角度；后两个画面为一个镜头，采用了近景俯角度；组接将前一个镜头后半部分动作剪掉一小段直接与后一个动作相连，进而更有动作性和冲击力。

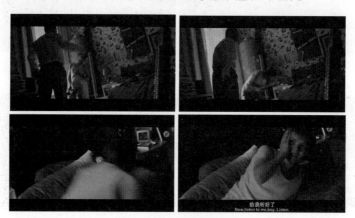

图5-15 电影《摇滚黑帮》

3 动作错觉法

利用人们视觉上对物体的暂留或似动现象原理，根据上下镜头主体动作的相似性或联系性，将不连贯的画面通过组接获得视觉上很强的连续性、节奏性、跳跃性、刺激性的组接方法，也可以应用于时空跳跃较大的动作。如图 5-16 所示，《黑客帝国》中运用错觉法进行动作组接，错觉法多用于舞蹈场面、打斗场面和惊险场面等。

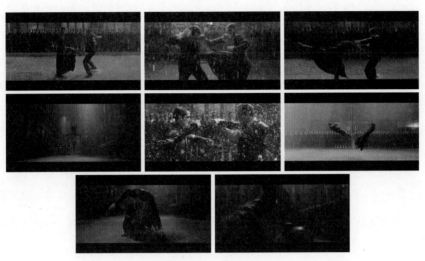

图5-16 电影《黑客帝国》

❷ 镜头运动的组接：动接动与静接静

剪辑的基本要点就是"动接动"和"静接静"，其中"静"指固定镜头，"动"指运动镜头。这简单的 6 个字可以演化出"静接静"、"静接动"、"动接静"、"动接动" 4 种基本的镜头组接形式，具体方法和技巧如下。

⬛1 固定镜头之间组接：静接静

静接静（如图 5-17 所示）就是摄影机不动，镜头光轴和焦距都不动，但是被摄主体可以有位移、动作，也可以没有位移和动作之间的组接。

剪辑要点：剪接点的设置要准确，画面衔接应流畅自如；注重画面整体布局、构图、景别、角度、光线、视线、动作等方面的连贯和匹配，避免跳跃；注意画面之间的逻辑性，避免混乱。两个画面内部主体如果没有动作或者位移应当优先考虑造型因素的衔接；如果画面内部主体有动作，应当考虑优先考虑动作之间的衔接，尤其是找到合适的动作停顿点作为剪接点进行组接。

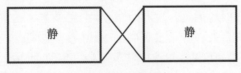

图5-17 静接静图示

⬛2 固定镜头与运动镜头组接：静接动或动接静

① 静接动

固定镜头与运动镜头相接就是一个摄影机不动，镜头光轴和焦距都不动的镜头与摄影机运动、镜头光轴运动的镜头组接。

剪辑要点：重视画面内部之间的逻辑关系、造型关系和运动关系，画面内容应当有密切的联系，逻辑要合理；角度、光线、景别、构图、视线等元素应当匹配；如果几个

第五章 微电影剪辑技巧

181

相互组接的画面内部都没有动作和空间上的位移，则应优先接镜头的运动。可以采取固定镜头接后边去掉起幅的运动镜头，如图 5-18 所示，形成"静接动"，这种组接往往作为情绪转换或者节奏变化的方式，冲击力和跳跃感相对较强，所表现的两个事物之间的关系也非常密切；如图 5-19 所示，还可以采取固定镜头接不去掉起幅的完整动镜头，这种组接相对上一种更加平缓一些，可以连接并列的事物。

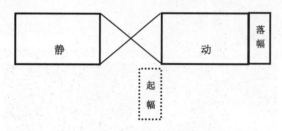

图5-18 静接动图示1

图5-19 静接动图示2

如果相互组接的画面中有一个大的动作和空间上的位移，应优先考虑主体运动剪接点的连贯与合理，其次再考虑镜头之间的组接，要衔接流畅，具体方法同上两种。

如果相互组接的几个画面内部都有大的动作和空间上的位移，那么应优先考虑接动作，动作剪辑点选择尤其要正确，使动作衔接流畅，之后再接镜头运动，形成画面内部有"动作接动作"的"静接动"，具体方法同上两种。

② 动接静

运动镜头与固定镜头相接，也应当重视画面内部之间的逻辑关系、造型关系和运动关系。动接静的组接方式主要采用以下两种方式。

剪辑要点：如果采取运动镜头去掉落幅直接与固定镜头相接，如图 5-20 所示，形成"动接静"，这种组接往往有情绪缓冲或者节奏变化的作用，尤其是当运动镜头在动中切，则冲击力和跳跃感相对更强，常用于动作组接或者场面转换，但处理不好容易形成跳跃；如果在运动镜头结束将要静止的那一点剪接，通常组接会更为流畅和自然，这种组接表现的两个事物之间的关系相对密切；如图 5-21 所示，如果采取运动镜头不去掉落幅的完整镜头与后边固定镜头相接，缓冲性相对更强，可用于并列或承接关系。

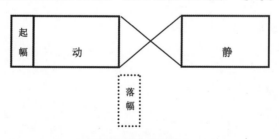

图5-20 动接静图示1

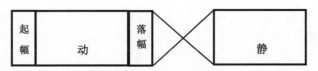

图5-21 动接静图示2

如果画面内部有动作和镜头运动,与"静接动"的处理方式一样,应当优先组接动作,保持动作的流畅性,之后再接镜头运动,形成画面内部有"动作接动作"的"动接静"。

3 **运动镜头之间组接：动接动**

运动镜头组接就是推、拉、摇、移、跟、甩、升降等镜头的组接。剪辑中可以将前一个镜头去掉落幅与后一个运动镜头的起幅相接（如图 5-22 所示），形成"动接动"的形式；也可以将后一个镜头去掉起幅与前一个镜头落幅相接（如图 5-23 所示）；还可以直接将两个镜头从运动中组接（如图 5-24 所示）。这种组接方式往往能够很好地展现空间感、运动感、节奏感和冲击力，成组组接更容易形成排比句气势，尤其适合宏观大场景、空间运动场景的展现或气氛的烘托等。

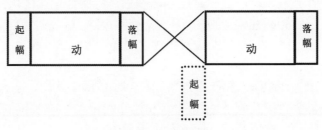

图5-22 动接动图示1

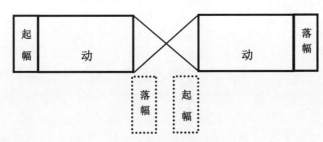

图5-23 动接动图示2

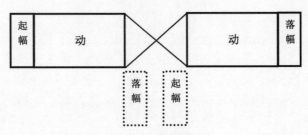

图5-24 动接动图示3

183

剪辑要点：如果两个运动镜头画面内部都有较明显的动作，需要优先接动作，保证动作衔接流畅，之后再接镜头运动；如果一个画面内部有较明显的动作需要优先保证动作的流畅性，之后再接镜头运动；如果两个画面内部都没有较明显的动作，则优先接镜头运动。总之，基本原则就是：动作衔接优先，镜头运动其次。组接过程中要注意方向、角度、速度、光线、色彩、动作等方面的匹配。多个运动镜头的运用应当注意长短、节奏、方向上的适度变化，在统一中有变化，在变化中有统一。

❸ 景物动作的组接：动中接与动中剪

景物动作是指自然或人造景物的运动和姿态。对于景物运动来说，在剪辑时要遵循"动中接、动中剪"的原则，也就是在动作中组接，在镜头运动中剪接。景物动作的组接往往有三种类型，如果两个镜头画面内部动作或动势较明显，应当优先接动作，之后再进行镜头运动组接；如果两个画面中一个有动作，那么应当优先考虑动作的衔接，之后考虑镜头运动的组接；如果两个画面内部动作相对不太明显，但是都具有镜头运动，那么就应当优先考虑镜头运动的组接，之后再衔接画面内部动作。景物镜头具有解释说明、渲染气氛、景物抒情、转场过渡等作用，成组运用更具有排比气势，结合短镜头快速剪辑能够产生很强的节奏性和冲击力。

情绪剪辑

情绪剪辑是指以心理动作为基础，对人物在不同情境中的喜、怒、忧、思、悲、恐、惊等情绪所进行的剪辑，具有展现人物内心活动、渲染情绪、制造气氛的作用。情绪的剪辑需要根据具体内容、具体情绪、具体表达来进行。

❶ 画面组接与情绪剪辑

微电影的情绪剪辑可以通过多种方式和手段得以强化表现。首先，通过细节动作插入展现。在情绪剪辑过程中可以在关键位置插入近特组镜头（一个或一组），与前后镜头共同组成情绪表达段落，使主体的情绪得以突出和强调。比如眉头紧蹙表示忧愁，握紧拳头表示愤怒，额头冒汗代表紧张，摩拳擦掌代表兴奋，眼含热泪代表激动，手舞足蹈代表高兴等。这是情绪表达最为直接和直白的方式，过多滥用会导致苍白，剪辑中应当把握好量和度。其次，通过镜头组接强化情绪表现。一组短镜头快速组接到一起，可以强调快乐、焦急或愤怒的情绪；一组长镜头组接到一起，可以强调缓慢、宁静、闲适、懒散、忧伤、无聊、无奈、冗长等情绪；队列画面的组接能够将相关内容进行比较、隐喻、象征，强化情绪的剪辑。景物镜头放在段落头尾能够起到调节影片节奏的作用；放在段落中，则可以作为一个插入镜头来表现主体的情绪。镜头运动也能够造成情绪的变化，如急推镜头有助于强化情绪；而拉镜头有助于舒缓情绪；甩镜头有助于强化情绪；等等。所以说，镜头组接是情绪剪辑的重要手段，剪辑过程中应当将外在剪辑形式与内在情绪情感进行统一。尤其当画面内部主体动作停止的时候，画面并不一定要立即切换，应当适当留有空白，让观众慢慢体会、感受、抒发这种情绪，当情绪完成后再进行剪接处理，否则容易造成情绪的中断和跳跃。

② 色彩影调与情绪剪辑

色彩与影调是微电影造型语言的重要组成部分，也是情绪剪辑的主观外化显现。色彩和影调的恰当运用有助于情绪剪辑的效果实现。影片色彩的运用能够表达出强烈的主观情绪，红色能够表达热烈奔放，也能够表达愤怒和激情；蓝色能够表达犹豫、压抑，也能够表达宁静与纯净。无论使用统一色彩，使用两种反差色彩，使用多种分段色彩，还是使用局部色相，通过不同影调和色彩的画面的剪辑能够为影片的情绪表达奠定基调，并传达情绪上的意义。情绪剪辑中，色彩的整体使用一定要协调、匹配，色彩的形式表达与情绪之间的视觉节奏必须要有机统一。

③ 音乐音响与情绪剪辑

微电影不仅是视觉艺术，也是听觉艺术。音乐音响是重要的声音造型语言，也是强化情绪剪辑的重要元素。

其一，统一法连贯情绪。将音乐音响与画面所表达的内容在情绪、节奏、意义上相互一致，在剪辑中关键要把握好两者的统一关系。在剪接点的处理上可以将画面的切换与音乐音响的重音、节拍、节奏保持同步或协调，在两者的起承转合关系上，声画关系尽量保持一致，最终使影片能够完整表达一种统一的情绪。其二，平行法抒发情绪。将音乐音响与画面所表达的内容在情绪、节奏上形成两个平行的线条，声音和画面可以各自独立，形成类似两个甚至多声部的"复调"；或者是音乐音响本身具有两个平行的线条，形成"复调"与画面展现的多主体形成呼应，表现一个人物或者不同人物之间的矛盾、复杂的心情。其三，对立法强化情绪。使音乐音响与画面所表达的内容在情绪、节奏、意义上相反或者对立。悲伤的音乐配以喜悦的画面，或者喜悦的画面配以悲伤的画面等，这种形式往往具有反衬作用，情绪的表达色彩也将得到强化，实现心灵上的净化和震撼。此外，无声往往也是一种音乐音响的处理手段，与画面的配合更能达到"无声胜有声"的效果，适合用于表达情绪上的对立。

④ 文字图片与情绪剪辑

图片与文字的使用是情绪剪辑的一个重要补充手段，恰当的文字或者静态图片的使用往往能够产生意想不到的效果。其一，运用文字奠定情绪剪辑基调。如《花样年华》中题记的使用，不仅形象表达了主人公之间的动作细节和结果，也为影片奠定了主题和情绪基调，对于情绪剪辑起到了统领作用。其二，运用文字进行场面转换和推进叙事，如《悲情城市》、《海上花》、《最好的时光》等，通过字幕剪辑省略不必要的画面，调动观众的想象参与，将"静默"的画面完整连贯起来。其三，字幕还有留有空白、升华情感的作用。如《山楂树之恋》片尾，老三留给静秋的话："我不能等你一年零一个月了，也不能等你到二十五岁了，但是我却可以等你一辈子……"影片高潮却反用了简洁的文字来表现，使视觉停顿，情绪得以净化和提纯，使观众的情感得以调动，留下深深的余味。所以说，在情绪剪辑中，文字与图片的使用并未过时，而是应当选择适当的形式表现。简练浓缩、突出重点、留有空白是文字能够促进情绪剪辑的关键点。其四，使用图片进行情绪剪辑。如《巴斯的草原》、《拍照者》《子非鱼》、《初见》等运用静态图片的

组接更传达了一种情绪和态度，具有先锋和实验的审视和批判意识。利用图片来进行情绪剪辑的要点就是要把握好节奏和内容之间的关系。因为图片相对展现时间有限，呈现形式单一，为了避免剪辑上造成的单调，可以通过对图片长短、大小、颜色、构图、布局等元素的运用，剪辑出不同节奏、不同风格，进而能够使情绪的剪辑更为丰富。

节奏剪辑

节奏剪辑就是通过对影片情节内容、主体动作、镜头组合、镜头运动、声画组合、造型元素、声音元素等剪切和组接中能够产生律动性的剪辑，由视觉节奏与听觉节奏的结合而成，可以表现出平缓、跳跃、流畅、停顿、紧张、松弛等多种类型。不同视听元素的组接都会产生节奏，好的节奏剪辑应当做到外部节奏与内部节奏相统一。

① 节奏剪辑的基本类型

依据剪辑的基本原则、表达内容、表达形式、表达意义等，节奏剪辑基本可以分为连续性节奏剪辑和表现性节奏剪辑两类。有的影片往往偏重一类剪辑方式，有的则两种兼有。

① 连续性节奏剪辑

剪辑中以镜头衔接的连贯性、流畅性为基本原则，所表达的内容多以常规叙事性为主，所采用的形式基本与表达意义相一致，所表达的情绪也相对比较平缓、流畅、自然、客观的节奏剪辑方式。通常表现常规叙事风格的影片以及常规性的叙事性段落。

这种剪辑方法在镜头景别、角度、构图、光线、运动等方面往往依据真实性、平常性、流畅性的原则，少用形式上、内容上、情绪上、意义上、运动方式上反差较大的画面，避免形成跳跃，而是通过这种流畅的剪辑方式消除镜头剪辑的痕迹，使观众能够比较自然地融入情节。

② 表现性节奏剪辑

剪辑中以镜头衔接的不连贯性、不流畅性、跳跃性为原则，所表达的内容有的是叙事性的，有的是表现性的，所采用的形式对呈现内容往往具有破坏性甚至重构性，所表达的情绪具有随意、断裂、跳跃、主观的节奏剪辑方式。通常表现风格浓郁的影片或者表现性强的叙事段落。这种剪辑方法在镜头景别、角度、构图、光线、运动等方面往往遵循表现性、反常性、非流畅性的原则，运用形式上、内容上、情绪上、意义上、运动方式上反差较大的画面，故意形成跳跃，让观众感觉到摄像机的存在，进而表达某种主观态度或反常情感情绪，从而引发思考并产生震撼效果。如经典电影《四百下》运用不连贯性的画面跳切形成了独特的叙事风格和美学观念；《天生杀人狂》中镜头景别、角度、色彩、运动中等元素的极度夸张和异常化的组接方式，破坏了观众对于剪辑节奏的感知和期待，"暴力"剪辑形成心灵的冲撞和震撼；《苹果》中部分段落利用跳切、焦点不实造成的模糊，镜头摇晃等剪辑方法，表达了作者对于生活、爱情、人性的主观态度，破坏性的剪辑方式使观众感受到镜头或者叙事者的存在，形成间离效果；微电影《变形记》通过剪辑制造机械僵化、意外偶然、夸张混乱等表现性节奏，表现了现代文明挤压下人

性的异化和被吞噬。由此可见，表现性的节奏剪辑往往具有先锋和实验性，具有很强的反思和批判性。在剪辑上也往往拒绝必然，利用偶然；拒绝平常，利用夸张；拒绝再现，利用表现；拒绝被动告知，利用主动参与等方式，形成了具有破坏性的剪辑风格。

❷ 调整节奏的主要方法

１ 运用镜头长短与顺序调整节奏

镜头的长短能够影响画面节奏的形成，甚至可以形成不同的表达重心。例如有六个相同画面，分为两组，第一组三个画面长度分别为 1 秒，第二组三个画面长度分别为 5 秒，那么两个段落所形成的节奏是不同的，第一个相对第二个更为短促有力量，所以可以通过改变镜头长短的方式来实现视觉节奏的快慢和强弱变化。另外，镜头组接的顺序也能够形成变化的节奏，甚至能够形成不同的表达重心。例如有两个相同镜头，一个是 1 秒，另一个是 5 秒，可以将两个镜头形成两种组接顺序。第一种采用 1 秒 +5 秒的形式，形成的节奏为 "X X — — — — —"，这是前紧后松的节奏型，前边节奏过段被弱化了，所以后边的 5 秒画面显得更重一些；第二种采用 5 秒 +1 秒的形式，形成的节奏为 "X — — — — — X"，因此，形成了前松后紧的节奏型，而后边的 1 秒画面造成突然的变化形成强化，成为强调的重心。也可以通过画面的长短与顺序前后的结合来改变画面内部的节奏和视觉节奏重心。视觉节奏重心往往与叙事重心是统一的。

２ 运用镜头运动与组接方式调整节奏

镜头运动方式主要包括固定镜头和运动镜头，运动镜头又包括多种类型。不同的运动方式往往能够形成不同的节奏特点，如同样起落幅的推镜头和拉镜头，推镜头的节奏感和冲击力更强，也更能突出重点。对于摇镜头来说，落幅往往比起幅更为突出强调。另外，通过 "动接动" 和 "静接静"，镜头组接方式也能形成不同的节奏，"静接静" 往往更为短促有力，而 "动接动" 往往更为流畅舒缓；"动接静" 与 "静接动" 也具有不同的节奏和视觉重点。如《中国国家形象宣传片》之人物篇，全片几乎采用了缓缓的拉镜头的方式进行组接，形成了展示、舒缓、自然、亲切的节奏风格，表达了中国的开放心态以及亲切、和善、自信乐观的精神面貌；假如整个片子全部用推镜头来展现，那么整片的风格、节奏、意义就完全不同了，相对强调性、迫近感、节奏感更强一些，更加突出的是个人，而不是个人与国家形象之间的联系，更加强调自我而淡化 "开放"、"包容" 的一种态度。所以说，通过改变镜头运动方式或者组接方式可以改变影片或者段落间的节奏变化、风格，甚至影响意义的形成。

３ 运用主体的动作或运动速度调整节奏

画面内部主体动作幅度的大小、力度的强弱、动作的多少、频率的快慢、运动的速度都会影响影片的节奏。因此，在节奏剪辑中，长镜头场面调度中可以通过增加主体的动作或者运动调度来加快节奏，从而避免时间过长而造成的节奏拖沓；也可以反用这种方式，减少动作或者无运动，造成主体在长镜头中的运动缓慢，形成冗长或者无力感。另外，主体运动速度的快慢可以改变影片的节奏。通过视频特效进行升格或降格处理，

可以进行加快或放慢处理，改变或部分改变影片的节奏与情绪；还可以通过主体自身运动速度的变化以及主体与其他主体进行对比等方式调整节奏，表达不同的情绪和意义。

④ 通过改变影片结构或叙事方式调整节奏

影片的结构有多种类型，比如单线、双线、多线、版块、套层等；叙事方式也有正叙述、倒叙、插叙、搭叙等。不同的结构和叙事方式包含着不同的节奏处理方式。有的是先声夺人；有的是层层递进；有的是大开大合，节奏设计关乎影片的成败。所以，剪辑中应当对于影片的整体节奏进行合理的组织和调整，根据具体情况进行创造性的二度加工，使影片的节奏丰富而合理。

⑤ 运用声音调整节奏

声音中包括对白（解说）、音乐与音响。声音元素的有效运用能够对节奏的调整起到直接或间接的作用。激烈的对白能够加快影片的紧张感，使影片节奏加快；无对白能够增加影片的沉闷感，使节奏变得缓慢。利用对白的速度、强度、频率都会形成节奏的变化。音乐音响不仅能够促进而且能够极大丰富节奏的变化。可以通过音乐音响的连接来加快影片的节奏，可以通过音乐音响的渲染延缓影片的节奏，也可以通过音乐的节拍变化来丰富节奏。

⑥ 利用观众的心理期待打破节奏

在剪辑中，根据生活经验和视读经验，观众往往对某一情节、内容甚至镜头组接具有惯性理解，剪辑师可以利用这种惯常心理，适当改变镜头的组接方式、组接顺序、叙事逻辑等，打破观众的期待，刺激观众观看的兴趣和欲望，以改变影片的节奏。

❸ 节奏剪辑的原则

任一部微电影都有外部节奏和内部节奏，节奏剪辑最终原则就是将外部节奏和内部节奏统一。

外部节奏是指通过主体动作、镜头长短、镜头组接、镜头运动、光线强弱、空间远近等所形成的外在性的节奏。外在节奏处理得当能使观众产生流畅自如、张弛有度的感觉，处理不当能使观众产生中断、不连贯、跳跃等感觉。

内部节奏是指通过人物内在矛盾冲突所产生的，或者观众通过观看所感受到的内心情绪的节奏。内部节奏处理得当能够将观众引入情境并与剧中人物认同或产生共鸣，如果节奏处理不得当容易形成虚假、做作、生硬的感觉，影响整个作品的呈现。

外部节奏与内部节奏有时候是一致的，有时候是不一致的，甚至是对立的，但是却在主题层面上实现统一。

例如《A Day》中，老奶奶出行段落使用的大多数是固定长镜头或者运动长镜头，景别采用中全景甚至远景系列，主体运动比较缓慢，镜头变换也比较舒缓，镜头长度比较长，影片的外部节奏总体上是缓慢而悠长的，真实地表现了老年人行走的节奏，这是物理上的节奏。但是，在配乐上，该段落配乐却使用了舞蹈性、韵律性很强的三拍子节奏，

其中低音贝司沉缓的低音与老奶奶行走的步伐相吻合，而高音区音乐盒明亮而跳动的旋律却表达了老人轻松或愉悦的心境，因此，画面内部节奏的总体表达却是轻快而愉悦的，这种节奏是主观的、心理的。尽管画面中的外部节奏与内部节奏并不完全一致，甚至是对立的，但是却真实呈现了主人公复杂的情绪，增加了人物的深度和真实性，更容易引起观众的情感共鸣，因此，这种外在节奏与内在节奏实际上是在主题或主旨层面上统一的。

所以，创作者在处理内在节奏与外在节奏的关系中，应当本着有变化有统一的原则进行。如果节奏完全统一，影片往往缺乏变化显得单调，因此，可以在结合剧情需要的基础上，恰当处理内部节奏和外部节奏的关系，使影片的节奏剪辑丰富而精彩。

◉ 声音剪辑

对话剪辑

对话剪辑就是依据人物的语言动作，对其对话内容所进行的剪辑。对话剪辑是声音剪辑中的一个重要组成部分，主要有两种基本方法：平剪法和串剪法。

① 平剪法

平剪法就是人物对话的平行剪辑。声音与画面同时出现，同时切换。剪辑方法主要有两种，其一是声音与画面同步出现与切换，其二是上一个镜头结束后，后一个镜头与之的间隔可以变化。如果立即切入，则两个画面衔接紧凑，适合表现紧张气氛，比如吵架、抢话、针锋相对等；后一个镜头声音与画面留有一定时空再同步切入，则有利于表现下一镜头人物的反应，常用于人物对话；上一镜头结束后留有一定时空，下一个镜头开始前仍旧留有一定时空之后再同步切入，这种情况更适合会议发言、聊天等。平剪法的优点是平稳、严肃、庄重，缺点是呆板、平淡。

② 串剪法

人物对话的交错剪辑，也称串剪（串位法），就是对话双方的画面与声音并不完全同步切换，而是互相交错进行。比如，甲说话，切入乙的反应，或甲倾听切入乙说话的画面等，双方说话声音可以延迟切换。这种方式具有生动、活泼、明快、流畅、不呆板等特点。使观众能够同步看到两个对话人物的细节动作、神态和反应，或者一个对话人物的反应，具有很强的戏剧性。

这两种基本方法可以演化出对话的多种形式。所以，对话剪辑中一定要根据具体的情节内容、场面气氛、人物情绪、对话节奏的要求进行有针对性的设计，尤其要找好剪接点，处理好双方的呼应关系。

音乐剪辑

音乐剪辑是指对影视配乐、插曲、主题曲等所进行的剪辑，通常以乐曲的主题旋律、节奏、节拍、乐句、乐段等为基础，以剧情内容、主题动作、情绪、节奏为依据，结合

镜头造型的基本规律，处理音乐节奏，基本方法如下。

① 对位法

采用音乐和画面同步的形式，使音乐剪辑与画面内容、长短、情绪、节奏等相匹配，并与之保持长度一致、结构一致、情绪一致、节奏一致，画面段落音乐也进行了转换，这种音乐剪辑方法就是对位法，通常为一个相对独立的小段落。这种剪辑方式更能强调统一的节奏感和情绪，剪辑的关键是应当制作与画面长度、结构、情绪、节奏相互匹配的音乐，对应乐句、乐段、节拍对音乐进行加工、取舍或者精确配置，使其适合所要表达的情绪、内容和主题。

② 串位法

采用音乐和画面非同步的形式，使画面节奏和音乐节奏形成"复调"，相互衬托、相互追逐、相互补充的音乐剪辑方法。音乐和画面往往在节奏上是相反或者互补的，如画面为正拍切换，而音乐则形成反拍切换，两者形成丰富的律动推动情节向前发展。这种剪辑往往内容和层次比较丰富，更适合表达复杂或者矛盾的内心情绪，在剪辑上，节奏互动性强。剪辑的关键是要设计好声画段落的整体节奏和互补关系，画面和配乐应有比较强的呼应性。

③ 补位法

在配乐剪辑中，有些音乐是非完整的一个小乐句，出现位置可以从画面的前段、中段、后段等进入，与剧中的其他声音形成接替，这种音乐剪辑方法就是补位法。这种剪辑往往作为一种过渡衔接两个段落，表达特殊情绪，营造特殊气氛等。剪辑的关键是：该音乐的风格、情绪要与所配置的画面风格、气氛相吻合；此外，剪接点、音乐的入点和出点要准确、自然，避免生硬和跳跃。

④ 空位法

在配乐剪辑中，由于剧情内容、听觉聚焦以及情绪发展的需要，有些音乐的剪辑往往在高潮处戛然而止，使整个画面呈现为无声状态，这种就是空位法剪辑。空位法尽管使音乐得以中断，却使情绪得到了更长的抒发和延续，而这种延续是通过观众的想象来得以补足的，因此更具有一种内心冲击力和视觉强度，使原本的情绪上升到最强。如《黑暗中的舞者》结尾段，当女主角被处以死刑的瞬间，她的歌声戛然而止，周围一切声音都停止，但是悲伤、惋惜、愤怒的情绪却得到了无限的放大。剪辑处理中应当精确处理高潮部分的视觉和听觉的剪接点，找到更有表现力的视觉画面，使其能够对中断声音的情绪表达实现升华。

音响剪辑

音响剪辑就是对影视作品中自然音效和戏剧化音效等进行的剪辑。音响具有营造环境、渲染气氛、塑造人物、拓展时空、转换场面等作用，是非常重要的声音造型手段。音响剪辑应当处理好以下几个问题。

其一，声源与空间关系。音响常常分为有声源和无声源两种，不同的声源具有不同的特点，其空间关系也是不同的，例如远近、大小、轻重、缓急、主观和客观等。声源位置的变化或者摄影机位置的变化都需要音响剪辑进行匹配，忽略或处理不当都会影响影片的呈现。

其二，再现和表现的特点，即虚与实。音响有的属于自然音效，有的属于戏剧性音效，如心理声或幻想声等，不同类型的音响具有不同的功能和特点。自然音效通常作为背景音、环境音、过渡音使用较多，要求呈现更为自然、真实，而戏剧性音效往往起到参与叙事或者塑造人物的作用，相对重夸张和表现。所以，剪辑应当注意不同声音的艺术特点而恰当运用。

其三，处理好音响与节奏之间的关系。音响的使用也能形成不同的节奏，并且与其他声音共同形成了影视作品的总体节奏。音响的剪辑包括强接强、弱接弱、强接弱、弱接弱、强接静、静接强、静接弱、弱接静等多种类型。因此，在剪辑过程中，要有效地运用或处理好这种节奏，做到主次分明、层次清楚，避免刻意而喧宾夺主，也避免随意而造成混乱。

◉ 思考与练习

1. 微电影的画面剪辑主要包括哪些方面？各有什么特点？
2. 微电影的声音剪辑主要包括哪些方面？各有什么特点？
3. 什么是动接动，静接静？如何理解和运用它们？
4. 主体动作剪辑主要有哪几个方面？在实际剪辑中如何应用？
5. 节奏剪辑的方法有哪些？如何运用节奏剪辑调整一部影片的视觉节奏？
6. 结合原创微电影作品，进行剪辑的综合运用。

第三节 场面转换原则与技巧

◉ 场面转换的作用

除一镜到底的微电影之外，大多数微电影都是由多个场面或段落组成的，为了场面间的连贯衔接，需要进行场面转换。场面转换的作用主要有两方面：其一是形成段落隔断，使观众有明显的情节感；其二是连续性，将不同时空场景下的时空段落进行联结和统一，从而形成完整、流畅的影像作品。

◉ 场面划分的依据

微剧本场景设计中通常分为日景、夜景、外景和内景 4 个部分，场面的细致划分还可以根据时间段落、空间段落和情节段落来进行。时间段落主要以情节时间的变化来进行场景划分，可以分为早晨、中午、晚上等；空间段落主要以地点的转换进行场景的划分，可以分为甲地、乙地、丙地等；情节段落主要是指在一个地点但是内部情节发展或变化较大的，可以按照情节内容进行分解，比如婚礼前、婚礼中、婚礼后等。

场面转换分类及技巧

场面转换技巧分为有技巧转场和无技巧转场两类。

有技巧转场

运用光学特效手段进行转场，包括淡入淡出、叠化、划像、翻转画面、定格等。有转场技巧的特点是技术性与痕迹性较强，恰当使用可以增强表现力，过渡滥用容易造成画蛇添足。

无技巧转场

运用画面间的直接切换进行转场。主要包括以下类型。

❶ 出画入画转场

前一个画面主体出画，后一个画面主体入画。出画与入画主体可以是同一主体，也可以是不同主体。出画入画是最常用的转场技巧。图 5-25 所示的《A Day》中，老奶奶出门行走的过程大部分都运用了出画、入画转场。出画入画转场要注意方向的连贯性。通常为左入右出、右入左出、上入下出、下入上出等。

图5-25 《A Day》中的出画入画转场

❷ 特写转场

从特写镜头开始，能够调动观众的情绪，自然把观众引入下一个场面，是场面转换技巧中最为常见的一种。如图 5-26 所示，孩子们等待天黑到电影机终于亮了是两个情节段落，影片通过中间特写镜头实现了两个场面的巧妙转换。两个画面也具有时间上的承接关系。

图5-26 《看电影》中的特写转场

③ 同景别转场

前一个场景结尾的镜头与后一个场景开头的镜头景别相同。全景接全景以空间环境或整体气氛为自然转换；特写接特写以富有感染力的细节来引人入胜。如图 5-27 所示，运用了同景别转场。其中上面两幅画面分别为男女主人公放学回家以及经过自行车收购点的镜头，两个画面在景别上都属于全景组系列，更加强调空间环境的定位和转换，衔接比较自如；下边两个画面为男女主人公早晨起床后的情境，通过两个特写镜头实现了不同地点的场面转换，另外通过细节突出两个人的性格与情绪，非常细腻，自然地实现了场面上的转换。

图5-27 《卖自行车的小女孩》同景别转场

④ 同一主体转场

前后两个场景用同一个主体或物体来衔接。同一主体在景别上大都是近景或特写，可以排除画面环境中次要因素的干扰，引导观众的注意力随画面趣味重心的转移而转移。如图 5-28 所示，老奶奶买桔子途中不慎掉下了台阶，老人又重回买桔子，用的就是同一主体的转场，巧妙地实现了地点与空间的转换。

图5-28 《A Day》中的同一主体转场

⑤ 挡黑镜头转场

前一个镜头主体走近摄像机把镜头挡黑，后一个镜头主体从镜头挡黑开始，走入另一个环境。可以采取前后移动挡黑或左右移动挡黑的形式。如图 5-29 所示，运用轮起衣服的动作作为挡黑镜头进行场面转换，图中上面三个画面为一个镜头，下面三个画面为一个镜头。

图5-29 《雕塑》中的挡黑镜头转场

⑥ 相似体转场

利用物体相似因素转场。前后两个镜头属于同一类物体，或者外型上相似，或者性质上相似，或者运动形式上相似，可以使转场顺畅巧妙。

如图 5-30 所示，从少女段落结束进入老人回家段落中，分别运用了两个空镜头进行转场。两个镜头都是发光体，都具有时间表示功能，在性质上、内容上、形状上比较相似，又表现了时间的变化与承接。这种相似体转场应用非常广泛。如图 5-31 所示，两个小偷准备入室偷盗雕塑的场面与《功夫熊猫》中的动作画面巧妙相接，利用下降动作上的相似进行转场，暗示了必将一无所获的结果，非常巧妙地为影片增添了喜剧色彩。

图5-30 《A Day》相似体转场

图5-31 《雕塑》中的相似动作转场

⑦ 运动镜头转场

利用摄影机机位的移动或镜头方向的移动所造成的变化来进行场景转换。如图 5-32 所示，休斯与赫本亲热的场景，随着女友把外衣脱掉之后，镜头翻转进入屋内进行了 360°摇镜头，最后摇到屋内沙发的双人场景停止，整个场景为一个长镜头，运用运动镜头实现了场景的转换。

图5-32 《飞行者》中的运动镜头转场

⑧ 空镜头转场

以景物等镜头转场，可以刻画人物情绪和心态，实现升华；也可以通过空镜头形成明显的间隔效果，有打隔断和调整节奏的作用。如图 5-33 所示，主人公桶生从小河边来到集市上，中间插入了一个俯拍大远景的空镜头，暗示时间的流逝，使桶生巧妙地完成了自然流畅的地点转换。

图5-33 《戛洒往事》中的空镜头转场

⑨ 主观镜头转场

利用镜头前后之间的看与被看关系，形成错觉，进行场面转换。如图 5-34 所示，

前一个镜头是动作发出者看的镜头，后一个镜头是该人物所看之物的镜头，也是在另一个场景中另一个人物多年以后所看之物的镜头，通过主观镜头实现场面转换和时空的跨越。

图5-34　《美国往事》中的主观镜头转场

⑩ **两极镜头转场**

通过大全景系列和近特系列的镜头进行较大的跳跃组接，实现场面的转换。图 5-35 中，男主人公的"父亲"帮助其消除"心魔"，从现实世界转换到心理世界采用了两极镜头转场。

图5-35　《魔鬼理论16号》中的两极镜头转场

⑪ **声音转场**

用声音与画面结合达到转场的目的，有的用音乐转场，有的用对白转场，有的用解说词、歌词转场。用声音引入另一个人物完成转换，或者用同一个声音连接。这样的例子比较常见，在这里不再赘述。

💿 思考与练习 ——————

1. 场面转换技巧主要有哪几类？分别包括哪些？

2. 从你喜爱的电影或微电影中找出相应的场面转换技巧？说说这些技巧起到什么作用？

3. 结合自己创作的微电影进行转场技巧设计和使用，并进行效果分析。

第六章 微电影合成技巧

微电影拍摄和剪辑完成后，需要运用数字合成技术进行整体颜色处理、效果添加以及片头、片尾的制作。合成需要结合剧本内容、艺术构想以及技术实现来进行，是微电影创作收尾的关键阶段。

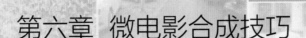

第一节 微电影的颜色校正与处理

◉ 颜色校正与处理的作用

颜色校正与处理就是借助于技术手段，利用软件对影片色彩进行艺术加工和处理的过程。主要包括亮度、对比度校正、影调调节、颜色平衡处理等，较色对于影片整体视觉效果的美化、叙事内容的丰富以及特定情绪的表达具有一定的作用。

美化整体视觉效果

由于拍摄期间的环境、光线、条件等因素影响，拍摄时间、场次不连续等条件制约，会造成影调、色彩、亮度等方面的一些差别，不加处理会影响整个影片的质量和层次，因此需要通过较色处理统一并优化视觉效果。另外，技术水平、设备运用等方面的限制，也会造成画面曝光过度、曝光不足、色偏、饱和度差等情况，为了完成影片规定内容并达到预想效果，就必须运用技术手段进行校正或处理，以弥补前期拍摄中的不足和缺憾。此外，为了增强艺术效果，部分影片还需要借助于色彩处理增强影片的艺术表现力，以对影片的视觉呈现效果进行整体优化和美化。

丰富叙事内容表现

颜色校正与处理是影片时空表现的一种手段和方式，尤其是运用多种颜色进行时空表现时，技术手段可以改变影片的艺术呈现形态，通过颜色之间的差异和联系，将主题或者人物的联系进行颜色、亮度、影调等方面的处理与调节，形成强烈的主观表现意义，丰富影片叙事内容，推动影片的情节发展。

强化特定需要情绪

颜色校正与处理可以通过技术手段为某一场景、某一空间、某一画面、某一细节进行特定的视觉造型，强化某种主观情绪表达，使色彩、影调、亮度等具有某种象征性意义，进而与影片主题更好地融合和统一。

颜色校正与处理的基本类型与技巧

微电影的颜色校正与处理可以归为 3 种主要类型：为影片进行整体校色处理、为影片进行分段校色处理和为影片进行局部校色处理。颜色校正与处理可以运用非线性编辑、合成技术自带软件进行，也可以运用专业较色软件进行。只凭借眼睛查看监视器和显示器的较色方式并不是专业的较色方式，专业较色必须结合示波器的参数来进行调节，使色彩校正与处理更精确、更迅速。本节主要用 Premiere CS 编辑软件和 Color Finesse 较色软件进行颜色校正。

Premiere CS主要波形显示器及其功能

① Vectorscope 矢量示波器

Vectorscope 矢量示波器（如图 6-1 所示）主要显示画面色度和饱和度。圆心处色度为 0，通常为黑色、白色和灰色，四周区域代表不同的色相分布，左上 11 点位置 R-Y 为红色，顺时针向右依次是 MG 品红色、B-Y 蓝色、Cy 青色、G 绿色、YL 黄色，波形离圆心的距离代表饱和度的大小，距离越大饱和度越高。每个色相中有两个田字，超过外边田字的中心则表示饱和度超限，需要降低到适合范围。矢量示波器对于查看颜色差异以及校正色偏比较便利。

② YC Waveform 波形示波器

YC Waveform 波形示波器（如图 6-2 所示）显示当前图像从左到右的亮度和色度分布。其中绿色（图中高亮部分）代表亮度，蓝色代表色度，在波形示波器窗口上方有 Chroma（色度）复选框，勾选就可以叠加色度信息。左侧数值代表波形幅度，底部为画面黑电平显示为 0.3V。通常波形幅度标准应保持在 1.0V 以内，最大不超过 1.1V。因此，可以通过波形图数值以及分布情况来了解画面颜色、亮度的信息，并根据需要调节到适度范围内。

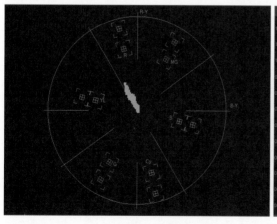

图6-1 Vectorscope矢量示波器显示图

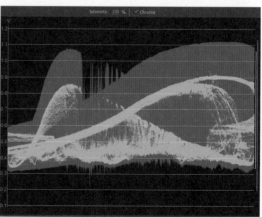

图6-2 YC Waveform波形示波器显示图

③ RGB Parada

RGB 波形示波器（如图 6-3 所示）显示红、绿、蓝通道的信号幅度，三种波形上下不能超过 0~100 的区间，通常分布均匀，如果某一种颜色过高或过低，都会造成色偏（可进行偏色艺术处理）。如果整体过低，则代表色度不足，整体偏高代表饱和度过度，都需要调整到适合范围。如果某一波形上面出现一条很亮的实线则代表该颜色或亮度已经超限了，需要进行调整。该波形的分布及其数值可以作为颜色信息判断和校正的参考。

④ YCBCR Parada 波形示波器

YCBCR Parada 波形示波器（如图 6-4 所示）包含 3 个波形信息，从左到右依次是亮度波形、Cr 红色色差，Cb 蓝色色差通道信号，两者差别表示红色和蓝色色彩浓度偏移量，可以监视画面的综合信息。

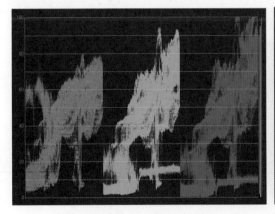 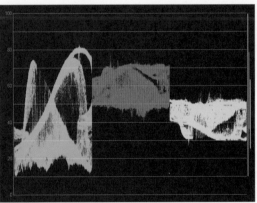

图6-3 RGB波形示波器显示图　　　　　图6-4 YCBCR Parada波形示波器显示图

⑤ All Scope

All Scope 是波形器的综合显示（如图 6-5 所示），便于对于画面颜色参数值进行综合监视和整体查看。

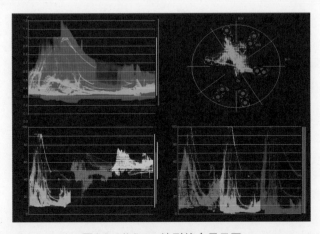

图6-5 All Scope波形综合显示图

上述示波器的使用只是作为颜色参数分析而使用，进行颜色校正和处理必需结合具体软件和视频特效来进行。Premiere CS 中的常用的颜色处理特效包括着色特效、颜色隔离或替换特效以及颜色校正特效，可以用于画面整体色彩校正和初次色彩校正。

❻ Color Finesse

Color Finesse 较色软件（如图 6-6 所示）是一个将多种功能集成的专业较色软件，可以作为插件在 Premiere 和 After Effects 上安装使用。该软件可以直接进行参数显示、颜色调整、画面显示甚至二次较色。软件按照功能和布局分为 4 个区域：参数分析区是各种示波器的参数和图像显示区域，为画面分析以及颜色校正提供可视化参考；图像显示区可同步显示图像及其实时调节效果；参数设置区可以通过各种颜色校正设置和参数调节对图像进行颜色校正、亮度校正、饱和度与对比度校正、二次校正等；色彩信息区可以进行匹配配色等。针对微电影创作中复杂的颜色校正和处理运用专业较色软件能够得到更为理想的效果。

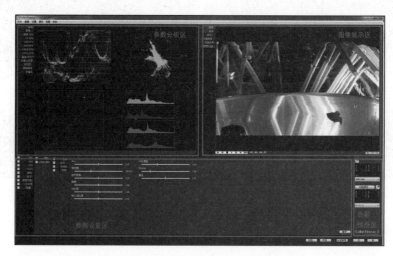

图6-6 Color Finesse 较色软件界面分布图

整体较色

整体较色适合对影片进行整体色彩、影调和亮度的统一性调节，目的是为了弥补拍摄过程中的缺憾或者美化视觉效果。较色过程中既要结合技术参数也要结合观看效果进行操作。

❶《鱼的缸》整体亮度校正处理

该影片中的场景和环境前后变化较大，需要选择多个画面作为每一段落的参照画面；整个影片亮度反差较大，因此应当优先调整亮度参数，再调整色彩更为适当。

1 确定标准亮度参照画面，对较色区域进行标记。

如图 6-7 所示，原画面整体亮度偏低，作为参照画面首先需要添加 Luma Curve（亮度曲线）特效进行细微调整，调整到适合亮度后，再打开画面波形预览图（右侧），其

波形区间分布相对比较均匀，参数值为 0.3~0.9 之间，图 6-8 为 0.3~1.05 之间。这两个参数可以作为一个参照标准运用于该段其他画面，其总体亮度值不应当超过或者偏离这个参数值，否则，就会造成明暗大反差（如有特殊处理除外）而影响效果。其他段落都采取类似的方式处理。

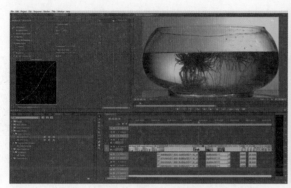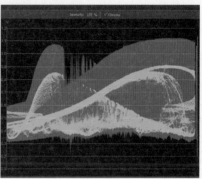

图6-7　《鱼的缸》亮度调节参照画面和波形图1

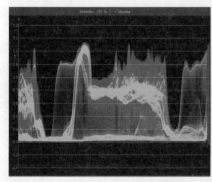

图6-8　《鱼的缸》亮度调节参照画面和波形图2

之后，如图 6-9 所示，运用 Premiere 中的数字标记点功能，对影片亮度场景进行较色区域的划分，便于对整体较色布局和层次进行明晰的把握，尤其在段落衔接过渡中也能更为自然处理。

图6-9　运用数字标记点对《鱼的缸》进行较色区域分布

2 粗调个别画面亮度和光线

根据上面第二个画面参照标准，从图 6-10 可见，画面中鱼缸等区域过亮已经造成局部曝光，右侧波形图整体亮度区域上方显示已经超过了 1.05 的范围而形成了高亮部亮度超限（上方有一条亮的实线），因此，需要根据参照标准画面的亮度参数进行亮度调节。如图 6-11 所示，首先向画面添加 Luma Curve（亮度曲线）特效，参考其波形图数值，调节参数进行画面亮度的调整，使画面亮度调节尽量接近标准效果。

图6-10 《鱼的缸》原素材画面及其波形图

图6-11 《鱼的缸》画面及Luma Curve特效调节

通过图 6-12 和图 6-13 前后参数和效果对比可见，通过调节整体降低了原画面的亮度，略微降低了低电平数值，分散并压低了亮度区间，也弥补了鱼缸反光而造成外表过脏的情况，使画面饱和度有所增强。修改后画面比原画面的色度、亮度、对比度、饱和度更为适当。但由于原始素材亮度严重超限，因此处理后只能弥补而无法彻底改变此问题。

无论应用哪一种调色软件，亮度调节的工具都不止一个，包括亮度与对比度、亮度曲线、亮度颜色等，还可以根据影片的需要添加其他效果进行调节。如图 6-14 所示，画面添加了亮度曲线特效，但是整体亮度层次太平或曝光不足而缺乏表现力，可以借助于其他视频特效进行亮度和光线的调节。

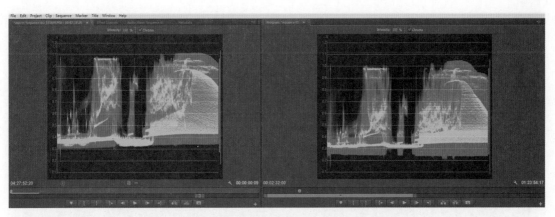

图6-12 《鱼的缸》亮度处理原波形图与新波形图对比

图6-13 《鱼的缸》亮度处理原图与新图对比

图6-14 运用亮度曲线对画面进行亮度调节

如图 6-15 所示，向素材添加 Light Effect 特效，通过聚光灯效果，调整中心点、光照半径大小、光照角度、光照密度等参数，改变画面中的亮度和光线强度，使画面接近标准并达到表现效果。通过对比图 6-16 和图 6-17 可见，运用光照效果调节后，画面的高调和低调有所增强，光线分布区域增大了，光线与亮度的层次丰富了，光线比较接近标准亮度的数值；另外，有效突出了鱼缸、鱼、水草的展现，增强了画面的表现力。

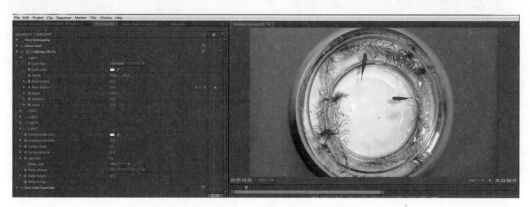

图6-15 运用Light Effect对画面进行亮度和光线调节

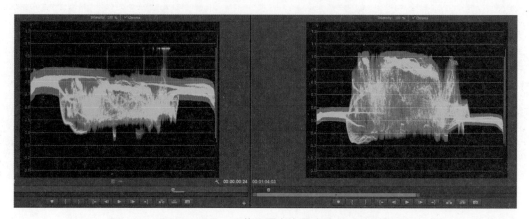

图6-16 运用Light Effect调节画面亮度和光线前后波形图对比

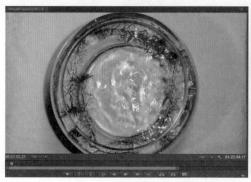

图6-17 运用Light Effect调节画面亮度和光线前后预览图对比

❸ 设置预设亮度参数并向指定素材统一赋值

根据不同段落选取标准画面添加相应的亮度调节特效，并将这个特效设置为一个预设值（如图6-18所示），全选所要添加色彩特效的区域素材，将预设值统一添加到指定素材上（如图6-19所示），实现整体亮度的统一调节，也避免单个素材手动调节的麻烦，

这种方法适用于亮度差异相对不大的区域素材。

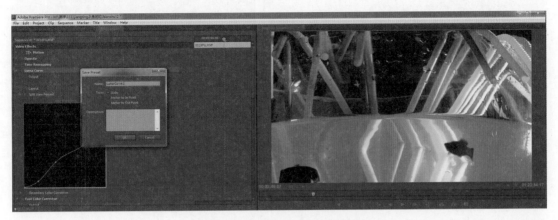

图6-18 将标准亮度参数存为预设值

图6-19 将预设亮度参数特效添加到指定区域素材

4 细调个别画面亮度和光线

整体亮度参数添加后，可能仍有个别画面的亮度显示不合适，因此，可以根据实际情况对个别画面再一次进行细致的调节处理，直到实现预想效果为止。

5 整体再进行轨道亮度统一调节

影片整体颜色校正后如果还需要进行亮度、颜色等效果的处理，还可以将轨道所有素材进行嵌套处理（如图 6-20 所示），使之成为一个整体素材，再向其添加统一亮度或色彩特效等，便于提高效率。

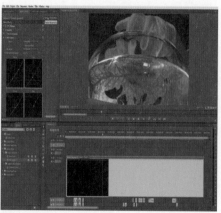

图6-20 嵌套视频素材与再调节

② 《鱼的缸》整体颜色校正处理

颜色校正的步骤与亮度调节基本相似。首先需要进行颜色校正分析，《鱼的缸》中画面内部颜色变化比较多，并且具有一定的象征意义，因此，影片整体较色不宜变化过多，主要以拍摄主体颜色还原为基准，增强画面饱和度和颜色表现力，否则会变得杂乱。

1 对较色区域进行标记，确定标准色彩参照画面

如图 6-21 所示，首先根据影片中画面的色调分配情况进行段落划分，并运用数字标记点（画面中红线指向的点）进行标注。

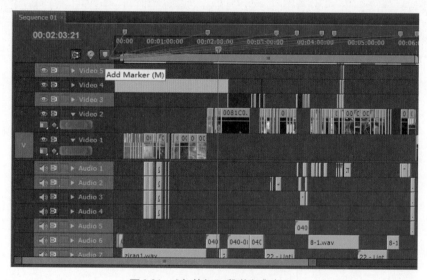

图6-21 《鱼的缸》段落颜色标记

其次，将鱼缸画面作为第一个段落参照画面（如图 6-22 所示），通过左侧波形图以及右侧显示图可见，画面整体颜色偏蓝，但是大部分参数值都在合法的范围内，唯独右下方的 RGB 示波器 3 个颜色的通道中，蓝色过浓而形成蓝色溢出，需要处理。

图6-22 《鱼的缸》参照画面波形图与预览显示图

如图 6-23 和图 6-24 所示，通过添加 Fast color corrector（快速颜色校正）和 Three way color corrector（三路颜色校正）等特效，为整体添加红色或者为暗部、中部、高亮部分别添加红色降低蓝色值，将画面色彩调整到适度范围内，之后将该颜色参数值作为其他画面的参照。

图6-23 《鱼的缸》参照画面颜色校正1

图6-24 《鱼的缸》参照画面颜色校正2

❷ 粗调个别画面色度

在段落间挑选色偏程度较大的画面优先调节。通过观察图 6-25 可见，两个画面反差非常大，左边的偏蓝，右边的偏绿，如何调节可以通过观察波形图（如图 6-26 所示）的参数信息来参考。从两个波形图对比可见，右上角的矢量示波器显示，右边画面整体偏红，需要降低红色值；从左下亮度和色度波形图可见，两个画面亮度基本一致，但是红色色差和蓝色色差差别较大，应当减小两者差距；从右下的 RGB 波形图可见，右侧画面的红色、绿色值偏高，而蓝色值偏低，也应当增加蓝色，使两个画面的色彩统一。

图6-25 标准画面与色偏画面预览图对比

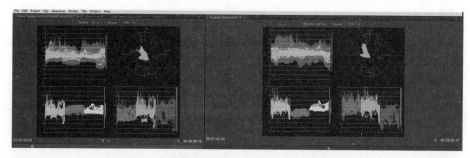

图6-26 标准画面与色偏画面波形图对比

如图 6-27 所示，向画面中添加 Fast color corrector（快速颜色校正）和 Three way color corrector（三路颜色校正）特效，使画面中的红色值和绿色值降低，同时减少色差，提高蓝色值，使画面颜色实现统一。另外，如果两者亮度有差距还需要运用亮度和对比度、亮度曲线、光照效果等辅助较色。图 6-28 和图 6-29 所示为两个画面调节后的对比，从参数和预览效果看基本一致。

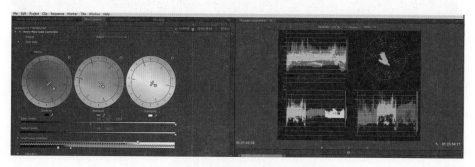

图6-27 色偏画面较色与综合波形图

图6-28 标准画面与色偏画面调节后对比

图6-29 标准画面与色偏画面调节后波形图对比

3 统一或细调影片整体色调

个别画面处理之后，如果原影片色调基本统一可以进入下一个环节，如果整体色调还需要统一，那么可能会有两种情况：一种是个别画面尽管没有大的色偏，但是整体颜色仍旧有细微差别，需要根据标准色调进行进一步校正；另一种是整体颜色尽管统一，但是仍旧没有达到预想效果，需要进行颜色处理。可以采取预设色彩值并向素材统一赋值的方式，对影片整体颜色统一校正，之后再对个别画面进行细微调整以达到色彩上的统一。

4 饱和度调节与整体轨道色度调节

影片色调统一后，需要进行饱和度的调节，以使画面的色彩更加饱满丰富。但是，为了避免多个较色软件产生差异，可以采取分段赋值的方式，重新增加一个色彩调节特效（如图6-30所示）并设置一个预设参数，之后向段落内统一赋值改变段落中的画面饱和度，最后再进行查看和调节使画面之间的饱和度尽量统一。

图6-30 饱和度整体调节

最后，在影片画面的颜色比较统一基础上，如果还需要增加其他色彩特效或者视频特效，可以将所有视频素材变为一个嵌套文件，并在整个嵌套上添加特效，最后实现整个轨道画面颜色的统一调节和处理。

分层较色

分层较色处理是指根据影片的叙事层次，为了区分或处理不同的时空，或者表现差异的情绪而运用不同颜色、影调处理画面的方式。在颜色校正中，分层较色首先需要根据叙事内容需要进行颜色段落划分，表现某种叙事或象征意义，但是要处理好色彩表现和叙事内容之间的统一，避免混乱，也要处理好色彩表现之间的衔接，避免跳跃。分层较色在剧本设计时就应当明确颜色的运用方案，在较色过程中具体实施。

例如《假面》在分层较色处理过程中，主要运用冷色调、暖色调、正常色调来表现不同时空。其中正常色调代表现实性情节，冷色调代表充满欺骗的讽刺性情节，暖色色调则代表主人公情感发展的抒情性情节，三种时空交替运用表现了主人公小K奇异的"考试之旅"。具体颜色处理步骤如下。

❶ 根据情节内容确定色彩叙事段落并进行标记

如图 6-31 所示，根据剧本叙事内容的发展，对影片整体色调进行段落划分，之后运用数字标记点功能标出，并运用字幕颜色图形予以表示，便于较色中能够对影片的整体色彩具有清晰和统一的把握。同时对影片整体亮度进行统一处理。

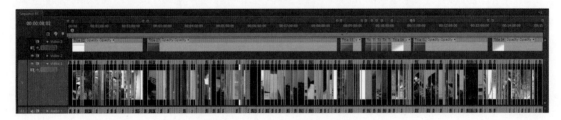

图6-31 《假面》色彩段落划分

❷ 选择参照画面进行颜色校正并将其参数作为依据

在每个颜色段落中选取层次比较丰富的有代表性的画面进行颜色校正。在每个画面的校正中首先结合画面的综合波形图进行分析和调节。如图 6-32 所示为正常色调调节，由于原素材略微偏蓝，需要添加快速颜色校正特效进行处理，同时将使色彩的对比度、饱和度进一步加强。根据调整后的综合波形图可见，右上角矢量波形图画面颜色基本在中心，趋于中性基础上略微偏绿，右下方 RGB 波形图显示红绿蓝三色通道中，蓝色值偏低，画面颜色基本接近正常。但是，在左上角和右下角两个波形图可见，上方都有一条亮线，表示这些颜色在当初拍摄的时候亮度或相关色度就已经超限了，因此只能在现有基础上尽量弥补。

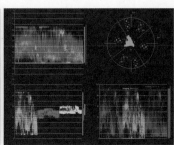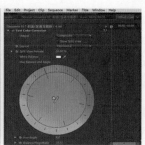

图6-32 《假面》分段校正颜色1

如图 6-33 和图 6-34 所示为冷色调段落，选取了两个画面作为段落较色的标准，一个是大全景，一个是近景，这样更便于准确较色。根据原素材，需要添加视频特效，提高画面中蓝色通道的参数值，降低绿色和红色通道的参数值，使画面出现偏蓝的情况。从两个画面的综合波形图可见，画面的色调偏蓝，并且其他参数值基本都控制在合法范围内。

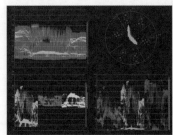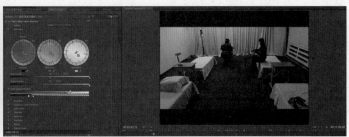

图6-33 《假面》分段校正颜色2

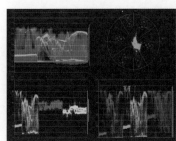

图6-34 《假面》分段校正颜色3

图 6-35 所示为冷色调和暖色调混合段落，代表小 K 要帮助小 i，因此，画面中的颜色从冷色调添加了暖色调元素。但因为画面拍摄素材偏蓝需要进行校正。通过添加三色校正视频特效，向画面中添加黄绿色，降低蓝色值。从综合波形图可见，调节后的画面整体呈现冷暖混合的色调，但是偏向青绿，整体亮度较暗，暗示了叙事情节的发展。其他整体参数值基本都在合法的范围内。

211

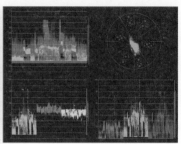

图6-35 《假面》分段校正颜色4

图 6-36 所示为小 K 和小 i 的情感发展段落画面，整体颜色偏暖，风格写意，因此画面颜色校正需要在原素材基础上添加红橙色，使画面整体色调偏暖绿。从调节后的综合波形图可见，右上角波形图中画面色调偏向红橙色，从右下方的 RGB 三色通道可见，红色和绿色值增大，而蓝色值降低。整体参数都在合法的范围内。

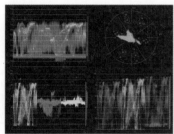

图6-36 《假面》分段校正颜色5

图 6-37 所示又为冷色调的段落，叙事需要的整体颜色要比之前的冷色调更重。因此，画面在颜色校正在原来素材偏蓝的基础上，通过添加三色校正特效，向画面调节蓝色，尤其是高光部值略微高一些，使白墙形成冷白的效果。从综合波形图中可见，画面色彩整体偏蓝色调。但是，调整之后画面整体偏暗，因此，需要降低输入黑电平值，拉低黑电平，扩大画面中蓝色调的层次和范围。从 RGB 波形图中可以看出，红、绿、蓝色通道并非平均，而是在一个斜线上分布，这也说明了画面整体偏蓝，三个色调的像素依次增多的情况。

图6-37 《假面》分段校正颜色6

由图 6-38 和图 6-39 可见，虽然同时为冷色调和暖色调，但是根据叙事需要进行了递进变化，每个色调都是在逐渐加重，通过色彩给观众进行一定的心理暗示。调节后，

通过整合波形图可见其中色彩变化的参数值以及相关色彩、亮度之间的分布。

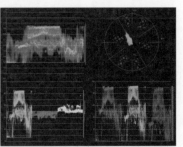

图6-38　《假面》分段校正颜色7

图6-39　《假面》分段校正颜色8

　　图 6-40 所示为影片结尾段落的画面，采用了相反的暖色调结束，与开头形成了对比和呼应以表达象征性意义。颜色校正中，通过添加快速颜色校正特调的黄绿色，降低画面中的蓝色像素，使画面整体偏暖。从右侧波形图中可见，由于影片中地面红色占据画面大部分，因此画面颜色还偏向了红色，RGB 三色通道中红色、绿色、蓝色值依次降低。整体参数值大致都在合法的范围内。

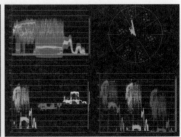

图6-40　《假面》分段校正颜色9

　　③ 将参照参数作为预设对段落画面统一赋值

　　与整体较色中步骤相似，标准画面和参数值确立之后，通过预设值向段落内部画面统一赋值，改变整体段落的色彩，同时向画面统一添加饱和度。

④ 细致调节个别画面或者过渡画面

分段较色后，个别画面的亮度、颜色还可能有一些差异，为了整体统一，还需要添加亮度、对比度或颜色特效进行个别画面的细致调整。

另外，划分段落后，段落之间的颜色需要自然过渡，如果生硬地切换容易造成跳跃而破坏整体效果。如图 6-41 所示，《假面》从开头现实性段落进入到寝室的段落中，颜色从正常转变为冷色调，在色彩过渡中，通过具体场景逐渐添加蓝色使颜色逐渐转变，从色彩上实现从一个时空向另一个时空的自然过渡。

图6-41　《假面》颜色过渡

⑤ 统一分层色调与轨道调节

在分段颜色校正后，如果还有颜色、亮度或者其他视频效果的添加，还可以运用嵌套序列的方式进行分段或者整个轨道的颜色调节以及效果添加。

局部较色

局部较色是针对画面中的某一区域或者某一颜色进行处理，以实现颜色平衡，突出一定的视觉效果和思想情绪。局部较色的方法主要有两种：一种是通过添加颜色处理特效直接改变某一物体颜色或者将某一物体颜色与其他颜色分离出来；另一种是指通过添加蒙版与颜色处理特效，处理画面中某一区域的颜色。下面以微电影《伫》中几处为例进行局部较色处理。

① 局部色相处理

为了表现回溯时空，影片在该段落中将时序采取了非正常化的时空表现方式，通过画面局部颜色异常化处理的方式，即女孩递给男人的玫瑰花保留真实红色色调，而其他部位以及周围环境都变成了黑白色调，突出时空特点以及主观情绪。

这种通过局部较色实现局部色相的方式在电影创作中经常用到。运用编辑软件中的颜色处理软件往往很难得到理想的效果，但是，通过运用 Color Finesse 等专业较色插件，能够比较容易实现这种颜色处理效果。主要方法如下。

如图 6-42 所示，在视频素材上添加 Color Finesse 特效，运用完整界面打开素材，进入颜色校正界面。

图6-42 《亡》局部校正

如图 6-43 所示，在左侧选项栏选择二次处理，再选择采样 1，用吸管点击右上角显示窗口中玫瑰花的颜色。由于玫瑰花花瓣大部分颜色较暗，可以从中间亮部采样，以便于把颜色处理干净，采样的目的是为了将红色与其他颜色隔离开，使画面只留下玫瑰花的红色。女孩心口处衣服红色的图案和口红颜色也将有所保留，但主要突出的是手中的玫瑰花。在处理局部较色中，应当注意画面中相关无用处颜色尽量不要与处理颜色相同，否则容易一同被处理掉或者保留。

图6-43 用Color Finesse 分段校正颜色

如图 6-44 所示，调整色度宽容度和亮度宽容度的参数可以将隔离的红色区域大小和亮度范围精确选定，通过柔化效果将隔离边缘处理得更圆滑、更自然，调节过程中可以查看上方预览窗口，直到得到满意的效果为止。

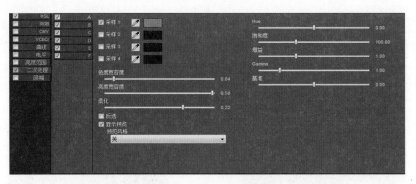

图6-44 运用Color Finesse 二次较色处理进行采样和参数调节

如图 6-45 所示，调节完成后，单击右下角的选项"是"确认修改并关闭窗口，在编辑软件上就能够看到预想的较色效果和前后的对比效果（如图 6-46 所示）。

图6-45 用Color Finesse二次较色处理后效果

图6-46 较色前后效果对比

② **区域色彩处理**

针对区域色彩进行处理，也可以借助于 Color Finesse 等专业较色软件进行比较全面的色彩处理。如图 6-47 所示，通过综合波形图和预览图可见，画面整体亮度过高，楼

房表面以及树叶等部分亮度超限，画面缺乏层次，饱和度较低，尤其是天空的颜色，需要进一步处理。

图6-47 运用Color Finesse 打开视频素材

如图 6-48 所示，首先使用选项左侧的 HSL 功能进行亮度、对比度和饱和度的调节。通过拉动滑块降低画面总体亮度，增强对比度，另外，增加自然饱和度，使画面颜色灰度减少，层次更丰富。但是，天空的色调还不是很透彻，需要继续进行区域较色。

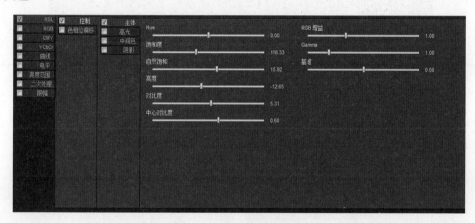

图6-48 运用Color Finesse HSL特效调节亮度、饱和度和对比度

如图 6-49 和图 6-50 所示选择左侧二次处理特效，进行区域色彩调节。二次处理适合对画面局部进行颜色处理和保留。首先，用吸管对天空颜色进行采样，之后调整右边滑块，降低亮度、增加饱和度，使画面颜色更透彻，层次丰富。但是也要进行色度宽容度和亮度宽容度的控制，避免过大而造成蓝色溢出玻璃。最后添加柔化效果，使画面整体更为自然。处理完毕，选择"是"确认并退出。图 6-51 所示为较色前后两个画面效果的比较。

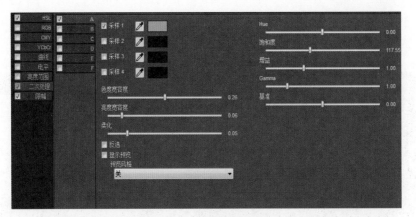

图6-49 运用Color Finesse 二次处理特效调节局部颜色和整体饱和度

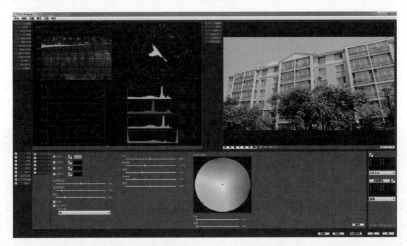

图6-50 运用Color Finesse 二次处理特效调节局部颜色和整体饱和度

图6-51 运用Color Finesse 二次处理特效调节局部颜色和饱和度前后对比

　　另外，局部较色处理不只用于环境，还会经常用于人物的脸部等细节处理。通常整体较色能够将画面内部的颜色或亮度进行整体改变，但是往往影响了人的脸部等细节处理，可以运用二次较色功能进行调节。如图 6-52 所示，从综合波形图以及预览画面可以看出，画面整体颜色偏紫色，整体亮度偏灰，尤其是人的脸部呈现出紫色，较色处理

需要对整体环境、背景的颜色进行校正，也需要对人物的脸部颜色进行校正。调整后的效果见图 6-57 所示。

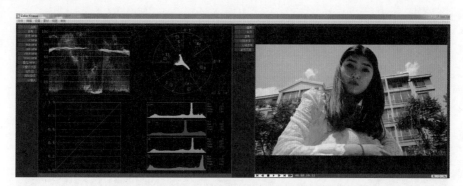

图6-52 运用Color Finesse二次处理特效调节局部颜色和整体饱和度1

如图 6-53 所示，运用 HSL 模式对画面整体的亮度、饱和度和对比度进行调整，并降低画面亮度，加强对比度和自然饱和度，使画面整体灰度降低，层次更丰富。调整后效果见图 6-58 所示。

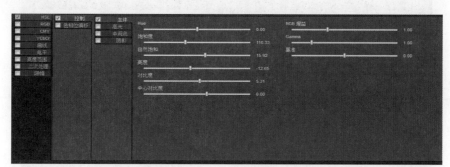

图6-53 运用Color Finesse 二次处理特效调节局部颜色和整体饱和度2

之后对画面颜色进行校正。如图 6-54 所示，选择二次处理选项，对女孩脸部正常区域进行采样，运用色相环略微添加红色，提高饱和度，使脸部颜色色彩偏暖，减少溢出的紫色，调整滑动拉杆确定适合参数。之后，使用同样方法对天空颜色进行采样，增加饱和度，使天空颜色由偏灰紫变成为澄清的蓝色，调整后的效果见图 6-59 所示。

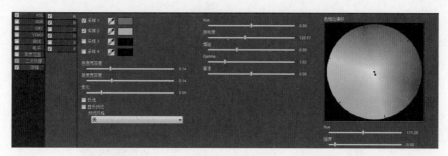

图6-54 运用Color Finesse 校正脸色和天空颜色设置图

　　此时，画面前后对比已经非常明显了，调整后的画面整体比较透彻、亮丽、饱和，但是，仔细观看人物脸部眼窝处还有些过暗，影响整体效果，因此，如图 6-55 所示，可以再对人物眼窝最暗处进行采样，并向脸部添加黄橙色，减弱眼窝的阴影，使人物脸上、脖子以及左侧头发的色彩明亮、温暖，使人物整体看起来更有生气。最终调节效果见图 6-60所示。

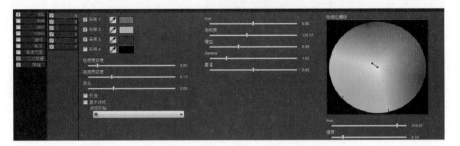

图6-55　运用color Finesse 二次校正眼窝和脸色设置图

图6-56　运用color Finesse二次校正眼窝和脸色全图

图6-57　《伫》原图

图6-58 《伫》运用HSL进行整体颜色校正效果

图6-59 《伫》二次校正脸部及天空颜色效果

图6-60 《伫》眼窝以及脸部三次颜色校正效果

　　微电影颜色校正是一个非常关键的部分,对专业创作人员在这方面有比较高的要求,微电影较色软件的使用以及技术的掌握也是一个非常重要的技巧,但是这些都要结合影片实际内容需要或视觉表达需要而设计,使颜色校正不仅能够起到美化的作用,还能表达一定的思想、情绪甚至意义。

🔘 思考与练习 —————————————————————————————

　　1. 结合实践谈谈你对较色的作用和意义的认识?
　　2. 结合你所熟悉的软件谈谈常用较色工具都有哪几类? 各有什么功能?
　　3. 应用示波器以及较色插件等,为你所创作的微电影进行较色,并总结收获与不足。

第二节　片头与片尾设计

片头与片尾是微电影不可缺少的有机组成部分。片头是一部影片的"片眼"，是影片叙事的引导、主题的强化和内容的提炼，往往起到引领、串联、点题的作用；片尾是影片制作信息的呈现，是影片内容的补充和情绪的延伸，往往起到延展、补足、收束的作用。片头与片尾的设计需要技术实现，也需要艺术技巧，呈现效果的好坏将会影响整个影片的质量。

◉ 片头与片尾的设计类型

片头设计类型

微电影片头时长通常为 5 到 10 秒，可以为一个画面，也可以由几个画面组成，其设计并没有固定的模式，根据出现位置和风格样式可以归纳为以下几种类型。

① 片头出现位置

- 开篇推出。在开篇声音或画面进入后就推出片头，该类片头将影片主题和内容进行高度凝练并抽象呈现，使观众形成一定的印象和期待，起到先声夺人的作用。如《宅男电台》、《夕花朝拾》、《曩洒往事》、《Nine》、《红苹果》等。

- 序幕推出。在序幕段落结束之后，将观众引入情境并推出片头。该类片头通过序幕情节设计引发悬念或者冲突，在关键的小情节点上推出字幕，引起观众的强烈期待和参与，起到引人入胜的作用。如《裂合边缘》、《大村姑》、《战妻》、《我要进前十》、《宵禁》、《刷车》、《最后的枪王》、《生活在别处》、《床上关系》、《阿仔，吃饭喇！》、《幸福速递》《亡命快递》等。

- 片尾推出。在影片内容结束后，片尾出现前推出字幕。该类片头具有总结、点题、升华的作用，在观众情绪关键点上结束剧情，并通过字幕的补足强化主题，若运用得当能够起到"画龙点睛"的作用。如《红领巾》、《Signs》、《镜子》、《dreama》、《鲨鱼据点》等。

② 片头风格样式

当前微电影片头设计主要可以分为纯粹字幕式、字幕背景重叠式、字幕图形混排式和动画字幕式 4 种。

- 纯粹字幕式。片头设计主要以字幕设计形式为主，结合黑色、白色、红色等单色背景辅助，整个片头设计简洁、庄重、醒目。如《变形记》、《第六个》、《魔鬼理论16号》等。

- 字幕背景重叠式。片头设计采取字幕与视频画面相结合的形式，通过图文之间的有机联系，表现某种氛围、情绪或主题。该类片头注重格调的统一，色彩的统一，布局的统一。其中字幕的排列设计非常重要，英文片名可以作为重要元素来丰富画面的构成。如《卖自行车的小女孩》、《刷车》、《生活在别处》、《三克的梦

想》、《机寞星球》、《阿仔，吃饭喇！》、《第六个》等。

- 字幕图形混排式。运用字幕、背景结合图片；图形等进行整体包装呈现，图片、图形等元素的补充为整体片头设计起到了"点睛"和"装饰"的作用，体现了影片的主题、格调或韵味。如《玛丽的自然卷世界》、《四分之一夏天》、《床上关系》、《百年婚纱店》等。

- 动画字幕式。借助于二维或三维动画技术，进行片头字幕设计或动态效果的添加，整体设计强调炫目、动感，更加注重格调的统一、色彩的统一和布局的统一。如《裂合边缘》、《饼干》、《2B青年的不醉人生》、《灰机灰机》、《最后的枪王》、《dreama》等。

片尾设计类型

微电影片尾时长是没有限定的，而是根据实际内容需要设计。片尾出现位置和出现方式可以归为以下类型。

① 片尾出现位置

- 片尾推出。片尾出现在影片内容完全结束时，使影片信息得到了展示，影片的情绪得到了进一步的挥发，是常规设计方式。

- 插入推出。片尾采用非常规的设计方式，如《黑色番茄酱》，通过插入一个"假结尾字幕"后又插入一小段剧情，再接真正片尾，具有幽默性、游戏性和开放性；而《顶缸》在片尾字幕后又重新插入一小段"白色大鹅"行走的镜头，令人有一种意犹未尽的感觉，是对影片黑色愤懑情绪的一种舒缓。该类设计往往将结尾作为影片的一部分来表现，强化某种风格、态度和意义。

② 片尾风格样式

- 字幕正播式。片尾结构采用静态字幕或动态字幕等元素展现演职人员相关信息，采用正常播出顺序进行，使影片情绪得以正常收束，属于常规的片尾结构样式。大多数微电影都运用了这一类型。《机寞星球》尽管采用了静态图文滚动的形式，也属于这一类型。

- 字幕解释式。部分商业性、主题性或者个人风格较强的微电影往往通过片尾题记的方式，运用字幕进一步强调与解释影片主题、创作主旨、创作目的和背景等，例如《大村姑》、《战妻》、《早餐》、《床上关系》、《会唱歌的鱼》、《我愿意》、《因情圆缺》、《红苹果》、《老人愿》、《dreama》等。但是，片尾字幕不能滥用或过度使用，否则会给人喧宾夺主甚至画蛇添足的感觉，反而破坏了影片本身"言有尽而意无穷"的韵味。

- 正倒混播式。影片结尾采用非正常顺序播出的方式，例如《黑色番茄酱》，通过插入一个"结尾字幕"之后进行了回放，造成一种放错影片的效果，最后又插入真正片尾，使插入结尾更能引起观众的注意，起到了调动观众参与性的作用。这种方式的采用必须与影片的风格统一。在荧幕电影中，意大利导演贝托鲁奇的《1900》的片尾字幕还采用了整体倒放的方式，形成一种极度缅怀与悲壮的情绪。所以说，片尾处理的反常运用可以成为影片表意的一种补充形式和手段，应当与影片风格和主题表达统一。

- 花絮字幕式。片尾结构通过字幕显示和画中画花絮结合的方式组成，例如《我要进前十》、《生活在别处》、《幸福速递》、《房杀》、《每当盛夏时》、《阿吉快跑》、《2B青年的不醉人生》等。这种片尾方式可以唤起观众的回味或喜爱，对影片的制作经过进行展示或强化，对影片的内容进行补足或延伸，也可以使观众恐惧或痛苦的情绪得到排解或舒展。从版式布局上可以两分、三分，横分或竖分，形式比较丰富多样。因此，应当根据自身影片的内容与风格有目的、有针对性地设计和运用。
- 声音延续式。例如《95分的烦恼》，全篇画面结束时，黑屏中还留有几秒儿子和父亲对话的声音，这种结尾便于使影片内容和情绪得以延续，给观众以想象和回味的空间。

◉ 片头与片尾的设计原则

片头和片尾作为微电影的有机组成部分，其设计形式、风格、结构与效果必须与影片整体密切关联，应当遵循从以下原则。

独特性

每一部微电影在完成后都是一个相对独立的作品，其片头与片尾的呈现应当具有一定的独特性，这种独特性体现在片头、片尾设计形式、内容、风格上。如微电影《A Day》、《裂合边缘》、《Signs》、《dreama》、《卖自行车的小女孩》等片头通过恰当的字幕形式、颜色、字体、图形设计、效果、情节等的综合设计，使片头具有独特的象征性意义或视觉冲击力，对影片主题的寓意或内涵进行了概括和强化。《黑色番茄酱》、《顶缸》、《生活在别处》的片尾设计更成为影片内容叙述的有机组成部分，使影片整体个性鲜明、内容丰富、风格独特。

连接性

微电影的片头与片尾不是孤立存在的，而是有机联系在影片整体结构上的，因此，片头与片尾出现的位置非常关键。一方面片头与片尾的接入点要恰当，要符合影片的结构、节奏、情绪和观众心理的节拍；另一方面，片头与片尾的接入需要与影片中的画面、动画、音乐、音响、对白等元素形成流畅衔接，通过运用转场技巧等进行巧妙连接和转换，使影片整体情绪和节奏保持连贯。

统一性

统一包括形式上统一和内容上统一。形式上统一包括字体、颜色、图形、排列、效果等元素的搭配和使用。例如《幸福速递》、《刷车》、《红苹果》等片头设计从影片中提炼了主视觉颜色进行表现，非常形象和生动；《战妻》也从影片视觉颜色中提炼出橙色的字幕，体现出一种温暖的期待；《裂合边缘》从影片中提炼出蓝色与科幻片的风格和内容相互协调。《裂合边缘》、《红苹果》、《宵禁》等影片在片尾字幕设计上与整体色调和风格统一。另外，微电影片头与片尾整体设计也应当与影片主题内容统一。如《A

Day》片头设计中采用了影片中飞机元素和暖橙色的背景，运用了烟雾效果，呈现了现代文明与传统文明冲撞下的生命映照的主题，非常形象并且具有寓意；片尾也同样运用了纸飞机和星空，与片头形成照应。因此，好的片头设计能够产生有效的象征或补足意义，使影片整体结构相互统一，有助于强化影片主题的表达和风格化的实现。

简约性

微电影的片头与片尾的设计应当具有简约性，体现在形式上、内容上和结构上。在形式上不追求过度复杂而是简洁，在内容上不追求过度繁琐而是精炼，在结构上不追求过度变化而是明了，运用恰当的元素实现影片局部与整体的有机联系和统一，为影片的呈现锦上添花。但是，过度偏重于片头片尾设计而忽略了影片本身内容甚至意义反而会造成本末倒置，无助于影片的表现。

片头的创意构思与制作

片头与片尾的构思与制作也是一项非常具有挑战和创意的工作，片头与片尾不应随意而为，而是要结合影片的风格特点和表达思想，进行更深层的提炼和创造。在此，将结合 5 个实际片头制作案例进行讲解。

字幕式片头设计与制作（《鱼的缸》）

❶ 片头风格定位

《鱼的缸》是一部实验风格的微电影，整体内容比较严肃并且具有批判性，因此，片头设计要给人以严肃与思考的空间，但同时又不失艺术韵味；整体风格上要突出夸张与表现的色彩，表达出一种情绪和态度；使用的元素以及构成上要突出独特性、连接性、统一性与简约性。

❷ 片头布局构思

《鱼的缸》的片头位置在开篇起到先声夺人、引人入境的作用，在设计中将主题思想和情绪蕴含在片头的布局与构成中。为了体现严肃与批判的主题思想和情绪，片头画面元素的布局主要采取了"十"字形的构图方式，运用字幕和图形之间的排列与摆放形成了平衡、运动，通过字幕图形的出现顺序又形成了节奏和韵律。在片头结构中，主要运用单幅画面，以声音为辅助，通过字幕和图形元素的依次出现形成表意，进而创造一定的氛围和情境，强化影片的主题。

❸ 片头元素选择

根据片头整体构思，《鱼的缸》片头元素主要运用中文文字、英文文字相互搭配，结合圆点图形进行装饰，形成了"十"字形排列版式。字体选用刻画风格的文字形式，颜色选用反差较大的黑白色，并以大面积的黑色为背景，整体突出简约、严肃、冷静、思考的风格。红色原点的使用不仅是一种装饰，更像一只愤怒而充血的眼睛，与影片中鱼的命运相映照，突出了情绪色彩。在音乐上，主要采用了反差较大的自然风格的音乐，使声画之间形成情绪上的对立。如果说音乐代表原初的美好，那么字幕则代表现在的冷峻，通过声画对立蒙太奇表达了创作者强烈的主观思想和态度。

④ 片头技术实现

《鱼的缸》片头设计采用了简约字幕和微小图形结合的方式，整体制作相对简单。首先需要建立字幕工程文件（如图 6-61 所示），选择 zEG-Extra-GB 中文字体，Jkaton 英文字体，并根据需要设置字体的大小。

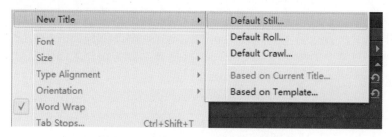

图6-61 《鱼的缸》片头字幕工程创建

根据"十"字形构图进行字幕的排列与摆放（如图 6-62 所示），调整字幕位置和大小并固定位置。之后，将中文字幕和英文字幕分别合并为一个嵌套文件，以便在字幕上添加特效。

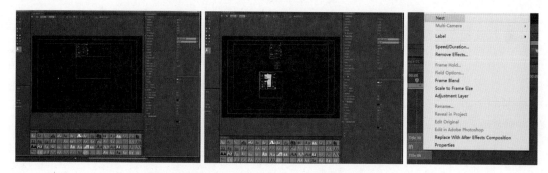

图6-62 《鱼的缸》片头字幕排列

如图 6-63 所示，在"的"字点的位置增加红色圆点图形设计，对整个字幕起到中心聚焦和装饰作用，使字幕布局更集中和统一，之后分别向中文字幕、英文字幕嵌套文件以及红点图形添加视频转场特效。将整体再变成一个嵌套文件，便于添加其他效果。

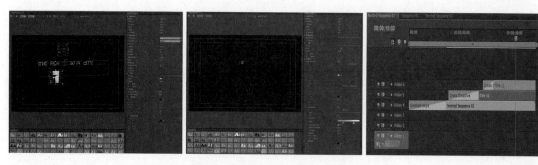

图6-63 《鱼的缸》片头字幕制作

为片头配置背景音乐（如图 6-64 所示），处理后查看合成片头效果（如图 6-65 所示），将片头与正片内容运用淡入淡出特效相连接，使片头与正片融为一体。

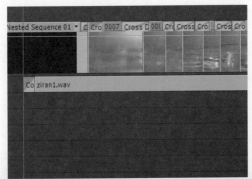

图6-64 《鱼的缸》片头添加音乐

图6-65 《鱼的缸》片头整体图和连续预览图

字幕背景重叠式片头设计与制作（《舞·动》）

❶ 片头风格定位

《舞·动》是 2012 年全国计算机竞赛参赛作品，主题是"运动与健康"，影片将舞蹈和运动元素相结合，通过一个上班族女孩工作与健康之间的失衡，倡导积极乐观心态，关注自身健康的理念。影片的故事来源于现实，但是整体具有较强的表现特点和写意色彩，强调夸张、表现、诗意和唯美。因此，片头设计的风格要与整个影片的风格相吻合，同时也要强化运动与健康的主题内涵。

② 片头布局构思

《舞·动》片头设计在结尾位置，在影片高潮部分戛然而止，起到点题、强化和收束的作用。在片头连贯性上，借助于画面中人物向天空抛衣服的动作与字幕运动相承接，强调运动与快乐、自由与舒展的思想内涵。在布局上，采用了中心构图法，将"舞·动"均匀分布于画面中心，将字幕和衣服之间形成有机联系。字幕向外推出并迅速占据视觉重心，补足了衣服远离中心后的空白，运用视觉替换形成重心转移，起到了突出与强调的作用。

③ 片头元素选择

《舞·动》片头元素主要包括视频图像、文字、音乐、光效 4 部分，四者之间的衔接和互动非常关键。在视频素材上，画面选用了人物大仰角画面形成冲击力，画面中人物的衣服颜色也比较丰富和亮丽，与蓝天形成反衬，突出青春、活力、快乐与健康的基调。片头字幕颜色选用与主人公衣服一致的颜色，外化了人物的情绪，使视觉上更连贯统一，具有象征意义并引发观众的联想。在字体选择上，选用了 GJJXKJW--GB1-0 字体，使文字体现一种流畅感和运动感，突出自由与奔放。在整体合成上，运用了 Shine 光效装饰圆点。将"舞"和"动"两者从形式上进行连接，在意义上得以强化。在音乐元素上，主要借助于片中舞蹈音乐的延续推出片尾字幕，使声音统一带动情绪发展，实现主题升华。

④ 片头技术实现

1 创建合成项目

将片头画面处理后的素材导入 AE 中（如图 6-66 所示），建立合成项目文件，根据原片参数设置片头参数并导入素材。

图6-66 创建合成项目并导入视频素材

2 创建字幕工程并添加效果

如图 6-67 所示,创建字幕工程,分为两个图层。将"舞·动"设置为一个图层,将"·"设置为另一个图层,以便于对其添加效果。选取红色,GJJXKJW--GB1-0 字体,并设置字幕参数和字号大小。

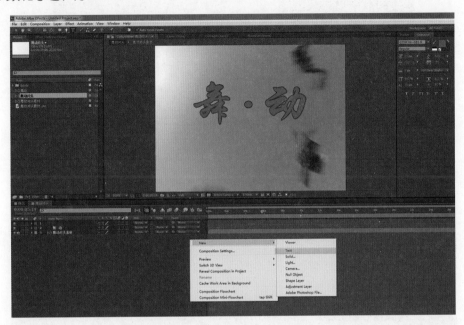

图6-67 创建字幕工程

如图 6-68 所示,选中"舞动"字幕素材层,新建摄影机图层并添加摄影机特效。之后打开"舞动"字幕图层,选择三维模式,之后在摄影机菜单栏选择 Z 轴跟踪运动摄影机模式(如图 6-69 所示),并设置相应参数。

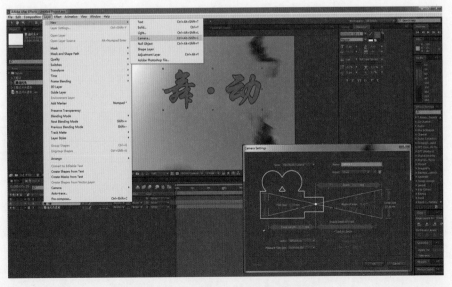

图6-68 《舞·动》中增加摄影机特效

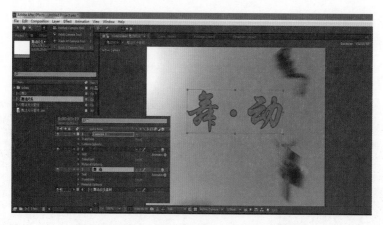

图6-69 《舞·动》三维模式以及Z轴运动模式

　　向摄影机图层中添加关键帧特效（如图 6-70 所示），设置关键帧参数，使字幕能够沿着 Z 轴由内向外放大，其大小和位置要根据画面整体布局和效果确定。调整后的效果如图 6-71 所示。

图6-70 《舞·动》摄影机增加关键帧

图6-71 添加Z轴摄影机跟踪特效后字幕的变化效果

　　如图 6-72 所示，向字幕添加 Drop Shadow-white glow 特效，留下 white glow，取消 dark halo 效果，使字幕和圆点添加一层白色边影效果。

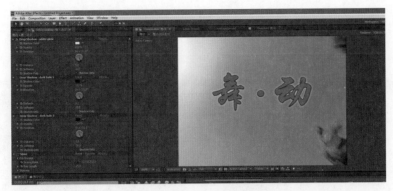

图6-72 向字幕添加视频特效

如图 6-73 所示，在两个字幕图层中，将混合模式改为 Overlay，使字幕与背景混合在一起，让部分背景透过画面，使画面整体融为一体。

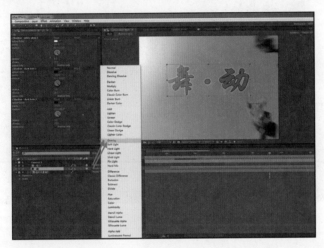

图6-73 更改字幕混合模式

如图 6-74 所示，向圆点中添加 Shine 特效，通过添加关键帧改变光源位置、光波长度、源透明度，同时将混合模式设置为 lighten，使粉红色光效从汇聚到圆点位置后发亮收起。

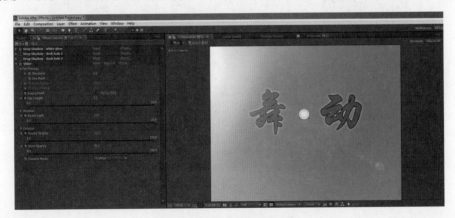

图6-74 向圆点添加Shine特效

③ 渲染并输出片头

播放并查看片头整体效果，根据设定的参数值渲染并输出片头（如图 6-75 所示），之后，导入编辑软件中进行合成（如图 6-76 所示）。

图6-75 《舞·动》片头渲染

图6-76 导入编辑软件合成

字幕图形混排式片头设计与制作（《六十》）

❶ 片头风格定位

《六十》是一部反映被失陪老人生活的微电影，与家庭伦理和社会问题相关，整体风格比较写实，片头设计的风格定位也要与之匹配并具有现实感。影片是中国文化背景下发生的故事，所以，应当选择恰当的元素进行表现。另外，影片片名已经蕴含了主题的思想内涵，核心就是围绕"六十"进行，突出老人内心世界的孤独与渴望，那么"六十"是什么意思呢？反映了谁的世界呢？是一种怎样的情感状态呢？从这个点来进行设计，以引发观众的联想与思考，切入正题。

❷ 片头布局构思

影片片头在序篇之后出现，引入情景之后切入正题，起到引领和强调作用。片头构成上主要采用单幅画面，运用图形、文字以及视频素材相结合的方式进行表现。在构图上运用左右不对称布局方式，将老人头像与标题字幕形成对角线布局，呈现一种仰视的视角，也对老人形成了一种压抑，暗示了一个不平静的"六十"，辅助以跳动的烛光装饰，暗示与"生日"背景的关联，传达出温馨与渴望的情感内涵。在结构衔接上，片头之前主要为故事的引子，也是主人公的出场段落，通过穿衣服的挡黑镜头进行场面转换，声音衔接也通过关门声音进行场面转换，使片头与正片的衔接更为自然和紧凑。

❸ 片头元素选择

影片片头元素主要包括：片头文字、老人图片和烛光素材。因为影片强调的是中国式的人伦情感，所以在元素上体现了中国元素和风格。"六十"代表老人的六十岁生日，文字颜色上采用了红色，突出喜庆的主题；字体上选用了书法字体，流畅而奔放，代表着渴望与向往；在老人图片的处理上选择了老人充满期盼的神态细节画面，进行了淡化色调的处理；在烛光的运用中，增强了颜色和饱和度，使烛光充满温馨感。最终，将文字、图片和烛光三个元素结合在一起，形成了强烈的对比和反差，蕴含了影片所要表达的情绪，表达了一种被遗忘的孤独，一份被忽略的情感，从而强化影片的主题内涵。

❹ 片头技术实现

▣ 处理素材和布局定位

《六十》片头设计中，首先对拍摄的剧照和视频素材进行处理，如图 6-77 所示，运用十六点无用蒙版特效将老人的画面按照轮廓边缘进行裁切；添加边缘羽化，使画面边缘过渡自然；添加快速颜色校正，使画面颜色淡化；最后添加光照效果，形成对人物侧脸的局部光照，突出神态细节。人物图片处理后，将其放在画面右下角，对片头布局形成定位。同时，处理拍摄的打火机的素材，通过裁切、边缘羽化等效果，使其变成右侧烛光效果（如图 6-78 所示）。

图6-77 《六十》片头图片处理

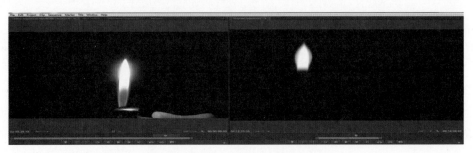

图6-78 《六十》片头视频素材处理

2 制作片头字幕

运用 After Effects CS6 软件中的手写字效果制作片头字幕。如图 6-79 所示，首先创建一个合成文件并创建字幕工程，建立一个黑色背景层。将文字放在背景上，选择红色文字和书法字体，根据设计布局进行文字排列与摆放。

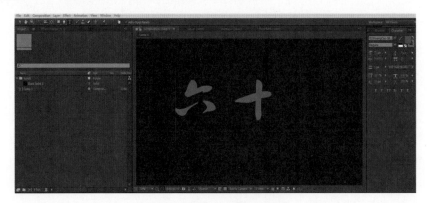

图6-79 运用AE创建字幕工程

如图 6-80 所示，从视频特效库中选择 Write-on 添加到字幕上，打开字幕工程下的 Write-on 特效调节面板，运用吸管工具选取字幕中的红色，同时设置笔刷的大小和位置。

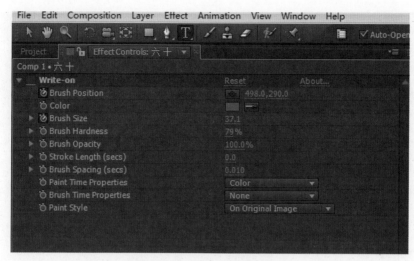

图6-80　调节Write-on特效参数

　　如图 6-81 所示，根据字幕的比划以及位置移动"六十"上方的红色圆点，调整笔刷位置，根据需要添加多个关键帧。每设置一个关键帧，笔刷位置就需要发生变化，笔刷大小参数则应当比整个字稍微粗一点，以便能够把字幕覆盖，直到完成整个字幕设置为止。

图6-81　运用Write-on特效进行手写字设计

　　❸ 设置书写模式并播放预览效果

　　如图 6-82 所示，在特效书写模式中选择 Reveal Original Image 模式（播放视频），可以看到笔刷按照文字的笔画和路径进行书写。可以通过微调关键帧的距离改变文字书写的速度。

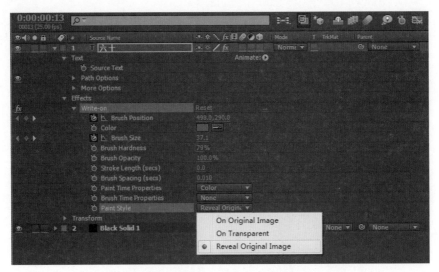

图6-82 设置Write-on特效书写模式

之后，如图 6-83 所示，根据影片的格式输出片头并导入编辑软件中进行合成。

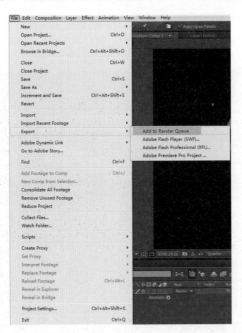

图6-83 用AE渲染片头

4 合成片头字幕

　　将渲染片头导入编辑软件，放在老人头像上方的图层（如图 6-84 所示），在片头不透明度选项中打开混合模式，选择 Lighten，将上下两个图层进行合成显示，同样道理，将烛光移动到"六"字头部位置，也选择混合模式进行合成，使其与点能够衔接在一起。最后，将不同图层按照出现的先后顺序进行显示并查看合成效果（如图 6-85 所示）。

图6-84 运用混合模式合成片头

图6-85 《六十》片头整体图与连续预览图

二维动画字幕设计与制作（《田忌赛马》）

❶ 片头风格定位

《田忌赛马》是一部 Flash 动画短片，该故事出自《史记》卷六十五：《孙子吴起列传第五》，是中国历史上有名的揭示如何善用自己的长处去对付对手的短处，从而在竞技中获胜的故事。动画采用 Q 版的造型风格，表现镜头和角色的运动较为简单。因此，片头设计既要体现出古典的气息，同时又能够配合 Q 版的风格。色调稍微偏灰，表达出一种历史感；所使用的元素尽量简化，使其与影片的风格一致。

② 片头布局构思

《田忌赛马》的片头采取开篇即出的形式，为正片做铺垫。为了体现古典风格，影片片头画面布局主要采取了"一"字形的构图方式，通过卷轴展开方式呈现片名，画面稳重大气，通过卷轴的展开体现出节奏感和古典韵味。影片名称以 Q 版的形式水平分布在卷轴上。在片头结构中，主要采用单幅画面、各元素逐渐显出的方式，以音效为辅，动静结合渲染氛围。

③ 片头元素选择

根据片头整体构思，《田忌赛马》片头元素主要选取卷轴、文字和印章，都具有古典元素的特点。文字没有使用现有的字体，而是重新绘制图形字体，配合了影片的 Q 版风格。在颜色上，选取黑色、黄色、红色、蓝灰色和白色。其中大面积的黑色为背景，整体突出简约、沉稳的风格。卷轴选用红色、蓝灰色和白色，红色和蓝灰色凸显古典建筑的主要色调。文字选用黄色，体现出庄重感和权威性。片头中并没有选择使用音乐，而是使用了音效，突出了片头简洁的特点。

④ 片头技术实现

1 元件结构

在"场景1"中，单击"主场景"图层的第50帧，按F5键插入帧。单击"音效"图层的第80帧，按F5键插入帧，如图6-86所示。

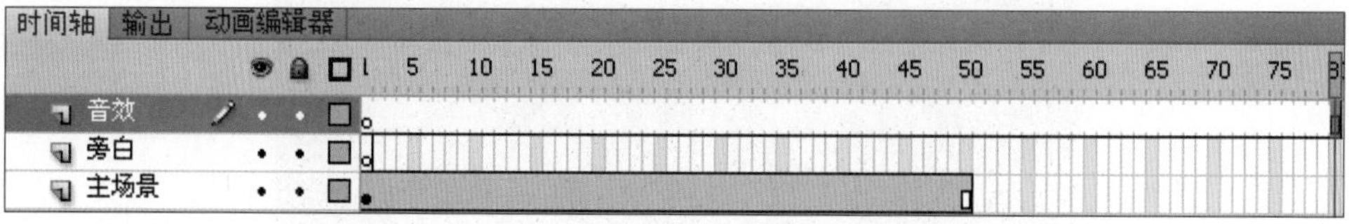

图6-86 图层结构

在"001"元件中，单击"时间轴"面板左下角的 ■ 图标，新建一个图层。

选择"插入">"新建元件"命令，弹出"创建新元件"对话框。名称修改为"001-卷轴动画"，类型设置为"图形"。在"库"面板将其拖曳至"图层2"图层。拖曳选择"图层1"图层和"图层2"图层的第50帧，按F5键插入帧。

在"001-卷轴动画"元件中，单击"时间轴"面板左下角的 ■ 图标，依次新建4个图层。

2 绘制卷轴

在"001-卷轴动画"元件的"图层1"上，选择工具箱中的"矩形工具"，绘制出卷轴的主体部分。选择工具箱中的"线条工具"，绘制4条线段作为填充颜色的分割线。选择工具箱中的"颜料桶工具"，将填充颜色设置为"#EE3102"，填充上下两条区域。选择工具箱中的"选择工具"，分别单击选择分割线，按Delete键将其删除，如图6-87所示。

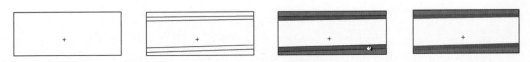

图6-87 卷轴展开区域绘制

在"图层 2"上，选择工具箱中的"线条工具"，绘制出"田"字的边框。选择工具箱中的"选择工具"，将鼠标指针移动到边框上，此时鼠标指针变为 状态，拖曳后形成弧线。选择工具箱中的"颜料桶工具"，将填充颜色设置为"#DDBB55"，填充"田"字区域，如图 6-88 所示。选择工具箱中的"选择工具"，全部框选后，按 F8 键弹出"转化为元件"对话框，类型设置为"图形"，名称设置为"001- 田"。其余三个字的制作方法相同。

图6-88 "田"字的绘制

在"图层 3"上，使用工具箱中的工具绘制出左侧卷轴（如图 6-89 所示），选择工具箱中的"选择工具"框选后按 F8 键弹出"转化为元件"对话框，类型设置为"图形"，名称设置为"001- 卷轴"。

图6-89 卷轴绘制

单击"图层 3"的"001- 卷轴"元件，按 Ctrl+C 组合键复制。单击"图层 4"，按 Ctrl+Shift+V 组合键原位粘贴，并移动到右侧，如图 6-90 所示。

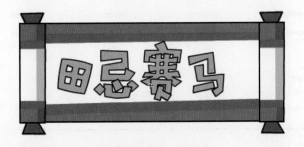

图6-90 卷轴展开效果

在"图层5"上，选择工具箱中的"矩形工具"拖曳一个矩形，单击选择填充颜色后将填充颜色设置为"#CC0000"。选择工具箱中的"线条工具"在矩形的四个角上绘制线段，将四个角的填充颜色和笔触选中后删除。选择工具箱中的"选择工具"，将线段拖曳成弧线。选择工具箱中的"文本工具"输入文字"史记"，填充颜色设置为"#FFFFFF"，字体设置为"隶书"，选择"修改">"分离"命令将文字转化为填充，如图6-91所示。

图6-91 印章制作

在"001"元件中，单击"时间轴"面板左下角的 图标，将"库"面板中的"001-卷轴动画"元件拖曳到"001"元件内，将位置调整至居中，完成后的效果如图6-92所示。

图6-92 卷轴完成后的效果

③ 卷轴动画

在"图层1"上，按F6键依次插入11个关键帧后，选择工具箱中的"选择工具"依次框选右侧的区域将其删除，框选区域依次扩大，如图6-93所示。然后单击第1帧，按住Shift键后单击第14帧，此时第1帧至第14帧同时被选中，单击鼠标右键选择弹出菜单中的"翻转帧"命令，将所选帧翻转得到正确的展开效果，如图6-94所示。

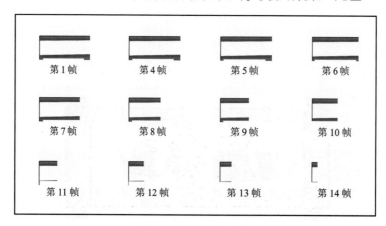

图6-93 卷轴展开动画

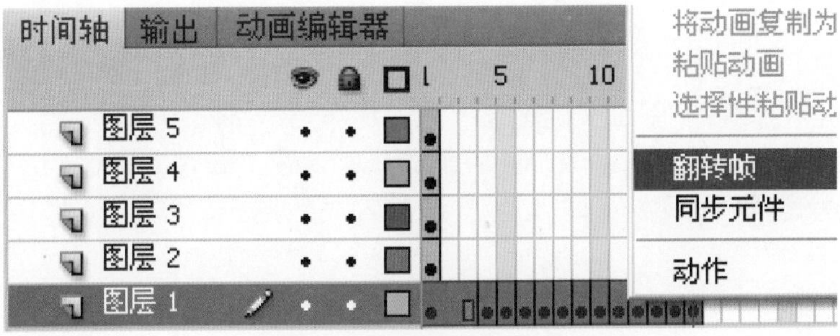

图6-94 选择"翻转帧"命令

注意：制作逐帧动画时，如果是先完成的最后效果，可以采用反向擦除或者删除的方法反向逐帧制作动画，然后使用"翻转帧"命令转化为正向的逐帧动画。

在"图层2"上，使用步骤01中类似的方法制作文字出现的效果。由于每个文字都是一个"图形"元件，所以根据卷轴展开的速度在每个关键帧上删除相应的文字元件。

在"图层3"上，单击第15帧后按F5键插入帧。

在"图层4"上，根据卷轴展开的速度依次按F6键插入关键帧并向右移动"001-卷轴"元件，使其与卷轴展开同步位移。在第15帧上按F6键插入关键帧，将"001-卷轴"元件向左稍微移动一段距离，形成一个回拉动画效果。

在"图层5"上，将关键帧拖曳到第13帧，然后单击第15帧后按F5键插入帧，如图6-95所示。

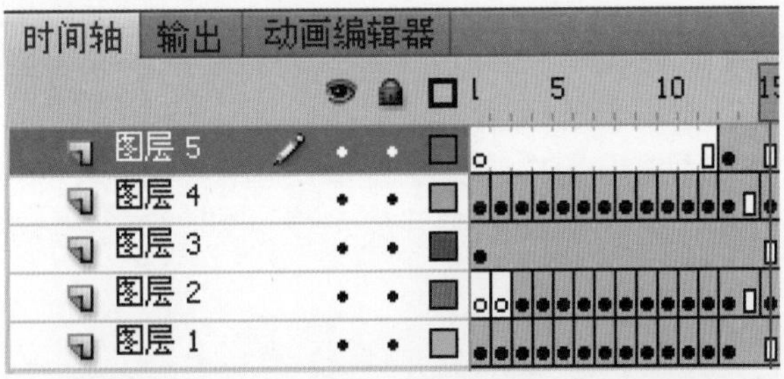

图6-95 图层结构

在"001"元件的"图层1"上，绘制一个黑色的矩形，如图6-96所示。

图6-96 添加背景后的效果

241

4 插入音效

选择"文件">"导人">"导人到库"命令，弹出"导入到库"对话框，选择"片头古筝音效 .mp3"文件，单击"确定"按钮，将其导入到库中。

在"场景 1"中，单击"音效"图层的第 1 帧，在"属性"面板中，将"名称"设置为"片头古筝音效 .mp3"，将"同步"设置为"数据流"（如图 6-97 所示），完成片头制作。

图6-97 音效的"属性"设置

三维动画类片头设计与制作（《假面》）

❶ 片头风格定位

《假面》是一部具有实验倾向的影片，通过小 K 人学的奇幻经历，夸张表现校园中人际情感的扭曲和人性多面较量的故事。影片整体风格偏重表现，具有现代性、游戏性、虚拟性和荒诞性的特点。因此，影片的片头整体定位需要体现出严肃性、夸张性和批判性的艺术格调，借用三维动画方式突出游戏性、虚拟性、荒诞性特点，将"假面"的主题进行强化。

❷ 片头布局构思

影片片头位置设计在开篇，起到先声夺人、引人人胜的作用，为影片风格奠定了基调。片头结构属于单幅画面，依靠元素的依次出现以及灯光效果的配合形成连续动态效果。在构图上，使用了三角形构图方式，使画面稳定中富有变化。在设计上，将面具动画放置在中心，成为视觉中心并聚合整个画面，突出和强调影片的主题。

❸ 片头元素选择

影片片头组成元素包括片头中英文字幕、假面三维动画、片头字幕和灯光效果以及片头配乐。片头设计运用了黑、白对比色调，凸显严肃性和讽刺性，也更突出戏剧性色彩。在字幕设计上运用中英文对照的方式，书法字体突出中文片名的醒目和个性，配有宣传语进行装饰，使画面构图饱满，点线面元素均衡。在面具的设计上运用金色色调、Metal 材质，与片中道具元素相呼应，也为片头增加了亮点和点缀，突出了现代感和动感。为了突出戏剧感，影片还为片头增加了光照效果，配有神秘感、戏剧化的音乐，使片头呈现与影片风格和主题相互协调、衬托。

④ 片头技术实现

1 制作片头素材并建立合成文件

首先在 Photoshop 中设计好片头的平面素材，将 Photoshop 设计好的片头素材和 3ds Max 中做好的面具的两段素材导入 After Effects 中，如图 6-98 所示，新建合成项目，按照片头长短和布局调节各素材的画面位置和时间位置，并衔接好。

图6-98 运用AE建立片头合成项目

2 制作面具三维动画

如图 6-99 所示，使用三维软件制作模型，使用 Edit Poly 网格编辑工具制作出面具的平面网格，并使用镜像命令制作出另一半，得到完整的面具。

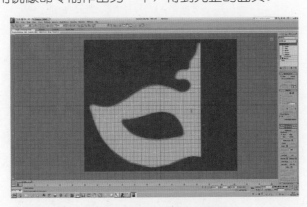

图6-99 《假面》面具建模图

如图 6-100 所示，使用 shell 工具制作模型的厚度，将其弯曲使其看起来像真实的面具，并将面具进行 Turbo Smooth 光滑处理。

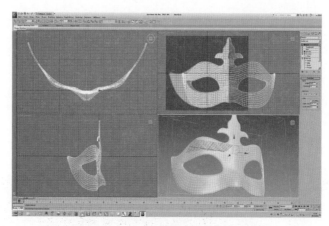

图6-100　《假面》面具多角度模型图

如图 6-101 所示，加入灯光系统，为了营造气氛，使用了冷暖对比的色彩处理，主光源使用暖色，背光使用冷色，之后查看面具效果。

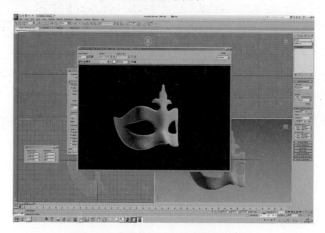

图6-101　《假面》面具添加灯光效果

如图 6-102 所示，为面具制作动画，让它旋转起来。

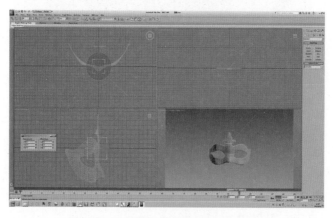

图6-102　《假面》面具添加动画效果图

如图 6-103 所示，为面具设置好关键帧动画后将其渲染成为"*.Tga"的文件输出。

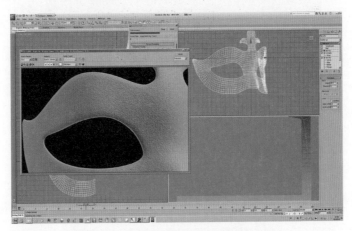

图6-103 《假面》面具添加关键帧并渲染

3 片头后期合成

《假面》的片头灯光需要运用追光灯运动照射效果，做这个效果首先要将"假面"和 Photoshop 设计合成独立图层。然后在新的"合层 1"上做路径蒙版（如图 6-104 所示），只露出假面部分，并且要对路径遮罩做羽化，使追光灯照射的边缘比较圆滑。

图6-104 添加路径蒙版和灯光设置

效果做好后，复制"合层 1"图层，这样同时出现两个追光灯效果，更真实自然。如图 6-105 所示对路径遮罩做动画，模拟现实追光灯的效果。

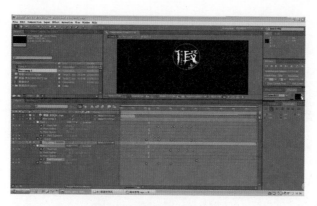

图6-105 为路径制作动画

如图 6-106 所示，片头合成完成后播放并浏览效果，之后进行配乐并插入成片中。

图6-106 《假面》片头合成效果

◉ 思考与练习

1. 结合片头与片尾设计原则，谈谈你所见过的片头片尾设计类型及其特点？

2. 结合自己所创作的微电影进行片头片尾创意设计。

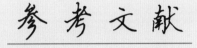

参考文献

[1] 蔡卫，游飞.美国电影研究.北京：中国广播电视出版社，2004

[2] [美]托马斯·沙兹著，冯欣译.好莱坞类型电影.上海：上海人民出版社，2009

[3] 吴琼.中国电影的类型研究.北京：中国电影出版社，2005

[4] 郝建.影视类型学.北京：北京大学出版社，2002

[5] 许南明.电影艺术词典（修订版）.北京：中国电影出版社，2005

[6] [美]悉德·菲尔德著，钟大丰，鲍玉珩译.电影剧本写作基础（修订版）.北京：世界图书出版公司，2012

[7] [美]罗伯特·麦基著，周铁东译.故事.北京：中国电影出版社，2001

[8] 黄会林主编，桂青山著.影视剧本创作教程.北京：北京师范大学出版社，2005

[9] [法]马赛尔·马尔丹著，何振淦译.电影语言.北京：中国电影出版社，2006

[10] [乌拉圭]丹尼艾尔·阿里洪著，陈国铎等译.电影语言的语法（修订版），北京：北京联合出版公司，2013

[11] 傅正义.影视剪辑编辑艺术（修订版）.北京：中国传媒大学出版社，2009

[12] [美]Steve Hullfish 著，黄裕成，周一南译.数字较色.北京：人民邮电出版社，2010

[13] [日]下牧建春著.电影布光技法.上海：上海人民美术出版社，2010

[14] 张会军.电影身影画面创作.北京：中国电影出版社，2004

[15] [加]张晓凌，詹姆斯·季南.好莱坞电影类型——历史、经典与叙事（上、下）.上海：复旦大学出版社，2012

[16] 潘桦，刘硕，徐智鹏.影视导演艺术教程.北京：中国广播电视出版社，2013

[17] 王心语.影视导演基础（修订版）.北京：中国传媒大学出版社，2011

[18] [美]詹妮弗·范茜秋著，王旭峰译.电影化叙事.桂林：广西师范大学出版社，2009

[19] 聂欣如.纪录片研究.上海：复旦大学出版社，2010

作者简介

　　国玉霞，女，沈阳师范大学教育技术学院新闻学数字媒体系主任，研究方向为数字媒体艺术和影视艺术。多年来一直从事影视创作实践和影视类课程教学工作，具有丰富的专业实践和一线实验教学经验。

　　从2006年以来，作为编导曾先后为辽宁省教育厅等制作大型专题片20余部，部分专题片分别被中国教育电视台、辽宁教育电视台等采用和播出。2007年，指导学生创作的短片《一个人的舞台》、《心若有弦》分别在第三届科讯杯全国师范生DV影视作品大赛中荣获一等奖。2011年指导学生创作的广告作品分别荣获第四届全国大学生广告作品大赛优秀奖，辽宁省二、三等奖。2012年，指导学生创作的微电影《舞·动》荣获辽宁省首届计算机竞赛一等奖。

　　在致力于实践教学的过程中，她将微电影的创作与学生的实践技能培养紧密结合，从兴趣培养出发，以创作激发创意思维和训练技能，总结了一些独特的实践经验。